Sous le vent de la liberté

CHASSEURS ET PROIES

Christian Léourier est né en 1948 dans l'est de Paris. Adolescent, il a découvert la science-fiction. Par elle, il a appris à changer de regard. Aujourd'hui, il est chargé de la politique culturelle et de mémoire du ministère de la Défense, et anime une collection de romans pour la jeunesse en coédition avec Nathan, « les Romans de la mémoire ». Il a publié de nombreux ouvrages chez J'ai Lu, Hachette, Gallimard...

Illustration de couverture :
Alexis Lemoine

Carte : Blaise Jacob

3, rue Bayard, 75008 Paris
ISBN : 2-7470-1128-3
Dépôt légal : mai 2006

Christian Léourier

Sous le vent de la liberté

Chasseurs et Proies

MILLÉZIME
BAYARD JEUNESSE

Brest
Lorient
Cap Finisterre
Lisbonne
La Mecque
Inde
Mer
d'Oman
Bombay
Afrique
Saint-Louis
Gorée
Sénégambie
Seringapatam
Mayssoure
Pondichéry
Mahé
Détroit
de Pamban
Côte du Vent
Côte de Malabar
Cap Comorin
Golfe de manar
Ceylan
Abomey
Elmina
Badagri
Juda
Côte de l'Ivoire
Côte de l'Or
Côte des Esclaves
Saint-Thomé
Îles Maldives
Océan
Atlantique
Canal de Mozambique
Madagascar
Île de France
Île Bourbon
Mascareignes
Océan
Indien
Le Cap
Cap de Bonne Espérance

Première partie

Les chasseurs d'hommes

Résumé du tome précédent, *Lumières d'Amérique* :

À la mort du marquis de Kervadec, en août 1780, son domaine est vendu à un négociant, Maxime Le Dantec. Jean, le fils du marquis, s'estime spolié et est d'autant plus frappé par ce malheur que Le Dantec est le père de Maria, dont il est tombé amoureux.

Pour faire annuler la vente, il part rechercher son aîné, Yves, en Amérique. Mais il ne retrouve pas la trace de son frère.

Après un séjour de trois ans dans une tribu iroquoise, les Onéïdas, il s'embarque en décembre 1784 pour l'Europe en compagnie du marquis de la Fayette.

Chapitre 1

Le cavalier sur la lande

Ce n'est pas sans émoi qu'en cette froide journée du 20 janvier 1785, onzième année du règne de Louis XVI, je vis depuis le large se dessiner la massive silhouette du château de Brest. Tous les occupants de la *Nymphe*, les matelots comme les passagers, s'étaient rassemblés sur le pont de la frégate pour assister à son atterrissage. M. de la Fayette lui-même avait quitté le gaillard d'arrière[1], sur lequel se tenaient d'ordinaire officiers et personnages de haut rang, pour mieux voir le port. Près de lui, Kayenlaha, son « fils » iroquois, regardait, curieux, approcher ce monde pour lui mystérieux, si peuplé que ses habitants avaient dû franchir la mer pour trouver des terres nouvelles chez les hommes rouges.

1. On trouvera en fin de volume un glossaire des termes de marine.

Quiconque a navigué le sait : peu importe la durée de la traversée, les derniers instants sont les plus longs. Je n'échappais pas à l'excitation générale. Les manœuvres pour entrer dans la rade avec la marée, puis pour accoster, me parurent interminables. Mon impatience ne s'expliquait pas seulement par la fébrilité de l'exilé qui regagne son sol natal. Ma hâte de retrouver Maria Le Dantec n'avait d'égal que mon ressentiment envers son père, coupable de s'être emparé de mes biens avec la complicité de mon oncle, M. Combray de Rivelen. Si la terre ingrate du domaine de Kervadec ne rapportait pas à ses propriétaires de quoi mener grand train, elle appartenait à notre lignée depuis un temps immémorial. Par respect pour mes ancêtres, par affection pour le souvenir de mon père, je ne souffrais pas d'en être dépossédé, qui pis est au profit d'un bourgeois. J'éprouvais d'autant plus de rage que ce coup m'avait été porté par un homme qui s'était toujours prétendu l'ami de ma famille et que mon père avait tenu en grande estime.

Pendant les trente jours de la traversée depuis New York, M. de la Fayette s'était montré un compagnon fort agréable. Sa conversation m'avait distrait de la monotonie d'une croisière sans surprise, même si je ne tardai pas à remarquer qu'elle le ramenait toujours à un seul sujet : lui-même. Par trois fois, il me conta dans le détail cette journée du 19 octobre 1781 où Cornwallis, le commandant de l'armée britannique assiégée à Yorktown, s'était rendu au général Washington. Reconnaissant de l'aide apportée par la France dans la lutte des Américains pour leur indépendance, le chef des *Insurgents* avait lui-même demandé au marquis de se tenir à son côté. J'avais, moi aussi, participé à cette guerre. Mais le jour où Cornwallis déposait les armes, je remontais la rivière Susquehanna de conserve avec un Anglais, John Hargrave, comme moi déserteur ! J'omis de rappeler ce détail au bouillant général. S'il se répétait un peu, il n'ennuyait jamais, grâce à un talent affirmé de conteur, et surtout à la vivacité des portraits qu'il traçait.

Comme j'écoutais mon interlocuteur avec attention, sans l'interrompre sinon pour approuver sa conduite ou réclamer quelque précision qui lui donnait l'occassion de se mettre en valeur, il me trouva beaucoup d'esprit et nous nous quittâmes les meilleurs amis du monde. Il me proposa de l'accompagner à Rennes, où l'appelait l'administration des terres qu'il possédait en Bretagne, puis à Versailles. Je devinai trop bien ce qui arriverait si j'acceptais sa proposition : au cours des dernières semaines passées dans les villes américaines, j'avais pu mesurer quelle curiosité suscitait un Européen ayant, ainsi que moi, vécu plusieurs saisons chez les Iroquois, surtout quand on apprenait qu'il avait épousé une indigène. Encore l'éducation puritaine des Américaines leur interdisait-elle de poser des questions trop précises à ce sujet. Les petites marquises de Versailles se montreraient plus indiscrètes. Je nourrissais d'autres projets que celui de m'exhiber tel un animal de foire dans les salons dorés de la cour et plaignais à l'avance le pauvre Kayenlaha, qui n'imaginait pas quelles épreuves l'attendaient. Aussi, je me retranchai derrière la hâte que j'éprouvais de laver mon honneur de l'offense qu'il avait subie de la part de Le Dantec pour refuser l'offre du marquis.

– Si telle est votre préférence, je m'incline, me dit-il, convaincu par un tel argument. Mais sachez que vous pourrez toujours compter sur moi.

Sa sollicitude n'alla cependant pas jusqu'à m'ouvrir sa bourse. Il l'aurait fait, sans doute, si j'en avais formulé la demande, car il ignorait l'avarice. La fierté me retint. Lui-même était si éloigné des contingences matérielles que l'idée que je me retrouvais presque sans argent ne l'effleura pas. Ma fortune se réduisait pourtant à l'habit que je portais, une vareuse de marin, un sac de peau orné de perles dans lequel flottaient de rares objets rapportés de mon séjour chez les Onéïdas et les *Lettres philosophiques* de Voltaire. Ajoutez à cela les quelques pièces dues à la générosité dont M. Barbé de Marbois avait fait preuve au moment où nous nous étions quittés à Albany, et vous aurez tout mon compte.

Comme il tenait toutefois à m'aider, La Fayette m'écrivit une longue lettre de recommandation, selon laquelle j'avais mené une mission secrète auprès des sauvages de la Nouvelle-France au profit des *Insurgents*. Ce sauf-conduit devait, selon lui, expliquer ma disparition de l'hôpital militaire au moment de la bataille de Yorktown et m'éviter la pendaison, au cas où on reconnaîtrait en moi un déserteur de la marine du roi. Je l'en remerciai vivement, sans pourtant partager sa confiance dans ce certificat.

Sitôt débarqué, je me mis en quête d'un cheval. Un brave homme accepta de me mener sur l'autre rive de la Penfeld. Je préférais en effet ne pas trop m'attarder près du port, où je risquais d'être reconnu par un commis de mon oncle. Par ailleurs, je comptais qu'une monture me serait vendue meilleur marché dans la paroisse de Recouvrance, où la demande devait être moins forte.

Cette ville où, trois ans plus tôt, j'avais erré seul, puis en compagnie de mon ami Papegai, n'exerçait plus sur moi la fascination d'autrefois. Je la trouvai au contraire déplaisante. Peut-être à cause des courants d'air glacés qui chassaient les passants et vidaient les rues des quartiers que j'avais connus si animés. Ou était-ce que je ne pouvais m'empêcher de la comparer aux cités américaines, dont les larges avenues, tirées au cordeau et bordées de façades pimpantes, contrastaient avec ses ruelles sombres, bourbeuses, ses maisons lépreuses, sa puanteur tenace ?

Je repérai la forge d'un maréchal-ferrant. Un cheval boulonnais à la croupe impressionnante attendait, entravé dans le cadre. Le maître des lieux leva les yeux sur moi sans cesser de battre le fer qu'il ajustait, se fiant à son oreille pour juger de la précision de ses coups. Ma tenue, à l'évidence, le surprit. Il était plus habitué à recevoir la visite des tâcherons de l'arsenal que celle d'un monsieur en habit.

– Je cherche un cheval de selle. Vous connaissez sûrement un maquignon susceptible de m'en vendre un.

Tout en reportant son attention sur son enclume, il m'indiqua une adresse, à deux pas de sa forge.

Je trouvai au maquignon un certain air de famille avec le maréchal-ferrant. L'homme m'observa un long moment, jaugeant mon costume, le sac orné de motifs barbares, mon teint hâlé, avant de me conduire à l'écurie. Chemin faisant, il se plaignit de la rareté de la marchandise et de la peine qu'on éprouvait à survivre dans son métier.

– Que n'ai-je suivi mon rêve d'enfant ! s'exclama-t-il. Je serais aujourd'hui navigateur, comme votre seigneurie !

Il se lança dans une telle louange des gens de mer que j'en aurais rougi, si je n'avais soupçonné une ruse commerciale pour endormir ma méfiance.

Sur un point, cependant, il n'avait pas menti : son écurie n'offrait guère de choix.

– Que dites-vous de celui-là ?

Il me montrait une haridelle cagneuse, sans crins à la queue, qui portait tête basse.

– J'en préférerais un qui ne mourût pas de vieillesse avant de m'avoir mené à destination.

– Ah ! Je vois que monseigneur est un connaisseur ! s'écria-t-il sans vergogne. Faites excuse, je vous croyais marin. Et celui-ci ?

Il me désignait un hongre rouan, un peu osseux, mais suffisant à mon besoin. Le reste de la discussion se passa en un marchandage serré. Finalement, nous nous entendîmes sur un prix. Quoique mon vendeur eût l'air de s'arracher les entrailles en le consentant, je me doutai bien qu'il me volait encore.

– Et le harnachement ?

– Je ne suis pas bourrelier, mais pour vous être agréable...

La discussion menaçait de reprendre. Je coupai court en proposant un marché :

– Jouons-le aux dés. Si je perds, je donne deux fois le prix du cheval pour la monture, la selle, le mors et les guides. Si je gagne, je ne paie que le cheval.

Il réfléchit, avant de retourner un seau dont le fond nous servirait de piste pour les dés. J'en sortis trois de ma poche, taillés dans la dent d'un cachalot, et les lui posai dans la main. Il les examina avec méfiance, les jeta à plusieurs reprises pour vérifier s'ils n'étaient pas pipés, puis hocha la tête.

– Les gros, en un coup sec ? proposai-je.

Il hocha de nouveau la tête, lança les dés.

– Deux cinq et un quatre, constata-t-il en souriant dans sa barbe : il me serait difficile de faire plus.

Je ramassai les dés, les secouai longuement dans mes paumes rassemblées en conque, les jetai comme j'avais eu le temps d'apprendre à le faire au cours de mon séjour sur un vaisseau du roi.

– Trois six. Je gagne.

Le maquignon poussa un juron, se redressa, menaçant. Je le toisai, la main droite posée sur la garde de mon épée, tandis que de la gauche je ramassais les dés, le défiant du regard. Il n'osa pas me chercher querelle. De mauvaise grâce, il harnacha le cheval. Je lui comptai la somme convenue, enfourchai ma monture et partis avant qu'il ne se ravisât. Je n'éprouvais aucun remords d'avoir triché : tromper un voleur procure, outre le gain, le plaisir de rendre la justice.

La journée était avancée. Sans doute eût-il été plus raisonnable d'attendre le lendemain. Mais j'avais hâte de respirer l'odeur de ma lande.

Sitôt franchie la porte de Landerneau, je pris le galop en lançant le vieux cri de guerre des Bretons : *Torreben* ! C'était en effet vers ma guerre que me portait ce brave cheval, tout surpris de l'allure que je lui imposai. J'avais voulu agir selon la loi, traîner Le Dantec et mon oncle Combray de Rivelen devant un juge pour les obliger à rendre le domaine. Quelle erreur ! Sans doute les sentiments que m'inspirait Maria m'avaient-ils retenu de confier à mon épée le soin de laver mon honneur. Pourtant, la voie légale était bien compliquée : puisque chez nous, en Bretagne, seul l'aîné de la famille est autorisé à saisir la justice en matière de succession, elle exigeait de moi de retrouver d'abord mon frère Yves.

Je me reprochais aujourd'hui d'avoir cru, dans l'innocence de ma jeunesse, que ce serait une tâche aisée. J'avais ainsi perdu trois années, inutilement, puisque je n'avais bien sûr pas ramené mon aîné de cette Amérique si immense qu'il n'est pas rare de marcher des jours entiers sans rencontrer une habitation. Au moins cette expérience m'avait-elle endurci. Sur le pont de l'*Auguste*, comme chez les Iroquois, j'avais appris qu'à la guerre tous les coups sont permis. *Torreben !*

Le hongre se comportait courageusement. Je lui savais gré de sa générosité et le ménageais un peu, pour repartir de plus belle quand je m'échauffais l'esprit à imaginer la déconfiture de mes ennemis. Telle était ma folie, que je ne doutais pas de remporter la victoire, sans m'inquiéter de n'avoir établi aucun plan pour les confondre.

Vers la fin de l'après-midi, je reconnus des paysages familiers. Sans pitié, je poussai un peu plus mon cheval. J'évitai néanmoins de faire une entrée fracassante dans le village, car je souhaitais que la nouvelle de mon retour restât quelque temps ignorée : les Onéïdas m'avaient enseigné qu'avant de lancer un assaut il convenait de tout apprendre sur l'ennemi sans se démasquer soi-même. Que ne suis-je resté jusqu'au bout dans cette disposition d'esprit au lieu de me laisser entraîner par mon impétuosité ! Cela m'aurait évité une cruelle déconvenue.

Ma première visite, je la devais au père Milon, le recteur de notre paroisse, mon cher précepteur. La porte du presbytère n'était pas fermée. Elle ne l'était ni le jour ni la nuit, car, disait-il, on ne sait jamais quand le voyageur a besoin de secours. Une douce émotion me submergea à la vue de la pièce nue, dont le mobilier se réduisait à un châlit, une table, un banc, un coffre. La cheminée ne contenait que des cendres. Sur le mur, une croix de bois remplaçait l'ancien crucifix de cuivre, le seul luxe que j'eusse connu à mon maître. Je caressai le couvercle du coffre. Le P. Milon y rangeait ses livres profanes : Homère, Thucydide, Aristote, Tite-Live, Sénèque... Je n'osai l'ouvrir en l'absence de son propriétaire. Peut-être était-il dans son église ? Je partis à sa rencontre. En traversant l'enclos paroissial, dont le calvaire de granit m'effrayait tant dans mon enfance, je me recueillis devant le caveau familial. Sur la dalle, les noms les plus anciens s'effaçaient. Sous cette lourde pierre, mon père reposait à jamais auprès de ma mère, que je n'avais pas connue. L'église protégeait du vent de la mer le dernier séjour de cet esprit fort, de ce libertin lecteur de Voltaire et de Gassendi. Il n'aurait rien trouvé à y redire : il avait toujours aimé cet endroit paisible, où les Kervadec avaient choisi d'être inhumés au milieu de leurs gens.

Un jour, on me coucherait moi aussi sous cette dalle. Cette idée, loin de m'effrayer, me réconfortait. Avant le décès de mon père, la mort avait pour moi quelque chose d'abstrait. Elle était la sonnerie d'un glas, une messe dite par le P. Milon, la visite que le marquis, en qualité de châtelain, se devait de rendre à la famille dans la peine. Puis, ces trois dernières années, je l'avais tant de fois côtoyée, elle m'avait si souvent frôlé, elle avait emporté tant d'êtres proches, que je connaissais trop, désormais, le masque de la violence, de la maladie, de la famine dont elle se parait pour faucher les hommes. Devant la tombe familiale, j'avais, sans savoir pourquoi, l'impression d'apprivoiser un peu ce fauve déchaîné. Je ne priai pas. Si Dieu existait, affirmait mon père, c'était lui faire injure que le craindre. J'avais, moi, la certitude que, malgré l'impiété du marquis Armel de Kervadec, son âme honnête n'avait rien à redouter de la justice divine. Je me contentai de lire, comme une litanie, les noms de mes ancêtres.

Quand je relevai la tête, j'aperçus le P. Milon, les bras encombrés de petit bois ramassé sur la lande. Absorbé dans ses pensées, il ne me prêtait pas attention. Était-il déjà si maigre à mon départ ? Il me fit penser à Ionontes, le vieux sage onondaga perdu dans le rêve d'une paix universelle. Ils ne se ressemblaient pourtant pas. Peut-être ce rapprochement m'était-il suggéré par le demi-sourire qui flottait sur ses lèvres minces, le regard indulgent qu'il portait sur ses semblables. Je l'abordai.

– Bonjour, mon père, dis-je en breton.

Il releva la tête, me vit, hésita.

– Bonjour, mon père, répétai-je, en français.

– Jean ? Jean ! C'est bien toi, mon petit !

Nous tombâmes dans les bras l'un de l'autre, trop émus pour prononcer un mot. Lors de notre dernière entrevue, trois ans plus tôt, il m'avait exhorté à la patience. Je ne l'avais quitté que sur sa promesse de venir bientôt me voir à Brest, chez mon oncle auprès de qui, à la mort de mon père, je me retrouvais placé contre mon gré. Avait-il tenté de tenir sa promesse, après ma fuite de l'hôtel du quai Marchand ?

– Jean ! Merci mon Dieu, bredouillait l'abbé. Mais comme tu as forci ! Te voici un homme, maintenant !

– C'est que j'ai dix-huit ans ! J'ai même été marié !

– Marié ? Mais où ? Quand ? Pourquoi n'as-tu jamais écrit ? Même ton vaurien de frère n'est pas resté aussi longtemps sans donner de nouvelles. On te disait mort ! Je ne voulais pas le croire, bien sûr. Mais tout de même... Enfin, qu'importe ! Tu es là ! Il faut que tu me racontes. Viens, ne restons pas au froid.

Il ne faisait guère plus chaud dans le presbytère, mais au moins étions-nous à l'abri du vent. Le P. Milon déversa son petit bois dans l'âtre.

– Je vais vous aider, proposai-je. Où sont vos bûches ?

– Je crains qu'il n'y en ait plus. Ce bois suffira à réchauffer mon souper.

Chaque année, c'était la même chose : à l'automne, mon père envoyait du bois à l'abbé, mais celui-ci le distribuait aux indigents avant le début de l'hiver. D'ailleurs, Le Dantec avait-il suivi cet usage ?

– Je crois qu'il me reste un peu de cidre, annonça l'abbé. Nous allons fêter ton retour.

Il posa sur la table deux bols de terre vernissée et s'en fut au cellier chercher un cruchon, cadeau de quelque paroissien.

– Alors, dis-moi ?

Je lui racontai tout : ma rencontre avec Papegai sur le quai de Brest, ma traversée à bord de l'*Auguste*, ma blessure lors de la bataille de la Chesapeake, mon séjour à l'hôpital de Baltimore... Je n'éprouvai aucune honte à avouer ma désertion : l'abbé comprenait qu'en partant pour l'Amérique je me souciais seulement d'y retrouver mon frère Yves et que la guerre ne me concernait pas.

– Ce n'est que sur le chemin de la Nouvelle-France que le doute m'a saisi. Ce pays n'est pas grand, comme on le dit ici. Il n'est pas immense. Il est démesuré. Il faudra beaucoup de sagesse aux Américains pour garder une dimension humaine dans un tel territoire. Quand ils auront achevé de le conquérir, sauront-ils s'en tenir là ?

Je lui parlai aussi de John, l'Anglais avec qui j'avais voyagé.

– N'est-ce pas étrange que des hommes qui, la veille, se seraient fusillés sans remords, s'entraident et deviennent amis ?

– Ce qui est étrange, corrigea mon précepteur, c'est que des hommes qui ont vocation à devenir des amis estiment un jour pouvoir à bon droit se fusiller.

J'évoquais ensuite l'hiver de la Nouvelle-France, la trappe avec Petit-Beau, mon adoption par les Onéïdas, la douceur d'Otsitok, ma rencontre avec le marquis de la Fayette, mon retour à bord de la *Nymphe*.

Il m'écoutait avec attention, presque avec recueillement. Il ne m'interrompit qu'une ou deux fois, quand mon récit manquait de précision. Comme je terminai en constatant mon échec, il prit une profonde inspiration.

– Les voies de la Providence sont impénétrables, soupira-t-il. Tu as couru tous ces dangers pour rien.

– Certes, puisque je n'ai pas retrouvé mon frère. Mais je n'ai pas renoncé à...

Il m'interrompit :

– Ce que je voulais dire, c'est que, pendant que tu traversais l'océan dans un sens, Yves empruntait le chemin inverse. Il est aujourd'hui au château. Hé ! Attends...

Je ne l'écoutais plus : la jeunesse est prompte à se précipiter vers le malheur. Déjà, je galopais sur la lande, le cœur battant.

Chapitre 2

Mon frère Yves

Le pâle soleil d'hiver touchait l'horizon quand j'arrivai en vue de Kervadec. Ses rayons exsangues argentaient la lande. Contre le ciel métallique, sur le point de basculer dans la nuit, le manoir où j'avais vu le jour se découpait, noir, sévère, ô combien émouvant. La taille modeste de la bâtisse, que tout le monde ici appelait le château, me surprit : dans mes rêveries, elle s'était parée de tout autres dimensions. Les souvenirs se bousculaient en moi : la vieille Melle, qui m'avait élevé, et son époux Jakez, sur les talons duquel j'avais appris le langage des humbles ; les leçons de mon père qui, tout en fuyant les hommes, m'expliquait pourquoi il faut les aimer ; mes escapades avec les enfants des paysans ; les joutes au bâton avec Perig Le Bihan ; le jeu de la soule, avec les gamins de la paroisse voisine, qui s'achevait en bataille rangée... J'aperçus, sur ma gauche, les bâtiments trapus de la Croix Saint-Blaise, la métairie dont l'incendie avait coûté la vie à mon père.

Je m'engageai sur l'allée du parc. Le changement que je constatais me remplissait d'aise. Le parterre qui menait à la terrasse n'était plus labouré, comme au temps où la pauvreté et l'espoir de sélectionner des semences de meilleur rendement conduisaient mon père à le cultiver. Cela signifiait que mon frère était revenu du Nouveau-Monde fortune faite : il avait remboursé les dettes de mon père, levé les hypothèques qui pesaient sur le domaine, chassé Le Dantec, et travaillait à présent à rendre à Kervadec son lustre d'antan !

La lumière qui éclairait généreusement le salon du rez-de-chaussée en apportait une preuve supplémentaire. Jamais, au temps de mon père, on n'aurait brûlé autant de chandelles en un même lieu.

Une des portes-fenêtres s'ouvrit à l'instant où je mettais pied à terre. Sur la terrasse, une ombre blanche se glissa. Une femme. Sans doute s'interrogeait-elle sur l'identité de ce cavalier du crépuscule. Mon cœur s'arrêta quand je reconnus Maria Le Dantec.

En la revoyant, plus belle, plus épanouie encore que lors de notre dernière entrevue, je retrouvais dans toute leur ardeur les sentiments qu'elle m'inspirait depuis l'enfance. Dès la première fois où je l'avais rencontrée, en effet, elle avait exercé sur moi une fascination irrésistible. Je me serais damné pour devenir son chevalier servant : elle semblait si frêle, avec son regard clair qui paraissait ne devoir regarder que la beauté du monde et en ignorer la dureté, que je ne désirais rien tant que la protéger. Une inexplicable timidité m'avait longtemps interdit de le lui faire comprendre. Elle fut par bonheur assez fine pour me deviner.

Maria n'avait pas menti en me promettant d'être à Kervadec quand j'y reviendrais. Je l'imaginai, m'attendant chaque soir sur cette terrasse. Sa présence était si miraculeuse que je ne m'avisai même pas qu'elle contredisait les suppositions que je venais d'échafauder sur le départ de son père. Elle était là. Cela suffisait à ma joie.

– Vous ? dit-elle d'une voix à peine audible, tandis que je m'inclinais pour la saluer.

Elle semblait au bord de l'évanouissement. Je me réjouis stupidement de cette émotion, sur la cause de laquelle je me trompais encore. À ce moment, un homme s'encadra dans la porte. À contre-jour, je ne pouvais distinguer ses traits, mais sa taille, sa prestance ne laissaient aucun doute : il ne s'agissait pas de Le Dantec.

– Eh bien, Madame ? Avons-nous un visiteur, ou s'agit-il d'un importun que mes valets chasseront ?

– Monsieur, voici votre frère, lâcha-t-elle d'une voix tremblante.

Elle tourna les talons et regagna le logis avec une hâte que la fraîcheur de la soirée ne suffisait pas à expliquer. Je ne m'attardai pas à éclaircir la raison de cette retraite précipitée : je m'avançai, mains tendues, vers cet inconnu que j'avais cherché de l'autre côté de la Terre. Son accueil tempéra mon enthousiasme.

– Mon frère, vraiment ? dit-il d'une voix haut perchée, empreinte d'une morgue qui me glaça. Le coureur d'océan ? Allons ! Puisque les requins ne vous ont pas dévoré, entrez donc ! Je vais donner des instructions pour qu'on s'occupe de votre... cheval ?

Il mit dans ce dernier mot tout le mépris que lui inspirait ma piètre monture. D'un autre, je n'aurais pas toléré une telle moquerie. De lui, je ne voulus tout simplement pas l'entendre.

Le mobilier du salon témoignait d'un luxe dont Kervadec avait depuis longtemps perdu le souvenir. Une débauche de chandelles se réfléchissait dans les pendeloques de deux lustres. Une glace à trumeau doré ornait la cheminée, naguère surmontée par un portrait de ma mère. Les meubles de chêne, assombris et marqués par le passage des générations, avaient cédé la place à un mobilier élégant, aux pieds cannelés, agrémenté de motifs imités de l'antique. De fines crédences remplaçaient les bahuts sculptés de mon enfance. Il est vrai que ceux-ci avaient déjà disparu avant mon départ, vendus pour permettre à mon père d'enrichir sa bibliothèque de quelque volume publié en souscription par un libraire genevois ou hollandais.

La même recherche, le même luxe se remarquaient dans les vêtements de l'homme qui me scrutait sans indulgence. Mon frère Yves ! Même si Maria ne m'avait pas appris qui il était, je l'aurais reconnu. Plus grand que moi, plus anguleux, il me ressemblait pourtant trait pour trait. Mais la dureté de son visage, l'ironie de son sourire me retenaient de le serrer dans mes bras. Au reste, une telle familiarité aurait été prématurée. Nous nous voyions pour la première fois, puisqu'il avait quitté Kervadec avant ma naissance, dans des circonstances que je n'avais jamais élucidées. Bien que le même sang coulât dans nos veines, nous étions l'un pour l'autre des étrangers.

Je ne mesurais pas encore à quel point.

D'un geste ample, il me désigna une bergère habillée de soie grège. J'éprouvais une sorte de malaise. Je me sentais trop rustre pour un siège aussi délicat.

Une domestique entra, une mulâtresse vêtue comme le sont les femmes des Antilles. Elle posa sur une console un plateau de vermeil garni de deux bols emplis d'un liquide ambré.

– J'ai pris aux Îles le goût du punch, dit mon frère. Malheureusement, sous nos climats, le rhum perd beaucoup de son parfum. Je le fais pourtant venir directement de Saint-Domingue.

Tout en regardant Yves lamper son alcool d'un air satisfait, je me rappelai le nègre qui avait voulu me tuer sur cette île, par ressentiment envers lui. J'avais refusé de croire les accusations de cruauté portées par ce pauvre diable contre mon frère. La froideur hautaine que celui-ci manifestait à mon égard leur conférait un peu de crédibilité.

Yves s'appuya confortablement contre le dossier de son siège et me jeta, désinvolte :

–Il paraît, Monsieur mon cadet, que vous avez couru le monde à ma recherche. Si vous me contiez cela ?

–Je crois, Monsieur mon aîné, répliquai-je en adoptant le même détachement, que vous avez beaucoup plus à raconter. Car si vous êtes revenu avant moi, vous étiez parti depuis plus longtemps. Mais, puisque nous nous sommes retrouvés, nous aurons tout loisir pour cela. Expliquez-moi plutôt par quel moyen vous avez recouvré la jouissance du domaine, et...

J'hésitais à formuler la question qui brûlait mes lèvres : comment s'expliquait la présence de Maria dans cette demeure, si Yves en avait chassé son père ? C'est alors que la porte du salon s'ouvrit pour livrer passage à un homme rond, vêtu bourgeoisement mais coiffé d'une aristocratique perruque : j'eus le pressentiment de mon malheur en reconnaissant Le Dantec. Mon frère confirma cette horrible intuition :

–Vous connaissez déjà mon beau-père, je crois...

Le Dantec se précipita sur moi en se dandinant. Je n'entendis que vaguement son discours de jocrisse : l'inquiétude qu'avait suscitée ma disparition, puis le chagrin éprouvé par ma tante, Mme de Rivelen, lorsqu'un matelot de retour d'Amérique avait rapporté que j'étais mort au cours de la bataille de la Chesapeake, la joie qui l'avait lui-même submergé tout à l'heure, quand sa fille lui avait appris que cette nouvelle était fausse, que j'étais de retour, que les deux frères étaient enfin réunis... Il me soûlait de paroles ; je n'avais en tête que ces trois mots : « mon beau-père ». Quoi ! Yves avait épousé Maria ! *Ma* Maria ! Voici ce que cette vermine de bourgeois babillard avait manigancé pour garder la jouissance du domaine : marier sa fille au légitime héritier ! Ah ! comme je haïssais cet hypocrite rubicond, dont la rondeur dissimulait un caractère âpre et calculateur. Je ne pouvais en tenir rigueur à mon frère, même si je jugeais désolant qu'il se fût laissé prendre aux filets de Le Dantec. Quel homme eût pu résister au charme de Maria ? Mais elle ? Pourquoi s'était-elle prêtée à ce jeu de dupes ? Pourquoi ne m'avait-elle pas attendu ? M'étais-je donc illusionné sur les paroles qu'elle m'avait adressées lors de notre dernière entrevue ? Après tout, me dis-je avec amertume, elle n'avait pas failli à sa promesse : je la retrouvais à Kervadec. Et si, comme son bourgeois de père, elle n'avait nourri d'autre ambition que d'en devenir la châtelaine ? Je m'interdis aussitôt une pensée aussi sacrilège, mais le poison du doute avait pénétré dans mon cœur.

Agacé, j'endiguai le bavardage de Le Dantec par un remerciement des plus secs. Yves fit mine de ne pas s'apercevoir de ma froideur.

– Il est temps, Messieurs, de passer à table, claironna-t-il. Bien entendu, précisa-t-il à mon intention, je vous fais préparer un appartement.

La perspective d'un repas entre Le Dantec, Maria et son époux me répugnait, mais je ne pouvais décemment refuser. D'ailleurs, il me fallait avoir un entretien en tête à tête avec mon frère. Puisque l'irréparable avait été commis, au moins devait-il savoir à quoi s'en tenir sur la machination ourdie par son beau-père et notre oncle afin de dépouiller notre famille. Si je ne pouvais casser ce mariage qui brisait mon cœur, je ne laisserai pas ce sacripant profiter de son forfait !

Comme nous pénétrions dans la salle à manger, elle aussi transfigurée par un mobilier et une vaisselle que je ne connaissais pas, la jeune mulâtresse glissa quelques mots à l'oreille de mon frère. Il l'agrippa par le poignet.

– Que me chantes-tu là, Iris ? explosa-t-il. Va dire à ta maîtresse que je ne tolérerai pas son absence ! Et gare à toi si tu ne la ramènes pas !

Il la repoussa brutalement. Terrorisée, la pauvre fille battit en retraite.

Sur la table, quatre couverts seulement étaient dressés. Je demandai des nouvelles de Mme Le Dantec.

– Hélas, répondit le bonhomme en troquant sa mine réjouie pour une figure de circonstance, je suis veuf depuis bientôt deux ans.

La convenance me commanda de lui présenter mes condoléances, bien qu'en mon for intérieur la nouvelle me réjouît : au moins, la femme Le Dantec n'avait pas profité longtemps de la filouterie de son mari.

– C'est surtout pour ma petite Maria que je me suis inquiété, poursuivait ce dernier. La perte d'une mère est un tel chagrin pour une jeune fille ! Heureusement, les préparatifs du mariage l'ont un peu distraite de sa peine.

Je me rembrunis. D'un mot, Le Dantec me ramenait à mon tourment.

Maria choisit précisément ce moment pour paraître, flanquée de la petite Iris, dans les yeux de laquelle la peur se lisait encore. Sa pâleur était effrayante.

– Madame, m'enquis-je, vous sentez-vous mal ?

– Elle se porte très bien, trancha Yves.

Il tira lui-même le siège de son épouse ; mais, plus qu'une galanterie, ce geste paraissait un ordre. Elle s'assit, remercia d'un simple hochement de tête. Elle gardait les yeux baissés, comme si elle craignait de croiser mon regard.

Yves ferma le poing et frappa un coup bref sur la table. Un domestique que je ne connaissais pas entra et se mit en devoir de nous servir. Dans le silence qui s'appesantissait, le tintement des couverts sonnait comme une incongruité. Mon frère, guindé, épiait tantôt son épouse, tantôt le serviteur muet, guettant le moindre écart de l'une comme de l'autre. Le Dantec, à l'évidence, supportait mal cette atmosphère tendue. Il se tortillait sur son siège, sans néanmoins oser prendre l'initiative de la conversation.

Le serviteur se retira.

– Eh bien, mon frère ? dit soudain Yves avec un enjouement forcé. Nous expliquerez-vous enfin comment vous avez survécu à la mitraille anglaise ?

Je parlai. Je parlai pour combler un silence qui m'étouffait. Je parlai pour ne pas hurler mon désespoir. Je parlai pour m'étourdir. Je racontai, en cherchant à provoquer le rire des convives, le jeune enthousiaste que j'étais encore si peu de temps auparavant. Je n'hésitais pas à m'en moquer : il me paraissait désormais étranger. Régulièrement, le serviteur muet venait remplir de vin un verre que je vidais d'un trait. Je m'échauffais à mes propres récits : la bataille, l'hôpital, l'interminable remontée de la Susquehanna, les neiges de l'hiver en Nouvelle-France, le combat contre l'ours à la griffe blanche... Je m'attardai sottement sur le charme d'Otsitok, en tâchant de distinguer sur les traits hâves de Maria l'effet de mes paroles. Je traçai des portraits que je voulais spirituels d'Ojistalalé, d'Ionontes, de Barbé de Marbois et du marquis de la Fayette. Je m'étourdissais moi-même.

Quand le domestique, portant un chandelier, m'accompagna dans la chambre qui m'était préparée, je montai l'escalier d'un pas lourd, hésitant, en prenant appui sur le mur pour ne pas tomber. La tête me tournait. Je m'affalai sur le lit, sans même me déchausser. Je ne désirais plus rien, sinon perdre conscience, me réfugier dans le pays des rêves, qui, pour les Iroquois, est le lieu où se rencontrent les hommes et les dieux. Je ne savais pas si je devais la nausée qui me tourmentait au dégoût que m'inspirait la méchanceté des hommes ou à l'excès de boisson. Sans doute aux deux. À moins que ce ne fût à la conscience douloureuse de ma désespérante naïveté.

J'allais sombrer dans le sommeil, quand j'entendis gratter à ma porte.

– Entrez, dis-je d'une voix pâteuse, par un pur réflexe que je regrettai aussitôt : je voulais seulement qu'on me laissât tranquille !

Iris s'insinua avec la légèreté d'un chat dans la pièce et me glissa un billet dans la main, avant de s'esquiver. Je restai, stupide, à écouter le doux battement de ses pieds nus sur les marches de pierre. Reprenant enfin mes esprits, j'approchai le papier du bougeoir où vacillait la flamme d'une chandelle.

Le message avait été écrit à la hâte. Il disait : *Pourrez-vous me pardonner ? Je sais que oui, non parce que je le mérite, mais parce que votre âme est généreuse. Ma seule excuse est que je vous croyais mort. Et que votre frère vous ressemblait tant ! Soyez heureux. Quant à moi, je ne puis plus l'être. M.*

Je lus, je relus ce message dix fois, vingt fois, jusqu'à ce que le tremblement de mes doigts ne me le permît plus, hésitant à interpréter la dernière phrase.

Cette nuit-là, l'esprit d'Otsitok vint me visiter. Il m'aida à ne plus douter de Maria, en me rappelant qu'en amour les femmes montrent plus de décision, de courage et de constance que les hommes.

Chapitre 3

Orage dans la bibliothèque

La bibliothèque était la seule pièce à ne pas avoir subi les outrages du luxe tapageur que mon frère avait introduit dans le manoir. Elle ne ressemblait pourtant plus au sanctuaire où je pénétrais dans mon enfance avec un sentiment de respect et d'appréhension. Les livres, soigneusement rangés sur leurs étagères, paraissaient prisonniers des grillages tendus dans le cadre des portes. Les dossiers des sièges s'alignaient, strictement parallèles à la grande table sur laquelle ne traînait aucun papier. Dans l'encrier d'où était sortie une si abondante correspondance, aucune trace d'humidité. Les lieux meurent comme meurent les hommes, en perdant leur âme. De cette pièce, autrefois un véritable temple quand mon père y officiait, tout mystère s'était enfui. Mais, au moins, les nouveaux propriétaires n'avaient pas dispersé la collection. Le Dantec, surtout, aurait pu s'effrayer de trouver sous son toit des œuvres aussi sulfureuses que celles de Montesquieu, de Diderot ou de l'abbé de Raynal. Mais sans doute ne s'était-il pas donné la peine de consulter un de ces volumes, ni même d'en déchiffrer les titres.

J'ouvrais un battant pour me saisir de *La Nouvelle Héloïse* – la prose mélancolique de Rousseau convenait assez à mon humeur présente –, quand la porte grinça dans mon dos.

– J'étais certain de vous trouver ici, dit Yves. La vieille Melle m'a parlé de votre goût de la paperasse. Méfiez-vous, mon frère, les livres des philosophes sont des brûlots qui embrasent les jeunes esprits. Or, les flammes, on le sait, ne produisent que des cendres.

– Leurs idées ne vous ont-elles pas conduit à aider les *Insurgents* d'Amérique ? J'ai entendu dire que vous avez travaillé pour M. de Beaumarchais.

– J'ai en effet vendu des fusils pour son compte. Cependant, n'y voyez aucune trace d'idéalisme. Nous parlons ici de commerce. Un commerce dangereux – il s'agissait de franchir le blocus des Anglais – donc lucratif. M. de Beaumarchais aime à remuer les idées sur les scènes des théâtres, mais aussi les écus dans sa bourse. Sur ce dernier point, je partage son goût. Pour le reste, le sort de ces gueux de colons m'était aussi indifférent que l'intégrité de la couronne d'Angleterre. De toute façon, cela est de l'histoire ancienne.

Le sujet l'ennuyait. J'ignorais si Beaumarchais avait tiré profit de ce trafic ; pour Yves, je savais par les lettres adressées à mon père qu'il n'avait pas réalisé en Amérique la fortune espérée. Je préférai moi aussi changer de conversation.

– Comment se portent Melle et Jakez ? Je m'étonne de ne pas les avoir encore vus.

– Ces vieillards étaient trop rustiques pour une maison de qualité. Voyez-vous, j'entends rendre à Kervadec un éclat qu'il n'aurait jamais dû perdre. L'argent de mon beau-père m'y autorise.

Un sourire cynique étira ses lèvres.

– Après tout, il a bien mérité de participer à cette grande œuvre. N'a-t-il pas renoncé à recouvrer ses créances sur notre défunt père, et même payé toutes ses autres dettes ? Mieux : il voulait tellement voir sa fille devenir marquise qu'il n'hésita pas à lui donner Kervadec en dot. C'est pour moi une mésalliance, je vous le concède. Mais je récupère le domaine. Et qui sait ce que l'avenir nous réserve ? Tant de femmes meurent en couches, et la marquise paraît bien frêle... Vous avez d'ailleurs pu le constater vous-même hier soir. Cette pâleur, cette incapacité à dissimuler l'émotion, que dis-je, le bouleversement que provoquait en elle votre réapparition...

Il souriait toujours mais son regard, noir, acéré, devenait plus glacial à mesure que le ton de sa voix durcissait.

– Ne me croyez pas ignorant des relations que vous entreteniez avec Mme de Kervadec, enchaîna-t-il. Je suis désolé d'avoir contrarié vos amours mais, que voulez-vous ? la vie est ainsi faite : de hasards heureux et de malchances. En tout cas, je ne tolérerai pas que vous vous mettiez en travers de ma route.

– Me croyez-vous capable de...

– Pourquoi Iris est-elle allée dans votre chambre hier soir ? Mon épouse est naïve de penser que les mouvements de sa servante m'échappent. Vous seriez imprudent de les nier. Alors, Monsieur ? Vous ne répondez pas ? C'est inutile, d'ailleurs. Je ne doute pas qu'elle vous portait une lettre de sa maîtresse. La pauvre fille déteste les couloirs de Kervadec : elle les croit hantés. La commission était-elle donc si urgente, qu'elle consentît malgré tout à les parcourir dans l'obscurité ?

Je trouvai son ironie déplacée. Je pris une profonde inspiration pour déclarer, avec autant de sévérité que je le pouvais :

– Yves, je vous ai cherché pour chasser Le Dantec de Kervadec par voie de justice et restaurer ainsi l'honneur de notre nom. Je constate que vous avez choisi un autre moyen pour rentrer en possession de notre bien.

– Pas de leçon, de grâce ! En me mésalliant, j'ai évité les frais d'un procès que ni vous ni moi n'aurions eu les moyens d'engager, et dont l'aboutissement demeurait hasardeux. En outre, le bourgeois continue à payer pour l'ameublement du manoir et l'aménagement de ses abords. Ma solution, vous en conviendrez, est meilleure que la vôtre. Quant à l'honneur de mon nom, constatez que j'y veille : je consens à fermer les yeux sur l'écart commis hier par mon épouse, puisqu'il n'est connu que de nous, à condition que vous vous éloigniez d'elle sans tarder et ne cherchiez pas à la revoir. D'ailleurs, il ne sied pas que Kervadec devienne le refuge d'un déserteur de la marine royale. Je me suis laissé dire que notre souverain, cédant à sa bonhomie coutumière, avait commué la peine des déserteurs : on ne les pend plus, désormais ils alimentent le bagne. La reconstruction de la flotte exige tant de bras ! Il me serait néanmoins désagréable de devenir le frère d'un forçat !

Cette dernière phrase me glaça. Yves ne pouvait pas me menacer plus clairement : ou je disparaissais, lui laissant le champ libre, ou il me dénonçait. Bien sûr, il ignorait l'existence de la recommandation du marquis de la Fayette. Mais si cette lettre, à la rigueur, me protégerait à Versailles, elle serait sans doute moins efficace aux yeux des représentants brestois de l'amirauté. Je n'étais pas disposé, quoi qu'il en fût, à le vérifier.

– Adieu, Monsieur, dit mon frère. Votre bidet est sellé. Il vous attend dehors. J'excuserai votre départ précipité auprès de *ma* famille.

Je n'avais d'autre choix que de m'exécuter. La mort dans l'âme, je descendis les marches de cette terrasse où, la veille, l'apparition de Maria m'avait rempli de joie.

Une brume froide rampait sur la lande. Je lançai mon cheval au galop, ivre de rage, de révolte, de chagrin. Ce frère en qui j'avais mis tant d'espoirs se révélait un monstre froid, l'allié retors de mes ennemis, auxquels il aurait donné des leçons de duplicité. Au moment où je croyais retrouver Kervadec, je le perdais, comme je perdais Maria.

Maria... Son trop bref billet confirmait qu'elle partageait l'amour que j'éprouvais toujours pour elle ; cela ne me consolait pas. Au contraire, ma peine n'en était que plus vive. Ma peine, et aussi la colère qui grondait en moi, non seulement contre mon frère, mais contre moi-même. Ah ! pourquoi ne m'étais-je pas montré plus patient, comme le P. Milon me le conseillait ? Si, au lieu de courir le monde, j'avais sagement attendu à Brest, rien de tout ce qui à présent faisait mon désespoir ne serait arrivé. *Tout le malheur des hommes vient d'une seule chose, qui est de ne savoir pas demeurer en repos, dans une chambre.* Mon père citait souvent cette phrase de Blaise Pascal, pour s'excuser de mener une vie d'ermite. Que n'avais-je suivi sa leçon ?

Je trouvai le P. Milon agenouillé dans son église. Malgré le froid qui tombait de la voûte, il ne portait rien d'autre que sa soutane élimée. Il se releva avec peine : depuis combien de temps souffrait-il cette position inconfortable ?

– Je priais pour toi, expliqua-t-il

– Pourquoi ne m'avez-vous pas prévenu ?

– M'en as-tu laissé le temps ? Les années ne t'ont guère assagi : tu es toujours aussi ardent. Mon fils, la colère et la déception troublent ton jugement. Tu devrais te reposer et réfléchir. Et prier pour que...

– Je crains de ne pas en avoir le loisir, le coupai-je.

Je lui racontai l'entretien que je venais d'avoir avec Yves. Il convint que je devais fuir sans délai.

– Sais-tu où aller ?

– Je n'y ai pas encore songé.

– M. de Rivelen n'est pas si méchant homme que tu le crois, commença l'abbé.

Je l'interrompis :

– Je ne veux rien devoir à l'époux de ma tante.

– Alors, tu dois t'éloigner. Et vite. Le marquis Yves ne mérite pas de porter le nom de son père. Il est revenu avec une âme encore plus noire que lorsqu'il a quitté Kervadec. S'il t'a laissé partir aujourd'hui, il le regrettera demain. Peut-être le regrette-t-il déjà. Il n'hésitera pas à lancer la maréchaussée à tes trousses.

Un coulis glacé s'infiltrait par un vitrail endommagé. Il me rappela le courant d'air qui s'immisçait dans la coursive de l'*Auguste* quand on ouvrait les sabords. Était-ce un signe du ciel ? À vrai dire, je n'étais pas d'humeur à traiter avec lui : la Providence, si chère à l'abbé, me jouait un bien mauvais tour. Mais je ne voyais pour l'heure que l'eau amère de l'océan pour noyer ma rancœur.

Je récupérai mon maigre bagage et pris congé du P. Milon. Je fis cependant un détour par la Croix Saint-Blaise pour saluer ma bonne Melle et son Jakez : l'abbé m'avait appris que le métayer Le Bihan les avaient recueillis.

Quelques poules s'enfuirent en caquetant quand je pénétrai dans la cour. En entendant le trot de mon cheval, Le Bihan se précipita hors de son logis. Il plissa les paupières, hésitant à me reconnaître. Je jetai un coup d'œil sur la grange aux murs noircis, dont l'incendie avait eu de si tragiques conséquences sur ma destinée. Le Bihan et ses fils l'avaient relevée tant bien que mal, en bouchant les trous avec de la tourbe et des pierres. Mais le toit manquait : ils n'avaient pas eu les moyens de remplacer la charpente.

– Monsieur le marquis ! s'écria Le Bihan.

– Non, je suis Jean, rectifiai-je, pensant que sa mauvaise vue le conduisait à me confondre avec mon frère.

Les traits du métayer se crispèrent.

– Pour nous autres, le vrai fils du marquis, c'est vous, insista-t-il. L'autre ne mérite pas d'être le maître.

Que Le Bihan se permît de juger son propriétaire, voilà qui était nouveau !

La puissante carrure de Perig, son cadet, apparut à son tour. Il ne prononça pas une parole : n'était-il pas depuis longtemps affublé du surnom de Taiseux ? Mais son sourire me réchauffa le cœur. Ses mains portaient encore les traces des brûlures qu'il s'était faites en soulevant la poutre incandescente qui écrasait mon père.

Peu à peu, toute la famille sortait de la maison. L'accueil de ces gens me réconfortait. Leur joie de me revoir tenait beaucoup, je le devinais, au souvenir de l'époque où mon père dirigeait le domaine. Attentif au sort de ses paysans, il savait, les mauvaises années – et elles revenaient souvent –, ne pas se montrer exigeant sur ses parts. Le délabrement de la métairie montrait que ce temps était révolu.

Soudain, surgissant d'un appentis qui était autrefois une remise, Melle se précipita sur moi. Comme elle avait changé ! Amaigrie, les cheveux blanchis, le visage labouré par des rides profondes, elle riait de toute sa bouche édentée. Elle me serra sur son cœur sans fausse pudeur. Jakez la rejoignit bientôt à petits pas, appuyé sur un bâton auquel il s'accrochait à deux mains. Lui aussi s'était voûté. Il marchait avec peine.

– Tu es revenu, tu es revenu, ne cessait de répéter ma vieille nourrice.

– Hélas, ma bonne Melle, je dois repartir très vite. Mais je reviendrai un jour pour de bon.

– Ne tarde pas trop, recommanda-t-elle, s'assombrissant. J'aimerais te revoir avant l'Ankou.

Pour toute réponse, je lui souris. Je déposai dans sa main tremblante la bourse contenant ce qu'il restait de mon pécule.

– Prenez bien soin d'eux, dis-je à Le Bihan.

– Pour ça, n'ayez pas de crainte, me répondit le brave homme.

Je le remerciai. Le Taiseux tint la bride de mon cheval tandis que je remontais en selle. Alors que je récupérais les rênes, il prit une inspiration, comme s'il se préparait à parler. Je l'encourageai du regard. Mais il se contenta de marmonner : « Au revoir, Monsieur le marquis. » Ce ton respectueux me glaça : il n'y avait pourtant pas si longtemps que nous courions la lande ensemble.

Je retournai vers l'église, pour me recueillir une dernière fois sur la tombe de mes ancêtres. Puis je pris la route de Brest.

Chapitre 4

L'indiscrétion de Bâbord-Amures

Après avoir parcouru une lieue ou deux, je quittai la route et, coupant à travers champs, j'infléchis ma course vers le sud. Ma première intention avait été de gagner Nantes, pour trouver un embarquement. Toutefois, considérant mon total dénuement, je décidai d'écourter mon voyage. J'optai donc pour Lorient, plus proche.

J'en abordai les faubourgs le 26 janvier, à la nuit tombante. Le vent qui soufflait de la mer roulait des nuages bas, noirs, qui crachaient par intermittence une pluie mêlée de grésil. Les fers de mon cheval glissaient sur les pavés poisseux. Un homme surgit d'une ruelle, donnant tête baissée sur moi. Je tirai les rênes. Le cheval écarta, mais pas assez pour ne pas bousculer l'imprudent.

– Mille tonnerres ! glapit l'inconnu. On sait pas tenir le cap, matelot ?

Cette voix éraillée ! Cet accent qui faisait chanter la fin de la phrase ! Était-il possible que je les reconnusse ?

– Bâbord-Amures ! m'écriai-je en sautant à terre. Est-ce toi, vieux forban ?

Le soutier basque me dévisagea, stupéfait.

– Par les tripes du diable ! Yann ! C'est bien la première fois que j'aborde un matelot sur un cheval !

Il riait de toutes ses dents. Enfin, de celles qui lui restaient. « Un voyage, une dent », dit un proverbe de marin. Et Bâbord-Amures bourlinguait depuis longtemps !

Nous tombâmes dans les bras l'un de l'autre. Une grande joie s'était emparée de moi. Un grand soulagement, aussi. Quand je m'étais embarqué sur l'*Auguste*, il y avait maintenant presque quatre ans, Bâbord-Amures avait été le premier à m'accueillir. Pris de sympathie pour le novice timide et maladroit que j'étais, il m'avait enseigné les règles élémentaires qu'il faut respecter pour survivre à bord d'un vaisseau, et même les rudiments de la navigation. Je me sentais moins seul de l'avoir retrouvé.

– Tu as forci, mon garçon ! Vrai, je suis rudement content de te revoir. Ainsi, tu as fini de courir les

Amériques à la recherche de ton frère ? Eh ! On ne me la fait pas, à moi. Quand j'ai appris qu'on ne t'avait pas retrouvé, à Baltimore, j'ai tout de suite compris.

Bâbord-Amures connaissait mon histoire. La vie d'un matelot est rythmée par l'alternance du travail intense et du désœuvrement. Dans ces moments-là, on se laisse aller aux confidences. De récits en vantardises, on ne tarde pas à connaître les secrets de tout l'équipage.

– J'ai couru pour rien, dis-je. Pendant que je le cherchais au loin, Yves rentrait au pays.

– Eh, tu ne m'apprends rien !

– Comment cela ?

– Facile ! Mais nous allons attraper la mort dans ce courant d'air. Tu paieras bien un gobelet de tafia à un vieux matelot ?

– Si tu me mènes à une auberge pourvue d'une bonne écurie.

Cette exigence parut le déconcerter. Il ne s'habituait pas à l'idée que je possédais un cheval.

– Pour ça, je ne sais pas. Mais pour le reste... Je loge dans une hôtellerie, je ne te dis que ça. Tu verras la patronne ! Elle est...

Sans doute les mérites de la tenancière se révélaient-ils au-delà de toute expression, car il chercha en vain un qualificatif avant d'achever sa phrase par une mimique qui se voulait éloquente. Je le suivis donc à travers les ruelles éventées, en tirant ma monture par la bride. Nous arrivâmes enfin devant un établissement délabré. Il fallait vraiment que la patronne fût exceptionnelle, pour que sa gargote suscitât l'enthousiasme de mon compagnon.

Pendant qu'un garçon maigre conduisait mon cheval vers une promesse de fourrage, Bâbord-Amures me précéda dans une salle au plafond bas, sombre et enfumée. Une quinzaine d'hommes attablés menaient grand tapage. Une femme entre deux âges nous accueillit avec un enjouement tout commercial :

– Et pour ces seigneuries, ce sera ?

– Apporte-nous deux grogs, ma belle, comme tu sais si bien les préparer !

Et, tandis que la femme s'éloignait en tanguant sans grâce entre les tables, il se pencha sur moi pour chuchoter, en clignant de l'œil :

– Hein ? Qu'est-ce que tu en dis ?

Je dus comprendre, à l'expression égrillarde du Basque, que cette matrone anguleuse à la peau jaune n'était autre que la beauté dont il m'avait fait l'éloge tout le long du chemin.

– Elle est mariée à un vieux tout malade, poursuivait mon ami. Elle sera bientôt veuve. Ce serait pas une belle retraite pour un matelot que de tenir une auberge comme celle-là ?

Je soupçonnai que cette considération entrait pour beaucoup dans l'intérêt qu'il manifestait envers la créature, ce qui me rassura un peu sur son jugement. J'évitai toutefois de m'attarder sur le sujet, car j'avais une autre idée en tête.

– Alors, explique-moi : comment sais-tu que mon frère est en Bretagne ?

– Parce que je l'ai vu, pardi !

Il se redressa sur sa chaise, marqua un moment de silence afin de ménager son effet, lut dans mon regard que ma patience atteignait ses limites, et reprit :

– C'était à Brest, l'autre printemps. J'ai cru que c'était toi, tellement il te ressemble. Imagine ma joie. Yann ! que je lui dis, on ne salue plus son matelot ? Il se retourne, me regarde, et là je suis bien obligé de constater mon erreur. Faites excuse, que je lui dis encore, je vous ai pris pour un autre. Faut dire que vous lui ressemblez drôlement ! Il n'y a pas offense, que j'ajoute, car c'était un brave gars. Je vais pour partir, il me retient. Vous prendrez bien un verre ? qu'il me dit. Ça ne se refuse pas, je connais les usages. Alors, comme ça, vous m'avez pris pour un certain Yann ? qu'il me demande. Oui, que je réponds. Un brave matelot, nommé Yann Rustan, qui avait embarqué sur l'*Auguste* avec moi. Et je lui rapporte comment tu as décoincé la bouline sous la mitraille anglaise, à la Chesapeake. Je lui dis aussi que tu cherchais ton frère en Amérique, que tu ne t'appelais pas vraiment Rustan, mais Ker quelque chose. Ne serait-ce pas Kervadec ? qu'il me demande. Hein, qu'est-ce que tu en dis ?

– Bref, tu lui as raconté toute l'histoire.

– Ben, on causait. Je lui ai dit que tu voulais retrouver ton aîné pour intenter un procès à ton oncle, qui était armateur sur le port, et au père de ton amoureuse.

Alerté par ma mine préoccupée, il se défendit :

– Il n'y a pas de mal à ça, hein ? Je n'ai dit que la vérité vraie.

– Et après ?

– C'était un seigneur ! Il m'a donné deux écus pour que j'aille déclarer à ton oncle que tu étais mort. Comme ça, qu'il m'expliqua, il ne se méfierait pas, si un jour tu revenais au pays.

– Et... tu lui as parlé de Maria ?

De nouveau inquiet, il fronça les sourcils et, sous prétexte de lamper une gorgée de grog, il se donna le temps de réfléchir à sa réponse. L'alcool l'inspira.

– Je comprends ce qui te tracasse ! s'écria-t-il. Tu te demandes pourquoi je ne suis pas allé la rassurer. J'aurais aimé le faire, note bien, et lui dire combien tu pensais à elle. Mais ton frère a insisté pour la laisser dans l'ignorance. Il craignait qu'elle ne se trahisse en ne se montrant pas assez affligée quand elle apprendrait la nouvelle de ta prétendue mort.

J'avalai d'un trait mon gobelet d'alcool. La nausée me tordait l'estomac. L'infamie d'Yves se révélait plus grande encore que je ne l'avais pensé. Je l'imaginais, fraîchement débarqué, sans un sou vaillant, face à ce marin bavard qui lui parlait d'un frère inconnu, réfléchissant au moyen de capter la fortune du bourgeois coupable de s'être emparé de l'héritage familial pour capter sa fortune.

En trois phrases, j'exposai ma situation à Bâbord-Amures. Il entra dans une rage noire, vexé d'avoir ainsi contribué à mon malheur. En l'entendant élever la voix et proférer d'affreuses menaces, l'aubergiste s'approcha vivement. Non qu'elle redoutât une rixe – dans un bouge pareil, elle en avait certainement l'habitude – mais elle craignait que nous n'en profitions pour nous esquiver sans payer. Enjôleur autant qu'il lui était possible, Bâbord-Amures la rassura et me présenta sous un jour flatteur. Peut-être un peu trop : cet excès de compliments aviva la méfiance de son interlocutrice, qui s'inquiéta aussitôt de savoir qui réglerait les consommations.

– Mais, c'est mon matelot qui régale ! annonça Bâbord-Amures.

Elle tourna vers moi un regard plus impérieux qu'interrogateur.

– J'espère que votre garçon a pris grand soin de mon cheval, déclarai-je avec un large sourire. C'est à cette heure mon seul bien.

– Est-ce que cela veut dire que tu n'as pas d'argent ?

– Dès que j'aurai vendu ma monture, je vous paierai le rhum, ainsi que le logis que vous allez me louer.

– Es-tu fou ? Moi, j'irais loger un misérable qui refuse de me payer mon dû ? gronda-t-elle.

– Réfléchissez : si je demeure sous votre toit, vous pourrez me surveiller.

Il fallut que Bâbord-Amures fasse assaut de cajoleries pour calmer notre hôtesse. Après une longue discussion, il fut convenu que je partagerais la soupente que mon ami occupait et qu'elle se chargerait elle-même de vendre le cheval. Ce marché conclu, la patronne consentit à nous servir un autre grog.

– Vrai, matelot, tu n'as pas le sou ?

– Je comptais m'embarquer.

– Tope là. Il se trouve justement que je suis inscrit sur le rôle du *Dauphin*. Il part remplir ses cales dans les Îles, après un petit détour par l'Afrique. Il n'est pas encore tout à fait armé. Viens donc avec moi.

J'espérai, en mon for intérieur, que Bâbord-Amures avait le jugement plus sûr en matière de navires qu'en ce qui concernait les femmes. Mais, après tout, j'étais venu ici pour prendre le large et il ne me coûtait rien d'aller le vérifier sur pièce.

Chapitre 5

Escale à Gorée

Si les faubourgs de Lorient n'étaient qu'un entassement de masures bâties à la diable, la ville illustrait l'ambition de ses promoteurs, les actionnaires de la Compagnie des Indes orientales[1]. Alignées le long de rues droites et larges, d'arrogantes constructions témoignaient de la puissance dont ils avaient joui à la fin du siècle dernier. Mais la faillite de la Compagnie avait interrompu le développement de la cité. De vastes terrains demeuraient vides, là où auraient dû se dresser halles et entrepôts, et le port lui-même

---

1. Compagnie commerciale par actions, la Compagnie française des Indes orientales fut constituée en 1664 par Colbert pour l'exploitation du commerce avec l'Afrique, l'Inde et la Chine. Subissant la concurrence des compagnies anglaise et hollandaise, elle périclita et fut remplacée en 1719 par la Compagnie des Indes, créée par Law, qui ne réussit pas davantage.

restait inachevé. S'il connaissait malgré tout une activité marchande, il ne supportait pas la comparaison avec Nantes, sa prospère voisine, ou Bordeaux, qu'il avait eu la prétention de concurrencer.

Le *Dauphin* avait déjà reçu ses voiles, signe d'un départ très prochain. Ce ne serait certes pas la première traversée de ce senau, cependant il semblait robuste, solidement mâté et calfaté de frais. Quoique un peu trop pansue, la coque paraissait en bon état. En revanche, l'armateur n'avait pas engagé de dépenses somptuaires pour sa décoration. Les moulures de la poupe étaient d'autant plus discrètes qu'aucune couche de peinture claire ne venait les rehausser, contrairement à l'usage. Sous le beaupré, la forme grossièrement ébauchée d'un dauphin tenait lieu de figure de proue. Son tillac élevé, qui le déséquilibrait un peu, et la rondeur de ses flancs s'accordaient mal avec le parrainage de cet élégant cétacé.

Le nom de Kervadec était trop noble pour un simple matelot ; celui de Rustan, attaché à un marin déserteur. Ce fut donc sous l'appellation de Jean Milon que Bâbord-Amures me présenta au maître d'équipage, Etchégaraï, un Basque comme lui. La discussion fut brève, soit que mon compagnon sût gagner la confiance de son pays, soit – plus sûrement – que celui-ci ne se montrât pas trop exigeant sur les certificats que j'étais bien entendu dans l'incapacité de présenter. Bâbord-Amures confirma cette dernière hypothèse en commentant :

– Tu as de la chance. Cette nuit, un matelot a été tué dans une bagarre. Tu arrives à point pour le remplacer. Je me suis porté garant de ta moralité.

Je commençai le travail aussitôt. Il s'agissait de remplir les cales avec la marchandise en échange de laquelle le capitaine négocierait des esclaves sur la côte africaine. C'est en déchargeant un tombereau de cotonnades que je liai connaissance avec Miguel. Petit, râblé, les cheveux déjà mêlés de fils blancs, ce Portugais avait traversé l'Atlantique un nombre incalculable de fois. Il était de ces marins qui répugnent à mettre pied à terre et ne s'éloignent jamais d'un quai de plus de cent pas. Son père, m'apprit-il, avait navigué sa vie durant pour la traite, et avant lui son grand-père et son bisaïeul. Il parlait de cette lointaine époque comme d'un âge d'or :

– Autrefois, les rois nègres échangeaient des hommes contre de la pacotille, des miroirs, des perles de verre... Cela n'a pas duré. Aujourd'hui, ils sont beaucoup plus exigeants : ils veulent des lingots de fer ou de cuivre, des fusils, de la poudre, des tissus, de l'eau-de-vie. *Caralho !* Rien que des choses lourdes ! Et les prix augmentent d'année en année. Voilà pourquoi nous autres, pauvres marins, nous devons coltiner ces ballots qui pèsent autant qu'un âne mort !

Puisqu'il semblait à la fois si bien renseigné sur le métier et si disposé à partager sa science, je l'interrogeai sur nos officiers : en mer, le sort, bon ou mauvais, de l'équipage dépend entièrement de leur caractère. Miguel me rassura. Il avait navigué à plusieurs reprises sous les ordres du capitaine de Sainville. Cependant, ce voyage était particulier. Après avoir longtemps servi une compagnie maritime de Nantes, M. de Sainville travaillait désormais pour lui-même. Il avait créé une société par actions afin d'armer le *Dauphin* et, s'il devait des comptes – et une part des bénéfices – à ses associés, du moins était-il seul maître de la façon dont il conduirait sa campagne. L'expérience qu'il avait acquise, les contacts qu'il avait noués avec les marchands de la côte africaine lui laissaient espérer des gains importants. Tous les capitaines éprouvent pour leur navire un sentiment jaloux ; mais le *Dauphin* inspirait d'autant plus de fierté à M. de Sainville qu'il représentait l'aboutissement d'une vie entière d'économies et de sacrifices, et la promesse d'une vieillesse heureuse.

Nous quittâmes le port par grand froid. Le gel raidissait voiles et cordages, le givre rendait le pont glissant, le vent plaquait sur nous le drap glacé de nos camisoles.

– Pas fâché de quitter ce pays de merde, grommela Miguel entre ses dents.

Quant à moi, je regardais la côte s'éloigner avec un pincement au cœur. Je n'étais resté que quelques jours sur la terre ferme. Quelques jours pendant lesquels, pour la seconde fois, ma vie avait basculé. Je songeais à Maria. Je me demandais quand je la reverrais, et dans le même instant je m'interdisais d'y penser : si grande que fût la perfidie de mon frère, Maria était désormais sa femme, devant Dieu et devant les hommes. Je n'aspirais qu'à mettre la plus grande distance entre mon rêve brisé et moi.

Miguel n'avait pas menti : le capitaine se révéla d'emblée bon homme. Je me méfiais davantage de Guissac, son second. Il y avait dans sa façon de se déplacer sans bruit un soupçon de sournoiserie qui m'inspirait de l'inquiétude, au même titre que le pli méprisant de sa lippe. On le disait nobliau ruiné. S'il tenait la bride à sa violence, pour ne pas déplaire au capitaine, on devinait qu'elle éclaterait à la première occasion, d'autant plus redoutable qu'il était pourvu d'une forte carrure. Aussi évitais-je soigneusement de croiser son chemin. Sur un navire dont la longueur n'atteignait pas quinze brasses [1], une telle précaution nécessitait beaucoup d'attention.

Si le travail ne manquait pas, l'équipage était nombreux, comme il convient, m'apprit Miguel, sur un navire de traite : en sus de la manœuvre, nous devrions un jour surveiller les captifs. En attendant, la vie à bord se révélait plus facile que sur l'*Auguste*.

La plupart des matelots étaient bretons, comme moi, comme le capitaine. L'équipage comptait aussi son lot de Basques, autre race de navigateurs. Et certains provenaient de l'intérieur des terres, tels Chambon le Lyonnais, ou Veyrac le Limousin. Il y avait aussi, outre Miguel, une dizaine d'étrangers : Portugais, Génois, Maltais, Irlandais, et même un Africain, Joseph.

1. 15 brasses : environ 25 mètres.

Quand je n'étais pas de quart, je discutais souvent avec Miguel. Il m'apprenait les rudiments du portugais. Là où nous allions, cela pouvait se révéler utile. Certes, l'anglais était devenu la langue de la traite. Toutefois, l'influence des Portugais, qui avaient été les premiers à se livrer à ce trafic sur la côte occidentale de l'Afrique, y demeurait importante.

Il n'était pas rare que Joseph s'accroupît près de nous. Il écoutait sans rien dire, les yeux perdus dans le vague.

Au large du cap Finisterre, nous essuyâmes un grain. Dans cette circonstance, M. de Sainville donna la mesure de son talent de navigateur et le *Dauphin* n'eut pas à souffrir de ce coup de tabac, pourtant assez violent pour démâter un navire anglais, que nous croisâmes le lendemain, au point du jour. Fort courtoisement, M. de Sainville proposa à son capitaine les services de son charpentier, que l'Anglais refusa avec non moins de politesse.

Comme annoncé, nous mouillâmes à Lisbonne. Cette escale offrait la dernière occasion avant longtemps de charger de l'eau douce, et surtout le capitaine en profita pour se munir d'escudos d'or, une monnaie qui avait meilleur cours sur les côtes africaines que nos louis.

Bien que dans un port de son pays, Miguel ne descendit guère à terre. Je lui tins compagnie, car je n'étais pas d'humeur à me joindre aux débauches de mes camarades. Au reste, l'escale ne se prolongea pas. Elle fut néanmoins bienvenue, en ce qu'elle me permit d'envoyer à mon cher précepteur des nouvelles pour le rassurer : j'étais sauf et je m'éloignais pour de longs mois, assurément plus d'une année, des manigances de mon frère. Je le priai de veiller sur Jakez et Melle, tout en sachant cette recommandation superflue. Je voulais lui demander aussi de donner de mes nouvelles à Maria. J'hésitais : n'était-ce pas le rendre complice d'un péché ? Certes ! Mais qui d'autre pourrait l'approcher sans éveiller les soupçons de son mari, sinon son confesseur ? En définitive, je choisis de confier au P. Milon une lettre pour Maria. Cela le compromettait encore davantage. Tant pis : il m'importait au premier chef qu'elle sût que je ne lui tenais pas rigueur de son mariage. Que j'aurais aimé la haïr, mais que cela n'était pas, ni ne serait jamais possible.

En m'épanchant ainsi, je n'avais qu'une crainte : que son devoir d'épouse lui interdît de décacheter l'enveloppe, ou qu'ayant lu cette lettre elle condamnât l'audace qui m'avait autorisé à l'écrire. Je me laissai pourtant porter par mon sujet. Et cet amour que je n'avais jamais eu le courage de lui avouer clairement, je le confiai au papier. Ce n'était pas, à vrai dire, la première fois que je lui écrivais. Sur l'*Auguste*, au large de la Martinique, j'avais commencé une lettre, maintes fois reprise par la suite, dans laquelle, après lui avoir ouvert mon cœur, je lui demandais d'attendre un retour que j'espérais proche. Stupidement, je ne l'avais jamais envoyée, et elle s'était perdue quelque part sur les rives de la Susquehanna. Cette lettre aurait-elle changé quelque chose aux terribles événements qui me laissaient aujourd'hui brisé ?

Tandis qu'un navire hollandais acheminait ma correspondance à Bordeaux, où son capitaine avait prévu de mouiller, le *Dauphin* fit voile plein sud. Porté par bon vent sur une mer clémente malgré la saison, il ne mit pas un mois à atteindre Saint-Louis, sa première étape africaine.

Une jetée naturelle protège de l'océan la ville érigée sur une île à l'embouchure du fleuve Sénégal, où aboutissent toutes les richesses des mystérieuses régions qu'il arrose. Quand nous la longeâmes, le soleil jetait une lumière violente sur les bâtisses ocre, égayées par quelques bouquets d'arbres au feuillage rare. Le vent portait vers nous de chaudes bouffées odorantes.

Une multitude de pirogues chargées de marchandises se porta à notre rencontre. J'admirai l'aisance avec laquelle les pagayeurs à demi nus les manœuvraient, et plus encore le contenu des embarcations. Après un mois de haricots, de riz et de lard rance, l'apparition de ces fruits, de ces poissons aux couleurs vives excitait bien des gourmandises. Miguel marchanda pour moi quelques fruits ronds, dont l'écorce jaune et rouge cachait une chair onctueuse et parfumée adhérant à un noyau fibreux. Certains des nègres qui nous entouraient n'avaient rien à nous vendre. Ils agitaient des rouleaux de papier dans leur poing tendu. J'appris bientôt qu'il s'agissait de courtiers qui présentaient leurs certificats signés par de précédents mandataires pour attester leur honnêteté. Saint-Louis était en effet riche en commerces : on y trouvait de l'or, de l'ivoire et, bien sûr, des esclaves.

– Mais ce n'est plus comme avant, précisa Miguel.

– Avant quoi ?

– Avant les Anglais.

Les soldats de sa Gracieuse Majesté, m'apprit-il, avaient occupé la ville pendant plus de vingt ans.

Les Français l'avaient reconquise et sa possession leur était dorénavant reconnue par traité, mais les Anglais contrôlaient encore l'arrière-pays. Je ne prêtai pas trop d'importance aux propos du Portugais, car je savais désormais que la nostalgie constituait le fond de son caractère et que seul le passé trouvait grâce à ses yeux.

Sitôt le *Dauphin* affourché, M. de Sainville fit mouiller le canote. Comme chacun des membres de l'équipage, j'avais espéré débarquer, mais Etchégaraï me désigna pour aider le menuisier. Celui-ci, en effet, entreprenait d'aménager le gaillard d'avant. De solides cloisons partagèrent le faux-pont en plusieurs compartiments traversés par une poutre à laquelle seraient enchaînés les captifs. Une palissade, percée de meurtrières, coupa le pont dans le sens de la largeur. En cas de révolte des nègres, m'expliqua Miguel, ce rempart permettrait de les contenir et d'abriter les tireurs chargés de les ramener à la raison.

Pendant que nous effectuions ces travaux, Guesnou, le tonnelier, fabriquait les baquets bas dans lesquels la nourriture serait distribuée aux captifs. Pour sa préparation, un foyer dont la base était garni de briques fut bâti au pied du mât de misaine. La vitesse avec laquelle l'équipage procéda à ces installations aurait tenu du prodige, si elle n'avait démontré une longue habitude : pour la plupart, mes compagnons comptaient plusieurs campagnes de traite, dont beaucoup sous les ordres de M. de Sainville.

Le travail achevé, nos goûtâmes à la douceur du soir. De grands oiseaux blancs aux ailes bordées de noir appelés pélicans nous survolaient, majestueux. Je devais plus tard les voir au sol. Énormes – deux fois gros comme un cygne – ils me parurent alors pataudss, rendus ridicules par un bec démesuré et membraneux. Mais dans le ciel, qui est leur élément, je peux témoigner qu'ils sont les animaux les plus gracieux du monde.

Le capitaine passa la nuit à terre. Le lendemain, en fin de matinée, il revint de fort méchante humeur, pour s'enfermer aussitôt dans sa chambre. Par les matelots qui l'avaient convoyé, nous apprîmes bientôt qu'il avait dû interrompre les négociations qu'il avait engagées, en raison du prix exorbitant des esclaves qu'on lui proposait.

– Ce n'est plus comme avant, commenta Miguel.

Nous embarquâmes tout de même trois captifs – deux hommes et une femme – achetés par Guissac. Les hommes, résignés à leur sort, se tenaient prostrés, la tête posée sur les genoux. La femme roulait des yeux terrorisés, surtout quand elle se vit séparée de ses compagnons. Joseph intervint pour la rassurer, mais à l'évidence notre interprète ne connaissait pas sa langue. Tandis que l'on traînait les deux hommes vers l'avant, elle disparut, avalée par l'écoutille, dans le parc aux femmes ménagé à l'arrière du navire.

Pour la première fois depuis que j'avais mis le pied sur le pont du *Dauphin*, un doute s'empara de mon esprit. Je m'étais embarqué sur le premier navire venu, sans vraiment m'interroger sur son activité. D'ailleurs, si la condition des esclaves m'avait inspiré de la pitié lors de mon escale à Saint-Domingue, je ne remettais pas en cause la nécessité de la traite. Et voilà que, soudain, je prenais conscience que, pour sauver ma liberté, je participais à un commerce qui privait de pauvres bougres de la leur.

Je n'eus cependant pas le temps de m'abandonner à mes réflexions : j'étais requis pour la corvée d'approvisionnement. Je revins à bord au moment où le *Dauphin* mettait sous voiles. Notre prochaine étape serait Gorée.

Ce nom provoquait une étrange excitation chez mes compagnons. Bientôt j'imaginai, d'après leurs récits, une île aussi enchanteresse que celle de Circe, peuplée de sirènes issues de l'union de hardis navigateurs avec les femmes les plus belles de l'Afrique. C'est dire l'impatience qui régnait à bord. Cependant un incident tragique vint endeuiller cette traversée. Giovanni, le Génois, fut saisi d'un brusque accès de fièvre, accompagné d'atroces douleurs au ventre. Je n'observai pas ces symptômes sans inquiétude. Leur apparition brusque, autant que leur nature, laissait redouter une intoxication. Or Giovanni était descendu à terre en même temps que moi. Miguel penchait plutôt pour la morsure d'un animal venimeux. Il en profita pour décrire d'une façon horrifique la faune du continent noir. Je n'accordai qu'une confiance limitée à ses propos : eussent-ils été à moitié vrais, que nul homme n'eût pu survivre à un tel voisinage. Il dut d'ailleurs m'avouer qu'il n'avait jamais vu de ses propres yeux ce gorille qu'il me décrivait comme un ogre velu de vingt pieds[1] de haut doté d'une mâchoire assez forte pour couper la grand-vergue d'un seul coup de dent.

---

1. 1 pied : environ 30 cm.

– Mais des hippopotames, oui !

À l'en croire, l'occupation préférée de ces pachydermes consistait à renverser les pirogues afin d'offrir leurs passagers à l'insatiable appétit des crocodiles.

Aussi effrayants qu'ils fussent, ses récits me distrayaient un peu de la crainte d'être à mon tour saisi par le mal qui consumait le Génois, et dont deux autres matelots présentaient des symptômes, quoique moins aigus.

Quelle que fût la cause de la maladie, elle se révéla fatale au Génois. À peine avait-il poussé son dernier soupir que nous procédions à son immersion. Notre aumônier, le frère François, un capucin qu'un mystérieux arrêt du destin avait conduit à bord du *Dauphin*, prononça une brève prière devant la planche du coq sur laquelle reposait la dépouille de notre camarade, enveloppé dans de la toile à voile et lesté d'une gueuse de fonte. Puis deux hommes basculèrent la planche par-dessus le plat-bord. L'eau était assez claire pour nous laisser suivre la descente du cadavre pendant quelques secondes. Même ceux qui, comme moi, connaissaient Giovanni depuis peu éprouvaient une profonde émotion. Le Génois était le premier mort de cette campagne. N'importe lequel d'entre nous pouvait être le prochain : sur la cinquantaine de matelots que comptait l'équipage, près d'une dizaine, nous le savions, ne reverrait pas les côtes de la Bretagne.

La mort, cette fois, se contenta de cette moisson. Les deux autres malades se rétablirent. Notre humeur chagrine se dissipa, car, de même que la mer se referme vite sur les cadavres qui lui sont confiés, de même le marin ne s'abandonne jamais longtemps à la mélancolie. Gorée nous attendait. Gorée et la richesse de ses marchés. Gorée et la beauté de ses mulâtresses... Miguel lui-même se joignait à ce concert, même si, ajoutait-il aussitôt, les choses avaient bien changé depuis que les Anglais régentaient l'île, naguère française.

Les Anglais, encore ! Tout en me demandant en quoi la domination des Britanniques avait pu altérer la beauté des Goréennes, je commençais à soupçonner qu'ils nous faisaient payer l'aide que nous avions apportée à leurs colons révoltés d'Amérique en cherchant à gêner notre commerce maritime. Malgré l'amitié qui m'avait lié à John Hargrave lors de mon odyssée américaine et la sympathie manifestée par Voltaire à leurs institutions, je sentais renaître en moi la traditionnelle antipathie qu'éprouvent les Bretons envers les sujets du roi George.

Des Anglais, justement, nous avaient précédés à Gorée. Deux navires négriers battant pavillon britannique étaient embossés au large de l'île. Le premier, le *Pearl of Kent*, se préparait à partir pour les Antilles. Son capitaine accepta de transporter notre courrier, se proposant de le confier à un navire français quand il en croiserait un. Le second, la *Doris*, arrivait directement de Brighton. M. de Sainville noua les relations les plus cordiales avec son capitaine ; dans leurs échanges de politesses, tous deux feignirent d'ignorer qu'ils seraient bientôt en concurrence pour l'achat des meilleures pièces d'Inde [1]. Il est vrai qu'ils avaient un terrain d'entente : tous deux tempêtaient contre les exigences exorbitantes des marchands. Les équipages, quant à eux, se bornaient à une indifférence hostile, ponctuée de remarques moqueuses. O'Keaf, l'Irlandais, n'était pas le moins acerbe.

1. Esclaves masculins, jeunes et bien bâtis. Cette appellation, d'origine espagnole, tient au fait que les esclaves étaient envoyés dans les Indes occidentales (le continent américain).

J'eus, cette fois, la chance d'être retenu pour atterrir avec le premier canot. L'île, de dimensions réduites, dominée par un éperon sur lequel se détache un fort, ne s'aborde que par un port auquel seules les chaloupes accèdent. Sur la plage qui l'environne, de vastes bâtisses servent à parquer les esclaves avant leur embarquement. Ce ne fut pourtant pas vers une de ces « captiveries » que M. de Sainville se dirigea. Empruntant une ruelle qui montait vers le bourg, il gagna une petite place en notre compagnie.

– Attendez-moi là, ordonna-t-il avant de pénétrer dans une maison de pierre assez vaste.

L'attente se prolongea, vite ennuyeuse. Il ne passait personne sur la placette écrasée par le soleil, à l'exception de quelques indigènes loqueteux. Nous nous lassâmes vite de jeter des cailloux sur les chiens qui nous rendaient visite, quémandeurs et craintifs. Au lieu des beautés promises, je n'aperçus que deux vieilles femmes courbées par les ans. Peu avant le soir, la porte s'ouvrit sur un nègre, qui nous avertit que le capitaine resterait toute la nuit à terre et nous intimait l'ordre de regagner le *Dauphin*.

Le lendemain, M. de Sainville ne reparut pas.

– Forcément, dit Chambon, il prend du bon temps avec sa signare.

Ce protestant qui détournait le regard quand il croisait une négresse aux seins nus avait prononcé ces paroles avec mépris. Le mot suscita au contraire de la part des autres des plaisanteries grivoises.

– Qu'est-ce que c'est, une signare ? demandai-je à Miguel, que mon ignorance amusa.

– Les signares, ce sont les maîtresses de Gorée. Un rêve vivant.

– Des créatures de l'enfer, rectifia Chambon.

– Mais encore ?

– Quand les premiers traiteurs se sont installés à Gorée, ils n'avaient pas de femmes, expliqua Miguel. Alors, ils ont choisi les plus belles esclaves pour en faire leurs ménagères.

De ces unions étaient nées des dynasties de métis. Pour une raison sur laquelle Miguel ne sut pas m'éclairer, les femmes de Gorée prirent le pas sur les hommes. Et ces mulâtresses, dont la beauté n'avait d'égale que la liberté de mœurs, dominaient désormais le commerce des esclaves grâce auquel l'île prospérait.

Que l'une d'elles eût jeté son dévolu sur le capitaine du *Dauphin* nous flatta tout d'abord, un peu comme si elle nous avait choisis, nous. Mais, très vite, le désœuvrement aidant, nos propos se teintèrent d'aigreur : pendant que le capitaine s'amusait, les affaires n'avançaient pas. Pire, il laissait le champ libre à l'Anglais ! Cette mauvaise humeur donna à Guissac l'occasion de dévoiler sa véritable nature. Ayant surpris un commentaire de Veyrac, il rappela le malheureux au respect dû au capitaine en lui assenant un vigoureux coup de poing en plein visage. La nature du châtiment, autant que sa soudaineté, nous pétrifia. Qu'un officier de bord se permît de frapper lui-même un matelot, voilà qui dérogeait à tous les principes ! Qui pis est, j'avais surpris sur le visage du second une expression inquiétante quand il avait rossé l'infortuné matelot : il prenait plaisir au mal qu'il infligeait. Il nous défia du regard, prêt à corriger quiconque donnerait le moindre signe de réprobation. Mais nous baissâmes tous la tête : dans la marine marchande, aussi bien que dans la royale, se révolter contre un officier pouvait mener à la potence.

Afin de détendre un peu l'atmosphère, Etchégaraï obtint tout de même de Guissac la permission pour les hommes qui n'étaient pas de quart de descendre à terre.

Il y avait, dans la rue principale, une taverne connue de tous les négriers. Nous mîmes le cap sur elle aussitôt le canot échoué. Aux braiments qui en sortaient, nous comprîmes que l'équipage de la *Doris* nous y avait précédés. Cela ne nous dissuada pas d'entrer. Les Anglais étaient plus nombreux que nous. Ils nous jetèrent des regards hostiles.

– Ne restons pas là, soufflai-je.

– Quoi ? Nous reculerions devant ces buveurs de thé ? s'indigna Bâbord-Amures.

Ce sobriquet était on ne peut plus mal choisi : à en juger par leur teint rubicond autant que par les effluves d'alcool qui flottaient dans la pièce, un tout autre breuvage emplissait leurs gobelets.

– Tu n'aimes donc pas t'amuser, garçon ? renchérit Miguel.

Je ne pouvais me leurrer sur la nature du divertissement en question. Les Anglais semblaient d'accord, et je compris que cette rencontre ne devait rien au hasard. Les esclaves préposés au service nous observaient, attendant le spectacle que nous nous préparions à leur offrir.

Nous nous installâmes aux tables que les Anglais avaient libérées pour se regrouper en une troupe compacte. La conversation roula bientôt sur les mérites comparés des flottes des différentes nations – ou plutôt sur leurs tares. Des considérations techniques sur les navires, on en arriva tout naturellement à proférer des jugements sans nuances sur les équipages. Les Anglais avaient repéré O'Keaf. Leur opinion sur la place relative des porcs et des Irlandais dans l'ordre de la Création suscita chez notre bouillant ami la réaction attendue. Il jeta à la tête du provocateur un pichet encore à moitié plein de rhum. Moins ivre qu'il le paraissait, l'Anglais l'évita prestement et le pot s'écrasa contre le mur.

Deux secondes plus tard, on aurait cru qu'un ouragan s'était abattu sur l'auberge. Entre les tables renversées, dans un désordre de vaisselle brisée, une mêlée humaine l'emplissait d'un vacarme assourdissant, où se mêlaient le bruit mat des coups et les injures.

Une violente bourrade me jeta contre un Anglais. Par réflexe, je tendis le poing avec assez de bonheur pour toucher son menton. Je le vis s'écrouler, mais n'eus pas le loisir de savourer cette victoire. Je me retrouvai à terre sans savoir qui m'avait frappé. Le reste du combat ne me laisse qu'un souvenir confus. De temps en temps, un nègre, avec une agilité étonnante, se glissait entre les combattants pour les approvisionner en rhum. Par une sorte d'accord tacite, on n'attaquait pas un homme en train de boire. À mesure que la fatigue augmentait, ces trêves étaient plus volontiers accueillies. J'en vis quelques-uns s'écrouler sans qu'il eût été nécessaire de les assommer.

Quand plus de la moitié des adversaires fut à terre, le combat cessa. La victoire demeurant indécise, les deux camps se l'attribuèrent. Les valides ramassèrent les blessés, tandis que les nègres relevaient le mobilier. Un Anglais m'aida à redresser Miguel. Maintenant qu'un terme avait été mis au pugilat, nous étions les meilleurs amis du monde : n'étions-nous pas tous marins ? Notre affrontement n'était-il pas, pour reprendre l'expression de Miguel, un amusement ? Malgré ma mâchoire meurtrie et la douleur qui traversait mes côtes à chaque respiration, je devais l'admettre. Avec un franc sourire, l'Anglais promit, à notre prochaine rencontre, d'exposer mes tripes au soleil, puis il me serra la main. Clopin-clopant, nous regagnâmes la chaloupe.

Une mauvaise surprise nous attendait sur le rivage. Deux voiles approchaient, se découpant sur le ciel qui virait au vert. Des frégates britanniques.

Si la nouvelle de la rixe n'était pas déjà parvenue au *Dauphin*, notre aspect eût été suffisamment éloquent.

Etchégaraï entra dans une violente colère, menaçant du fouet les meneurs. Cette fureur, disproportionnée pour un incident banal dans tous les ports du monde, acheva de nous dessoûler. La présence des deux vaisseaux de guerre n'y était pas étrangère. Si l'accès de l'île nous était ouvert, les Anglais avaient une réputation de chicanerie que l'arrivée des soldats allait sans doute nous permettre de vérifier : n'avions-nous pas agressé des sujets de sa Gracieuse Majesté ?

Alerté, M. de Sainville trouva la circonstance assez grave pour s'arracher des bras de sa signare. Il rejoignit le bord, de fort méchante humeur. À peine le pied posé sur le pont, il invita ses officiers à le suivre dans la grande chambre. Au passage, il intima l'ordre à Etchégaraï de nous compter et de récupérer ceux qui s'attardaient encore dans l'île. On ne pouvait exprimer plus clairement son intention de prendre le large avant le débarquement de la troupe.

Sa décision ne nous attrista pas, au contraire. Les charmes de Gorée se révélaient à l'expérience limités pour l'équipage. Miguel, cependant, doucha cet enthousiasme. Si, après avoir visité Saint-Louis et Gorée, deux places réputées pour la densité de leurs échanges, nous n'avions pas chargé plus de trois nègres, il fallait nous résigner à une très longue campagne. Cette considération plongea Bâbord-Amures dans la perplexité : pourvu que la tenancière ne devînt pas veuve avant son retour ! Quant à moi, je l'accueillis avec philosophie, m'étonnant seulement que le Portugais, qui répugnait tant à descendre à terre, s'inquiétât pour ce motif.

– Attends seulement de caboter le long de la Côte des Esclaves, et tu comprendras, grommela mon pessimiste compagnon.

Chapitre 6

La Côte de l'Ivoire

Au point du jour, le *Dauphin* mit cap au sud.

Après la prière, le capitaine nous retint sur le pont et laissa le second nous faire part de son courroux. Guissac n'eut guère à forcer son talent pour l'exprimer en des termes bien sentis. Nous étions à ses yeux coupables d'avoir interrompu des tractations prometteuses. Pour un peu, il nous aurait accusés d'avoir sciemment ruiné le capitaine. Nous baissions la tête, comme des enfants pris en faute, non sans éprouver un sentiment d'injustice. Qu'y pouvions-nous, si les geôles de Gorée étaient peu remplies et les signares âpres au gain ?

Soudain, la sentence tomba, brutale : désigné comme le responsable de la rixe, O'Keaf tâterait de la garcette. À cette annonce, un murmure parcourut l'équipage.

– Silence ! hurla Etchégaraï.

– En place, matelots ! nous enjoignit Guissac.

Guesnou et Elzéar le charpentier, désignés par Etchégaraï pour cette sinistre corvée, ôtèrent la camisole d'O'Keaf et lui entravèrent les poignets. L'Irlandais roulait des yeux fous, indigné par l'iniquité de la sanction qui le frappait. Nous nous rangeâmes sur deux files, la mort dans l'âme, car nous aimions tous bien ce brave gars d'une vingtaine d'années, aussi grand buveur qu'ardent travailleur. Tiré par le nœud coulant passé autour de son cou, il avança lentement entre les deux rangs. Quand il passait devant nous, nous devions le fouetter avec un filin dont l'extrémité était nouée. Lorsqu'il arriva à ma hauteur, son dos était déjà strié de marques sanglantes. J'amortis mon coup.

– Milon !

Je sursautai au jappement d'Etchégaraï.

– Recommence. Et fort, cette fois, ou tu le remplaceras.

En serrant les dents, j'obéis. Le filin heurta la chair tuméfiée de mon camarade avec un bruit mat.

Parvenu au bout de la rangée, il titubait. Je devinai qu'il avait mis toute sa fierté à ne pas s'évanouir avant le terme. Pendant qu'on dénouait ses liens, Etchégaraï rendit compte de l'exécution de la sentence à Guissac. De façon superflue, puisque le second, contrairement au capitaine, avait assisté à la punition sans cacher la satisfaction que ce spectacle lui procurait. Il prononça une phrase, où il me sembla entendre mon nom. Je ne me trompai pas ; Etchégaraï revint vers moi, pour m'annoncer :

– À vouloir jouer les enfants de chœur, tu as gagné un petit séjour à fond de cale !

Je ne pus m'empêcher de glisser un regard vers Guissac. Il m'observait, jouissant à l'avance de ma réaction. Je lui refusai ce plaisir, opposant une apparente indifférence à l'énoncé du châtiment.

Et pourtant, combien celui-ci était disproportionné à ma faute ! Qui n'est jamais descendu au plus profond d'une cale ne peut mesurer quel supplice représente d'y être maintenu plusieurs jours. Pas d'air. Pas de lumière. Une puanteur atroce. Les pompes ne pouvant évacuer toute l'eau qui s'infiltre dans la coque, je baignais dans une boue liquide et pestilentielle.

D'abord, je guettai les clapotis inquiétants de ce cloaque. Un rat ? Quelque autre animal introduit pendant une escale ? Il faisait trop noir pour que j'en aie le cœur net. Puis commença un autre tourment : la soif. La faim, je m'en accommodai. Mais la soif, dans la moiteur étouffante de mon réduit, devint une torture de tous les instants. Pour un peu, j'aurais plongé mes lèvres craquelées dans la fange saumâtre qui croupissait autour de moi. Autant m'abandonner à la mort !

Que dire du sommeil ? J'aurais voulu dormir. Ma tête dodelinait. Mais les rats ? Je me rappelais les récits horrifiques qui couraient le pont, pendant les veilles. Alors le grouillement devenait plus fort, plus obsédant. Je luttais, ne m'autorisant que quelques secondes d'inconscience, m'éveillais en sursaut... Deux jours, trois jours, dix jours... J'eus vite perdu le compte. Chaque seconde durait une éternité.

Je m'accrochais à la conviction qu'on ne me laisserait pas mourir : Guissac ne pouvait se permettre de perdre un matelot. Je tendais l'oreille pour saisir l'un de ces bruits qui rythment la vie à bord : le sifflet annonçant le changement de quart, le battement de la cloche appelant à la prière... En vain. J'étais coupé du monde des vivants.

Au moins faisais-je corps avec le navire. Il ne m'échappa pas que le *Dauphin* prenait une gîte de plus en plus importante. Bientôt, un roulis insupportable secoua la coque. Un formidable coup de bélier fit craquer les membrures, suivi d'un bruit de cascade : le *Dauphin* avait embarqué un paquet de mer. La panique s'empara de moi : si l'eau montait brusquement, j'allais être noyé. Enfin, j'entendis une cavalcade. Bâbord-Amures venait me chercher.

– Tout le monde sur le pont, matelot ! Pare à essuyer un fameux grain.

Il poussa dans mes mains quelques biscuits et une gourde de piquette. Je reconnus dans ce geste la sollicitude de l'ami. Déjà, quand j'étais novice sur l'*Auguste*, il profitait de sa condition de calier pour m'approvisionner.

Comme je m'apprêtais à surgir de l'écoutille, une douche glacée me repoussa au bas de l'échelle. Pour la seconde fois, une lame balayait le pont par son travers. Je me précipitai de nouveau, émergeai enfin. La noirceur de l'orage occultait le ciel. Le vent arrachait aux vagues une écume amère qui m'aveugla. Deux hommes accrochés à la barre tentaient de maîtriser le gouvernail. La toile était déjà réduite : seule la voile de misaine restait déployée, pour permettre d'orienter le *Dauphin*. Un filin arraché traversa le pont en sifflant.

J'eus tout juste le temps de me baisser pour l'éviter, avant de rejoindre un groupe pour lui prêter main-forte.

Le capitaine avait pris en personne le commandement de la manœuvre. Ses ordres ne nous parvenaient cependant pas, couverts par le hurlement de la tempête. Guissac s'efforçait de les relayer. Soudain, le *Dauphin* fit une embardée. Je vis le capitaine tituber, frappé peut-être par une pièce d'accastillage tombée des hauts. Je me ruai à son secours. Le sang ruisselait sur son visage. Je l'entraînai à l'abri, dans sa chambre.

La mer avait crevé les vitres de la baie et emporté tout ce qui n'était pas arrimé. Un volume traînait sur le plancher, ouvert. Je le ramassai. C'était un livre de comptes. Je le posai sur la table, assez bêtement puisqu'à la première occasion il retomberait. Mais je devais m'occuper en priorité du blessé. Celui-ci revenait de son étourdissement. Il s'essuya le visage avec un linge, regarda autour de lui, se releva.

– Ne bougez pas, capitaine, je vais chercher le chirurgien.

Il haussa les épaules, furieux.

– Sur le pont ! cria-t-il. Sur le pont !

Je décampai. Lui-même remonta sur la dunette.

L'embardée avait placé le navire en bien meilleure position. Désormais, le *Dauphin* présentait son étrave à la vague ; ainsi, il se laissait soulever par elle, au lieu de risquer de chavirer. Il ne restait plus qu'à maintenir le cap, jusqu'au retour d'une mer plus clémente. Je rejoignis l'équipe de pompage, qui s'efforçait d'évacuer l'eau des soutes.

De tels coups de vent, sous les tropiques, sont violents mais ne durent guère. Le calme revenu, je repris ma place parmi mes camarades. Ni Guissac ni Etchégaraï n'évoquèrent ma punition. J'en déduisis qu'elle était terminée.

Les dégâts occasionnés à la mâture furent rapidement réparés. En revanche, deux des trois nègres que nous avions embarqués à Saint-Louis étaient morts. À cette annonce, Miguel se signa. La perte des premiers captifs traités était à ses yeux un sinistre présage pour le déroulement de cette campagne.

– Jamais nous n'arriverons aux Antilles, prédit-il sombrement.

Pour le distraire de ses lugubres pensées, autant que pour satisfaire ma curiosité, je m'ouvris à lui de la découverte que j'avais faite dans la chambre du capitaine.

– Je n'ai guère eu le temps de déchiffrer le livre de bord, mais… Pourquoi, alors que nous n'avons acheté que trois esclaves à Saint-Louis, le capitaine en a-t-il enregistré trente ?

– Tu es sûr ?

– L'encre était délavée. Pourtant j'ai bien lu trente.

– Eh bien, notre brave capitaine est un peu voleur, s'esclaffa Miguel.

– Que veux-tu dire ?

– La marchandise est chère à Saint-Louis. Les actionnaires le savent : ils ne manqueront pas de vérifier les cours. Or, avec ce qu'il est supposé avoir dépensé pour ces trente nègres, Sainville va acheter ailleurs, à un cours plus favorable, des esclaves qu'il revendra pour son propre compte, sans partager avec ses associés.

– La vente n'est donc pas contrôlée dans les Îles ?

– Il lui suffira de graisser quelques pattes… D'ailleurs, tous les capitaines trichent un peu pour arrondir leur pourcentage. Simplement, le nôtre a les dents un peu longues. Un conseil : tu n'as rien vu dans ce livre. Mieux : tu ne sais même pas lire.

Malgré l'expérience de Miguel, son explication ne me convainquit pas. La ruse me paraissait grossière. Elle exigeait la complicité de tous les officiers, à commencer par celle de Guissac, qui, à la fonction de second, joignait celle d'écrivain du bord, et à ce titre tenait les comptes. Pourtant, j'eus bientôt la confirmation que M. de Sainville nourrissait un trouble dessein, quand il entreprit de faire disparaître le *Dauphin*.

Tandis que le navire voguait au large de la Côte des Vents, sans que le capitaine manifestât l'intention d'y aborder, le charpentier ne chômait pas. L'apparence du senau, déjà modifiée par les aménagements effectués à Saint-Louis, se transformait petit à petit : une nouvelle peinture pour la poupe, un rehaussement du bordé des gaillards, une figure de proue différente... Le dépouillement de la décoration, qui m'avait frappé à Lorient, trouvait sa justification. Le navire fut rebaptisé l'*Amphitrite*. Si un actionnaire cherchait à retracer la route du *Dauphin*, il aurait bien du mal à trouver les informations le lui permettant.

Ce n'est qu'après cette métamorphose que la campagne de traite commença vraiment. Le capitaine de Sainville se rapprocha du rivage à hauteur du cap des Palmes. Ce promontoire, aisément repérable, marque le début de la Côte de l'Ivoire. De là jusqu'à l'embouchure du fleuve Niger, le littoral est semé de forts occupés par les Portugais, les Hollandais, les Français, les Suédois, les Danois, les Brandebourgeois et les Anglais. Si les différentes nations se font une concurrence acharnée pour contrôler le trafic de cette région et s'assurer le monopole des échanges auprès des souverains indigènes qui alimentent le commerce des esclaves, nous savions pouvoir trouver refuge dans n'importe lequel d'entre eux, en cas de besoin.

Deux jours après avoir croisé le cap des Palmes, M. de Sainville jeta l'ancre à l'embouchure d'un petit fleuve. Il n'y avait pas de port. La nature des fonds nous obligea à nous affourcher à bonne distance et à rejoindre la plage à bord du canote, sous le commandement de Guissac. À mesure que nous approchions, je distinguais mieux sur la grève une construction de bois, en mauvais état, mais nulle trace d'habitation.

Nous n'avions pas encore atterri que l'*Amphitrite* annonça notre présence en tirant une bordée. Ainsi alertée, une troupe de nègres ne tarda pas à apparaître.

Un homme assez âgé, le crâne dégarni, portant jaquette mais pieds nus, descendit avec cérémonie d'une sorte de chaise à porteurs soulevée par quatre gaillards. Guissac le salua. Une brève conversation s'engagea dans un sabir où se mêlaient l'anglais, le portugais et d'autres langages que je ne maîtrisais pas. Cela ne m'empêcha pas de saisir la teneur de l'entretien. Ce personnage était un courtier, chargé par le souverain local de mener les transactions en son nom. Il promettait une grande quantité de captifs ; en bon négociant, il assurait une excellente qualité à un prix raisonnable. Il exigeait en revanche que l'*Amphitrite* tirât vingt coups de canon en l'honneur de son roi. Guissac en consentit trois. J'assistai alors au plus curieux des marchandages. Au bout d'une heure de palabres, il fut convenu que le senau lâcherait cinq salves. Cet accord conclu, le chauve reprit place sur son siège et s'en fut préparer l'entretien du lendemain.

Miguel, qui avait suivi en connaisseur toutes les phases de la négociation m'en expliqua le sens : au cours de ce préliminaire, les interlocuteurs prenaient la mesure l'un de l'autre. La fermeté de Guissac montrait qu'il ne se laisserait pas impressionner et que par conséquent, le vendeur devrait tenir les promesses faites quant à la qualité de sa marchandise. Accorder cinq coups de canon, c'était manifester assez de respect envers le souverain pour que celui-ci acceptât de traiter, mais suffisamment peu pour affirmer qu'on n'attachait pas une importance excessive à l'aboutissement des négociations.

La moitié d'entre nous passa la nuit à proximité de la chaloupe échouée, l'autre dans la baraque que j'avais remarquée en arrivant, simple enclos couvert destiné à entreposer les captifs en attendant de les embarquer. J'appartenais à ce second groupe. Juste avant le lever de la lune, la mer se para d'une merveilleuse phosphorescence. De la terre montait une multitude de bruits : oiseaux, singes et fauves en chasse se relayaient pour donner un concert sauvage. Un crocodile lança son vagissement sépulcral.

La plupart de mes compagnons dormaient. J'avais pour ma part de la peine à trouver le sommeil. Petit à petit, une sourde angoisse s'emparait de moi. À plusieurs reprises, je me retournai avec la pénible impression d'être observé. Je n'avais pas peur des fauves ; Miguel m'avait assuré qu'ils n'approcheraient pas. Mais des présences plus subtiles rôdaient sur cette plage. Pour m'en protéger, je laissai mon esprit dériver vers ma lande lointaine. Mal m'en prit : je lâchai la bride à tous les démons qui m'habitaient. Le ressentiment que m'inspiraient naguère Le Dantec et Combray, je le dirigeais à présent contre Yves. Il ne m'avait pas seulement floué, comme les deux autres. Étant de mon sang, il m'avait trahi, et avec moi notre lignée. Comment un Kervadec avait-il pu tomber aussi bas ? Je songeai à mon père, à la colère que provoquait en lui la simple évocation de mon frère. Mais cela me rappelait qu'il se désolait qu'un Kervadec pratiquât la traite. Qu'aurait-il pensé de me savoir sur ce rivage ?

Cette question, je me la posais souvent depuis que nous avions embarqué les premiers captifs à Saint-Louis. J'avais beau me dire qu'ils étaient de toute façon promis à l'esclavage, je n'arrivais pas à chasser le malaise de mon esprit. Et, ce soir, je me sentais plein de pitié envers les deux nègres morts de n'avoir pu supporter la tempête.

L'image de Maria vint également me hanter. J'étais au désespoir de l'avoir perdue. Je maudissais son père, mon frère, et même le ciel, qui tous avaient conjuré ma perte. Et surtout, je maudissais mon impatience, qui m'avait entraîné à l'autre bout du monde. Les larmes coulèrent le long de mes joues pour se perdre dans le sable.

Près de la chaloupe, un homme se leva. À la lueur de la lune, je reconnus Joseph, notre interprète. Il marcha jusqu'à la limite de la plage. Là, le dos tourné à la mer, il entama une étrange mélopée, au terme de laquelle il se laissa tomber sur les genoux, le dos secoué par un rire ou des sanglots silencieux. Succombait-il, comme moi, au maléfice de cette nuit ?

Le lendemain, à l'aurore, l'*Amphitrite* tira les cinq coups de canon convenus. Guissac répartit les hommes en trois équipes : la première était chargée de compléter l'approvisionnement en eau et en bois de chauffe, la deuxième de consolider le baraquement, la troisième, au sein de laquelle je figurais, l'accompagnerait jusqu'au village. Il prit soin de choisir pour cette escorte les hommes les plus grands et les plus robustes.

Nous ne tardâmes pas à voir arriver le nègre chauve, entouré d'une suite plus étoffée que la veille. Le village se dressait à quelques toises de la mer, sur la berge du fleuve côtier. Nous pénétrâmes dans le palais du roi ou, pour mieux dire, la cour que délimitaient trois bâtiments rectangulaires. Un muret de terre sèche fermait le quatrième côté. Il y avait déjà foule dans cet enclos. Je remarquai surtout les guerriers armés de lances ; ils roulaient des yeux féroces. Seul le roi était assis. Une toge de tissu coloré couvrait le bas de son corps. Une barbiche blanche ornait son menton, mais ses cheveux étaient encore noirs. À son côté paradait ce que je pensai être un sorcier.

Notre intermédiaire s'inclina à plusieurs reprises devant le roi. Celui-ci ne parut pas lui prêter attention, non plus qu'aux cadeaux que Guissac étalait devant lui. Il agita son chasse-mouche avec indolence, le regard lointain. Traduisant ce geste avec une surprenante prolixité, le courtier nous assura que le roi était satisfait de la canonnade et nous promettait beaucoup d'esclaves. Un premier groupe de captifs arrivait en effet, poussé par des guerriers.

Guissac leur jeta un bref regard et refusa tout net le lot qui lui était présenté. Le chauve s'affola. Il se mit à parlementer avec une telle précipitation que nul ne pouvait plus le comprendre. Guissac demeura inflexible.

– Si le village n'a à m'offrir que des femmes âgées et des hommes malades, je me retire, annonça-t-il.

Un vieillard qui se tenait à la droite du roi apostropha le courtier, tandis que le mouvement du chasse-mouches devenait plus rapide, plus saccadé. Je vis le poing des guerriers se serrer davantage sur les hampes des lances. Je jetai un œil par-dessus mon épaule. Une foule compacte obstruait l'unique issue de l'enclos. Si les choses tournaient à l'aigre, je ne donnais pas cher de notre peau.

Un deuxième groupe fut poussé vers nous. Cette fois, Guissac daigna regarder de plus près les six captifs, et même goûter la sueur d'un jeune homme, pour s'assurer qu'il n'était pas fébrile.

– Combien pour celui-là ?

– Dix fusils, trois tonnelets de poudre, deux coupons de tissu et trente lingots de fer pour le lot.

– Je ne veux pas tout le lot. Trop de femmes ! Je veux des hommes. Et des hommes capables de travailler la terre, pas comme celui-ci ! ajouta-t-il en désignant un prisonnier qui, pourtant, me semblait avoir bonne allure.

Le courtier s'insurgea : il fallait tout prendre ou rien !

Coupant court, Guissac tourna le dos et amorça un départ. L'agitation du chasse-mouches devint frénétique, bien que le visage du roi ne manifestât toujours pas la moindre émotion. Le chauve, se précipitant sur les talons de Guissac, proposa un arrangement, révisa le prix. Le second revint sur ses pas et reprit la négociation. La même pantomime se répéta trois ou quatre fois. À la fin de la journée, Guissac avait acquis trois hommes, quatre femmes et un négrillon. À la mine consternée de Miguel, je compris que la transaction n'avait pas été bonne. Guissac la compléta par l'achat de deux défenses d'éléphant et du morfil [1] d'hippopotame. Mais cela ne faisait pas le compte.

Lorsque les esclaves traités virent approcher le forgeron du village, ils poussèrent des cris affreux. Ils suppliaient le chef de les garder. Je me demandais la raison de cette terreur soudaine, quand Miguel me glissa dans l'oreille :

– Ces sauvages sont persuadés que nous les embarquons pour les manger.

Sans se soucier de leurs supplications, le forgeron riva à leurs poignets et à leurs chevilles les anneaux où passeraient les chaînes des Blancs. Mais c'est à la mode africaine qu'on amena les captifs sur la plage. C'est-à-dire qu'on enserra leur cou dans la fourche d'une branche épaisse, longue d'environ six pieds. Pour avancer, chacun portait sur l'épaule le joug de celui qui le suivait. Si l'un d'entre eux cherchait à

1. Ivoire brut.

quitter la file pour s'enfuir, le poids de la branche l'empêcherait de courir, voire lui briserait la nuque. Par Miguel, je savais que, les guerriers africains allaient razzier des villages très éloignés de la côte. Pour arriver jusqu'ici, les malheureux avaient déjà dû marcher des jours et des jours, alourdis par ce pénible carcan.

L'enfant, dispensé de tout lien, trottait auprès de sa mère entravée. Mécontent de la transaction, Guissac se vengeait en houspillant les prisonniers, en particulier le gamin qui, disait-il, ralentissait la colonne. Le spectacle qu'offrait cet être fragile forcé à une allure trop soutenue pour ses petites jambes me désola encore plus que celui des adultes, chez qui une résignation apeurée avait succédé aux supplications.

Une fois sur la plage, on procéda au paiement. L'homme au crâne chauve vérifia chacun des objets qui lui était présenté, avec la même pointilleuse attention que Guissac avait prêtée à la marchandise. En sus du prix, il exigea pour lui-même un coupon de tissu et un sac de cauris, des coquillages très prisés sur ces côtes, où ils servent de monnaie. Sans doute était-ce l'usage, car Guissac, quoique de fort méchante humeur, y consentit sans rechigner.

Pour l'embarquement, on débarrassa les nègres de leurs fourches et on leur passa aux pieds et aux mains des chaînes qui leur interdisaient tout mouvement un peu large. Assis en cercle sur le sable, brisés par un destin qui les écrasait, ils écoutaient Joseph qui tentait de les rassurer. Nous ne les perdions pas de vue, dans la crainte d'un geste désespéré. C'est en effet au moment où ils se voient arrachés au rivage de leurs ancêtres que les nègres sont le plus enclins à se suicider.

Ils étaient peu nombreux. Deux navettes suffiraient à les mener à bord. Nous les forçâmes à s'allonger au fond du canot. L'enfant se serra contre sa mère. Nous étions à mi-chemin de l'*Amphitrite* quand celle-ci, d'un geste brusque, le souleva et tenta de le jeter à la mer. D'un coup de talon dans la poitrine, Guissac contraria son geste. Elle retomba avec son fardeau. Guissac ne s'en contenta pas et continua à la frapper, malgré les hurlements du négrillon.

Je pesai avec rage sur l'aviron pour lutter contre la nausée.

Chapitre 7

Le prix du salut

– Il y a fort longtemps, au-delà du fleuve qui borde le pays des Iroquois, vivaient deux créatures diaboliques, plus grandes que le plus grand des arbres, à la peau aussi dure que le plus dur des rochers. Quand elles rencontraient des canoës sur la rivière, elles massacraient leurs occupants pour s'abreuver de leur sang.

Pendant les longues heures d'oisiveté, il n'était pas rare que l'un ou l'autre des matelots s'improvisât conteur, pour passer le temps. Mais, à force, toutes les histoires qui couraient les ports finissaient par être connues. Aussi mes compagnons appréciaient-ils les légendes indiennes que j'avais entendues pendant mon séjour chez les Onéïdas.

– Un jour, tous les hommes des longues cabanes se réunirent pour en finir avec ce fléau. Ils luttèrent bravement sur la rivière, mais les monstres étaient trop forts. Un à un, les canoës coulaient, crevés par leurs terribles dards. Alors, le sachem, constatant que la moitié de ses guerriers avaient péri, changea de tactique. Les survivants se réfugièrent sur la rive. Gênés par le feuillage, les monstres ne voyaient plus leurs assaillants, qui leur décochèrent jusqu'à leurs dernières flèches. Affaiblis par mille blessures, ils s'écroulèrent. Aussitôt les Iroquois les dépecèrent avec leurs haches. Longtemps ils s'acharnèrent sur leurs dépouilles, les taillant en tout petits morceaux. Mais, le soir venu, de chacun de ces fragments renaquit un monstre. La seule différence tenait à la taille. Ils étaient certes minuscules, mais tout aussi féroces, et ivres de vengeance. Voilà pourquoi, depuis, les moustiques mènent la plus acharnée des guerres contre le genre humain.

Bâbord-Amures, d'une seule claque, écrasa trois de ces détestables insectes sur sa joue.

– Tes amis peaux-rouges auraient bien dû attendre qu'on leur apporte des mousquets ! Avec ça, ils seraient venus proprement à bout des moustiques géants, et nous serions débarrassés de cette engeance...

La chaleur, les moustiques, l'ennui... Tous les mouillages se ressemblaient. Au bout de deux ou trois jours d'attente, on embarquait une poignée de nègres, rarement plus de trois, quelquefois moins. Puis, après un à quatre jours de navigation, l'*Amphitrite* jetait l'ancre un peu plus loin et une équipe gagnait la terre, là où le capitaine savait trouver un village de traite. Il avait la plus grande connaissance de ces côtes. Un bouquet d'arbres, un rocher, la consistance et la couleur des fonds que draguait la sonde lui suffisaient à se repérer. Souvent, nous rencontrions un navire qui, comme nous, tentait sa chance. Une fois, le capitaine accepta de partager un lot avec un Hollandais plutôt que de lui faire une concurrence qui n'aurait profité qu'au fournisseur. Un peu plus tard, il revendit deux femmes à un Anglais sur le point de s'élancer vers les Îles. Mais, généralement, nous nous tenions à l'écart des autres négriers.

Bien que chaque récolte fût maigre, la soute aux esclaves se remplissait petit à petit. Nous observions ce progrès avec impatience. De toute la campagne, le cabotage est la partie la plus pénible et la plus périlleuse. D'abord, les captifs, sachant la côte proche, sont plus enclins à se révolter ; à quoi leur servirait, en effet, de s'emparer en pleine mer d'un bâtiment qu'ils ne maîtriseraient pas ? Même si de telles mutineries se produisaient quelquefois, elles demeuraient exceptionnelles. Tandis qu'on devait toujours craindre des tentatives d'évasion, individuelles ou collectives, tant que les esclaves pouvaient espérer rejoindre la rive à la nage. Aussi l'équipage restait-il en permanence sur le qui-vive. Nous ne dormions guère plus de quatre heures par nuit.

À vrai dire, la révolte des esclaves n'était pas ce que nous redoutions au premier chef. Plus les soutes à nègres se remplissaient, plus nous devions nous rendre à terre pour renouveler l'eau douce, les vivres et le bois pour la cuisine. Or cette côte n'est pas des plus hospitalières. D'innombrables fauves y guettent le voyageur assez imprudent pour pénétrer dans leur domaine. Je dois à la vérité de dire que crocodiles et léopards se montrèrent plutôt discrets chaque fois que je fus de corvée, et que je m'en méfiais moins que des serpents, araignées et scolopendres venimeux. Les sauvages aussi pouvaient se révéler dangereux. Tel roitelet qui, la veille, vous a vendu des captifs n'hésitera pas à essayer sur vous les fusils que vous lui avez fournis en échange, pour peu qu'il ne soit pas tout à fait satisfait de l'eau-de-vie que vous lui avez donnée ou, au contraire, qu'il en ait abusé.

Mais surtout, nous étions obsédés par les miasmes qui se développent dans ces régions chaudes, sous l'ombre moite des arbres. Les fièvres s'emparent, sournoises, des hommes les plus robustes, les jettent sur le flanc, suant, grelottant, ahanant. Qui en est atteint repose entre les mains de Dieu, ou du Diable. Malgré les remèdes préconisés par les uns et les autres – et l'imagination des matelots ne connaît aucune limite dans ce domaine –, nul ne peut prévoir si la fièvre abandonnera un matin sa victime épuisée ou la mènera sur la planche du coq. Après le Génois, elle emporta Matté et Le Louarn, deux gaillards du Léon. Un ver pénétra dans la jambe du pauvre Job Coz, qui enfla démesurément. Le chirurgien l'amputa pour empêcher la bestiole de remonter jusqu'au cœur. Quant aux coliques, nul n'y échappa.

En comparaison les esclaves, habitués au climat débilitant de ces contrées, se portaient bien. Il faut dire que nous en prenions grand soin. Lorsque nous nous éloignions assez de la côte pour ne pas craindre qu'un intrépide tentât de franchir les filets accrochés aux haubans pour se jeter à l'eau, nous les menions sur le pont respirer l'air du large. Nous organisions des danses pour empêcher que le manque d'exercice n'amollît leurs muscles. Ce procédé est d'autant plus efficace que les leurs ne ressemblent en rien à nos menuets : elles mobilisent tout le corps qui, ensorcelé par le battement des tambours, se tord selon un rythme qui va en s'accélérant.

Pour les distraire afin que la mélancolie ne les emporte pas, nous leurs confiions de petits travaux, comme la fabrication de cordages. Ils s'y montraient fort habiles.

Quant à la nourriture, qu'ils puisaient à dix dans une baille, le chirurgien veillait à ce qu'elle fût suffisante et également répartie : il ne s'agissait pas de débarquer des individus débiles et amaigris, mais au contraire d'engraisser ceux que leur captivité chez les marchands d'esclaves africains, moins scrupuleux, avait affaiblis.

Pour ma part, je ne croisais jamais le regard d'un de ces malheureux sans éprouver un malaise. Un soir, sous prétexte de me confesser, je m'ouvris de mes scrupules au frère François. Il ne les comprit pas.

– Mais, ce que nous faisons, c'est pour leur bien ! s'écria-t-il. Ce sont de toute façon des esclaves. Penses-tu que leur sort est plus enviable chez des sauvages que chez les planteurs des Îles, qui eux, au moins, sont des gens civilisés ? Et, songes-y, nous sauvons leurs âmes. S'ils restaient chez les païens, à adorer leurs affreuses idoles, ils brûleraient en enfer après leur mort. Tandis que, sitôt qu'ils arriveront à Saint-Domingue, leur maître les fera baptiser. D'ailleurs, les Saintes Écritures autorisent l'esclavage : n'est-il pas écrit dans la Bible que la descendance de Cham[1] devra servir les autres peuples ?

Malgré le secret de la confession, je n'accordai pas pleinement ma confiance au capucin. Aussi ne discutai-je pas, bien que l'argument fût loin de me convaincre. Mon père, qui aimait les moralistes, m'avait appris cette fable d'Ésope qui montre un loup préférant rester affamé, mais libre, au sort d'un chien bien nourri, mais enchaîné. Il pensait alors à sa propre situation, comparée à celle des courtisans de Versailles. Cependant la réflexion du fabuliste ne valait-elle pas pour ces malheureux ? N'était-ce pas un prix trop lourd à payer, que l'abandon de sa liberté ? Quand je voyais mes compagnons se réjouir parce qu'une transaction permettait de remplir un peu plus la soute aux esclaves, je ne pouvais m'empêcher d'évoquer les

1. Fils de Noé, ancêtre présumé des Africains. D'après la Bible, son fils Canaan fut condamné à servir ses oncles pour expier la faute de son père, qui avait surpris Noé dans sa nudité.

moustiques de la légende : nous venions, innombrables et dangereux, nous nourrir du sang de cette terre.

Il me vint une pensée singulière : quelque entreprenant et âpre au gain que fût M. Combray de Rivelen, il ne pratiquait pas la traite. Je ne saurais dire pourquoi cette idée me traversa l'esprit : l'époux de ma tante Louise était bien le dernier homme auprès duquel je serais aller chercher un conseil de conduite ! Pourtant cette réflexion me troubla beaucoup. Plus que jamais, les sages propos du P. Milon me manquaient.

Le frère François emporta mon secret dans la tombe : une mauvaise fièvre s'étant emparée de lui au large d'Elmina, il mourut comme nous arrivions à Juda[1].

Juda ! Pour tous les négriers, ce nom sonnait comme une sorte d'Eldorado. Installée au fond d'une lagune séparée de l'océan par une étroite langue de terre, cette plaque tournante créée par les Portugais était aujourd'hui contrôlée par les Français et les Anglais. Elle drainait le commerce du roi du Danhomè, Kpengla, souverain aussi puissant que mystérieux : ses

1. Aujourd'hui Ouidah, au Bénin.

dieux lui interdisaient de s'approcher de la mer, et bien peu de Blancs s'étaient risqués dans sa capitale, Abomey. De terrifiantes légendes couraient sur lui et sur son royaume. On parlait, sans doute avec exagération, de cultes atroces, de sacrifices humains, de diables qui s'incarnaient en serpents, de cérémonies démoniaques dans la profondeur de bois hantés par des esprits infernaux. Tout en affectant de mépriser les cultes païens, Miguel, comme tout l'équipage, redoutait le pouvoir des sorciers. La mort du frère François au toucher de ces rives aggravait son malaise.

– Si c'était pour finir par faire de la traite de comptoir, grommelait-il, pourquoi avons-nous perdu tout ce temps le long de la côte ?

Les abords de Juda se présentaient sous l'aspect d'une plaine herbeuse brûlée par le soleil, ponctuée d'arbres au feuillage étalé en parasol et d'épineux à l'ombre insuffisante. Nous nous rendîmes au fort français, vaste enclos flanqué de quatre tours garnies de canons. À l'abri de ces murs qui ne paraissaient hauts que parce qu'ils étaient ceints d'un fossé abrupt, des bâtiments rectilignes cernaient une cour écrasée de soleil. Un colombier rond, qui servait également de poudrière, en égayait l'agencement monotone.

Tandis que M. de Sainville et les officiers qui l'accompagnaient répondaient à l'invitation du commandant du fort, on nous servit, à nous autres matelots, un repas fort honnête. J'y mangeai une viande qu'on me dit être de l'antilope, une sorte de chèvre sauvage aussi haute qu'un âne.

Le soir même de mon arrivée, alors que je cherchais à retrouver le dortoir où mes compagnons dormaient déjà, j'aperçus non loin de la forge M. de Sainville en conversation avec un homme à la tenue extravagante. Un chapeau immense garni d'une plume dissimulait son visage. Les basques de sa veste d'uniforme rouge battaient ses mollets nus, car il ne portait ni bas ni chaussures. Un baudrier garni de peau de serpent soutenait un sabre trop grand pour lui, dont le fourreau raclait le sol. L'entretien fut bref, et les deux hommes s'éloignèrent l'un de l'autre avec des allures de conspirateurs. Le capitaine s'avisa alors de ma présence, ce qui parut le contrarier. Il m'appela près de lui et me demanda si j'avais surpris ses propos. Je le rassurai sur ce point, et même fis en sorte qu'il pensât que je n'avais pas remarqué son interlocuteur. Il crut cependant nécessaire d'ajouter :

– Cet homme est un courtier avec lequel j'ai travaillé autrefois, et qui me saluait. Bonsoir, Milon. Ne t'attarde pas. Les nuits de Juda sont peuplées de maléfices

Que le capitaine daignât m'adresser la parole et, de surcroît, prît la peine de justifier son entrevue avec l'étrange personnage, acheva de me persuader qu'elle n'avait rien d'innocent. Mais, après tout, ce n'étaient pas mes affaires. Suivant son conseil – moins par crainte de la sorcellerie que par celle des moustiques –, je rejoignis mes camarades. Tout autour du camp résonnaient les jappements des chacals et le rire des hyènes.

Le séjour à Juda dura une semaine. M. de Sainville acheta une trentaine de nègres, ce qui me parut un chiffre considérable, car de nombreux traitants venaient s'approvisionner en ce lieu. Le roi d'Abomey devait être le plus riche des souverains d'Afrique !

Chapitre 8

Le dernier chargement

Parmi les nègres que nous ramenions de Juda, l'un d'eux m'impressionna beaucoup. La taille remarquablement élevée, le torse bien découplé, il représentait pour le vendeur une marchandise de choix, une pièce d'Inde comme on en trouvait peu. Plus encore que sa force, la noblesse de son expression me frappait. Alors que les autres baissaient le front, prostrés, lui redressait la tête, dédaigneux de ceux qui l'observaient. Les profondes scarifications de ses joues et de ses tempes accentuaient le caractère farouche de son visage. Malgré les liens qui l'entravaient, il se dégageait de sa personne une réelle noblesse, et je ne doutais pas, aux regards éplorés que lui jetaient ses compagnons d'infortune, qu'ils reconnaissaient en lui un chef. Par quel revers de fortune se trouvait-il réduit à la captivité ? S'agissait-il d'un prisonnier de guerre, ou le roi d'Abomey avait-il cherché à évincer un prince dont l'influence menaçait son autorité ? Je n'attendais pas de réponses à ces questions, fruits de mon imagination toujours prompte à s'enflammer – Breton je suis, et Breton je resterai !

Pourtant, j'en reçus bientôt une. Je remarquai en effet que Joseph tressaillit en apercevant le captif. Je lus de la peur dans son regard. Et quand, plus tard, je l'interrogeai sur la raison de cette frayeur, il me répondit d'un simple mot : « Vaudoun ! » tandis que, de nouveau, la terreur s'inscrivait sur son visage.

L'homme n'était pas un chef de guerre, comme je le pensais, mais un sorcier.

Sorcier ou pas, les trente nègres venaient à point pour compléter la cargaison. Il régnait une joyeuse humeur à bord, car nous étions convaincus que la campagne de traite touchait à sa fin et que le capitaine allait donner l'ordre de mettre le cap sur les Antilles.

Aussi la déception fut-elle grande quand nous nous aperçûmes que le cabotage se poursuivrait vers l'est.

– Nous allons donc à Badagri, prédit Miguel.

– Qu'est-ce que c'est ?

– Un comptoir tenu par les Portugais.

– Mais les soutes sont pleines !

Miguel secoua la tête d'un air sombre, et finit par donner libre cours à son pessimisme :

– Je n'aime pas cela, grommela-t-il. Le capitaine est un brave homme, mais il aime trop l'argent. Quand on ne sait pas s'arrêter, on va toujours trop loin.

Miguel se trompait sur notre destination. Au lieu de mouiller au large de Badagri, nous mîmes en panne bien avant, à cinq ou six encablures de la côte, mais sans jeter l'ancre. Nous restâmes dans cette position inhabituelle pendant deux jours. Des matelots se relayaient dans la mâture, avec l'ordre de signaler l'approche de toute embarcation. Nous étions inquiets : la sonde indiquait que nous n'avions guère qu'une ou deux brasses d'eau sous la quille ; un coup de vent imprévu pouvait nous jeter sur un des hauts-fonds qui nous séparaient du littoral.

Aussi est-ce avec soulagement que nous entendîmes la vigie annoncer une voile. Aussitôt, le capitaine jaillit de sa chambre, une lunette à la main. Je me crevais les yeux pour distinguer le navire annoncé.

– Là, par tribord avant, m'indiqua Bâbord-Amures en pointant le doigt.

J'eus beaucoup de mal à apercevoir ce qu'il me montrait : ce n'était qu'une chaloupe, qui se confondait avec l'ombre de la côte. Elle aborda sous notre hanche. Je reconnus l'étrange personnage que j'avais entrevu à Juda à son invraisemblable couvre-chef. Il avait abandonné sa veste rouge au profit d'un gilet de soie brodé. Malgré le sabre brinquebalant à son flanc, il grimpa l'échelle de coupée avec agilité. Parvenu à bord, il ôta son chapeau et s'inclina avec une déférence exagérée devant le capitaine. L'homme était très brun de poil et de peau, mais la finesse de ses traits dénonçait une origine étrangère à la région.

– Chalvez, murmura Miguel entre ses dents.

– Tu le connais donc ?

– En principe, c'est un agent des Portugais de Badagri. Mais j'ai l'impression que, cette fois, il prend le risque de travailler pour son propre compte.

M. de Sainville entraîna le visiteur dans le château. Ils y discutèrent environ un quart d'heure. Quand ils réapparurent, le capitaine donna l'ordre de mettre à la voile, tandis que Chalvez renvoyait la chaloupe à terre. Puis, sous sa conduite, l'*Amphitrite* vint mouiller dans une petite crique, bordée sur l'un de ses côtés par une grève où trois pirogues étaient échouées. À l'orée de la plage, les arbres formaient un rideau épais.

M. de Sainville fit distribuer les armes et mouiller le canote, à la proue duquel fut montée une bouche à feu dont les huit canons parallèles étaient chargés de mitraille. Guissac en prit le commandement. Chalvez embarqua avec nous. Comme nous abordions, une trentaine de nègres entravés apparurent à l'orée, brutalement poussés par leurs gardiens vers le rivage.

Nous sautâmes sur la plage. Une violente dispute éclata aussitôt entre Guissac et Chalvez. Une fois de plus, une transaction débouchait sur un désaccord, Guissac accusant le courtier de livrer une marchandise d'une qualité inférieure à ce à quoi il s'était engagé, Chalvez hurlant à la mauvaise foi. Pendant ce temps, ses hommes embarquaient les captifs dans les pirogues et le canote, avec une hâte qui, elle, était inhabituelle.

Un coup de feu retentit. Un des hommes de Chalvez s'écroula.

– La garnison de Badagri ! s'écria ce dernier, affolé, en courant vers le canote.

Effectivement, surgissant de la forêt, des soldats en armes se précipitaient vers nous. Guissac orienta la bouche à feu au jugé, enflamma la poudre. Son vacarme autant que la mitraille effarouchèrent les assaillants. Ils reculèrent, laissant deux des leurs au sol. Hélas, trop longue à recharger, l'arme ne les intimiderait pas longtemps.

– Embarquez ! cria Guissac.

Les Portugais, demeurant sous le couvert des arbres, balayaient la plage d'un tir nourri. Heureusement pour nous, la distance le rendait imprécis. J'aidai à pousser le canote à l'eau, sautai dedans, saisis un aviron... Nous voyant sur le point de fuir, les assaillants s'enhardirent à quitter leur abri. L'*Amphitrite* donna du canon, au risque de nous atteindre par un tir trop court.

– Souque, garçons ! nous encourageait Guissac.

Debout, il ajustait le tir de son pistolet sur un grand escogriffe qui paraissait commander le détachement. Il fit feu trop tôt et manqua sa cible, ce qui le mit en fureur. Une petite négritte, embarquée à la hâte, perdit l'équilibre et tomba à l'eau. Elle se débattit, alourdie par ses chaînes. Je lui tendis mon aviron. Elle s'y accrocha. La chaloupe tangua.

– Milon ! Tu perds l'esprit ?

– Elle va se noyer !

– On s'en fout ! Laisse-la !

Eussé-je voulu lui obéir que je ne le pouvais plus. La jeune fille étreignait l'aviron, m'empêchant de le manœuvrer. Sur un signe de Guissac, Chambon la coucha en joue. Elle vit le mousquet. Ses yeux s'écarquillèrent de frayeur. Dans un même geste, je bousculai Chambon et halait violemment l'aviron vers moi. O'Keaf m'aida à remonter la négritte. Une balle s'écrasa sur le bordé, arracha une esquille qui vint se planter dans la main de Gweltaz.

– Souque, garçons, souque ! rugit Guissac.

Un boulet passa en vrombissant au-dessus de nos têtes et souleva une gerbe d'eau et de sable en s'écrasant au milieu de nos attaquants.

Les Portugais ne possédaient fort heureusement ni embarcations ni artillerie. Bientôt, nous jugeant hors d'atteinte de leurs armes, ils renoncèrent et nous pûmes faire monter nos captifs à bord de l'*Amphitrite* sans autre difficulté. Chalvez et ses hommes se joignirent à nous. On les déposerait plus loin. Le courtier chercha à négocier une augmentation de sa part, au motif que, sa duplicité désormais connue de ses employeurs, il avait perdu ses moyens d'existence. Il s'attira de Sainville cette réponse, admirable si l'on songe que le capitaine se livrait lui-même à la contrebande :

– Monsieur, les métiers de traître et de fraudeur comportent des risques, qu'il vous appartenait de mesurer avant de les embrasser. Estimez-vous heureux que je ne vous fasse pas grief des dangers que mon équipage a courus à cause de votre imprévoyance.

La réplique de Chalvez, en revanche, manqua trop de retenue pour que je la rapporte ici.

Une fois les nouveaux venus enfermés, je dus rendre compte de ma conduite, pour laquelle Guissac réclamait une punition.

– En sauvant cette malheureuse qui se noyait, je n'ai eu en tête que l'intérêt du capitaine, plaidai-je.

– Au risque de nous faire tuer ! répliqua Guissac. Pour une négritte sans valeur, qui mourra sans doute avant d'atteindre les Îles.

– Capitaine, implorai-je, tenez compte...

– Ton intention était louable, Milon, me coupa M. de Sainville. Mais tu as désobéi à un officier. Tu dois être puni pour cela. Tu prendras double quart et seras privé de rhum durant un mois.

Guissac grinça des dents. La sanction était légère. Lui m'aurait volontiers renvoyé à fond de cale, ou sous la garcette. Aussi bien le capitaine avait-il besoin de tous les hommes pour s'occuper de la cargaison et des manœuvres.

– Quant à ta quote-part, poursuivit M. de Sainville en faisant allusion à la prime que chaque marin touchait à la fin du voyage, elle sera calculée sur la vente de cette fille.

Cela ne me laissait qu'un faible espoir de gain, surtout si la prédiction du second s'avérait. Qui pis est, le capitaine, qui ne perdait jamais de vue son bénéfice, même quand il se montrait généreux, précisa :

– Si elle meurt, en revanche, son prix sera déduit de ta solde. En attendant, interdiction de lui parler. Je ne veux pas d'histoires de femme à mon bord ! Monsieur Guissac ! Pare à la manœuvre. Cap sur Saint-Thomé [1].

Un triple hourra accueillit l'annonce de cette destination. En se dirigeant vers cette île, le capitaine allait chercher le meilleur vent pour traverser l'Atlantique. Nous quittions enfin les côtes insalubres de l'Afrique pour le climat plus sain des Antilles !

Je m'en serais moi aussi réjoui, si je n'avais croisé à ce moment le regard carnassier de Guissac. Depuis que j'avais essayé de ménager O'Keaf, il m'était hostile. Désormais, il me haïssait. Cela n'avait pas échappé à Miguel, qui me toisa avec pitié.

– *Cabrao* ! lâcha-t-il entre ses dents.

---

1. São Tomé.

Dans sa langue, cela signifiait « imbécile », ou pire encore. Je n'étais pas loin de partager cet avis. Pourtant, je ne regrettais pas mon geste. C'était le premier, depuis que j'avais franchi le cap Vert, dont je pouvais m'enorgueillir.

Chapitre 9

Cap sur les Îles

À Saint-Thomé, nous débarquâmes Chalvez et ses hommes, à l'exception d'un métis, Ambo, qui préféra tenter l'aventure avec nous. Ce renfort était le bienvenu : le long de notre route, nous avions confié quelques cadavres à l'océan. Par miracle, les fièvres m'avaient épargné.

Si tout se passait bien, nous toucherions à Saint-Domingue dans quatre ou cinq semaines, puis ce serait la traversée dans l'autre sens, vers la France. Curieusement, alors que cette ultime étape occupait toutes les conversations, je ne m'étais pas attardé à y réfléchir. Y avait-il un retour possible pour moi ? Ne vaudrait-il pas mieux rester dans les Îles, ou plutôt gagner la jeune république d'Amérique ? Oui, à tout prendre, cette solution paraissait la meilleure. En tant qu'ambassadeur de France, M. Barbé de Marbois, qui s'était montré si compréhensif envers moi, serait en mesure de m'aider à m'y installer.

– Toi ! Au lieu de rêvasser ! Va t'occuper des nègres !

Depuis que Guissac m'avait ouvertement pris en grippe, Etchégaraï ne s'adressait plus à moi que sur un ton rogue. Je filai doux. S'attirer le courroux du maître d'équipage revient à s'embarquer pour l'enfer – au figuré comme, souvent, au sens propre.

Pour les esclaves, les premiers jours de la traversée étaient particulièrement difficiles : très affectés par le mal de mer, ils rendaient tripes et boyaux. Mais au moins étaient-ils autorisés à passer plus de temps sur le pont.

Obéissant à l'ordre d'Etchégaraï, j'allai retirer les chaînes qui les entravaient pendant la nuit. L'odeur qui régnait dans la soute où les malheureux s'entassaient me saisit à la gorge. Je gardai par-devers moi deux esclaves chargés de nettoyer les vomissures et les déjections. Pour laver le plancher, ils ne disposaient que d'un seau de bois et de serpillières : pas question de leur confier des briques, qu'ils auraient pu utiliser comme armes.

Après m'être assuré que les deux captifs commis à cette corvée s'en acquittaient, je rejoignis les autres sur le pont. Entièrement dénudés, ils étaient arrosés à grands coups de seaux d'eau de mer. Cette précaution, qui constituait pour l'équipage un spectacle assez prisé, avait pour but de les débarrasser de la vermine. Ce principe d'hygiène ne s'étendait pas jusqu'aux matelots, que les insectes n'épargnaient pourtant pas. Il est vrai que ceux-ci n'auraient pas à présenter une peau indemne de gale à d'éventuels acheteurs.

Dakodonu – tel était le nom du sorcier – bénéficiait d'un traitement particulier. Son influence sur ses compagnons de captivité, et pas seulement sur ceux du peuple fon auquel il appartenait, était bien vite apparue comme une menace. Aussi, afin d'éviter qu'il ne prît la tête d'une révolte, M. de Sainville avait-il recommandé de l'isoler.

Contrairement aux autres, qui semblaient se résigner, il conservait la froideur hautaine adoptée dès le début de sa captivité. Il mangeait à sa suffisance, ce qui excluait l'intention du suicide. Cependant, jamais il ne dansait ni ne participait aux travaux. Cette attitude lui aurait valu le fouet, n'était le souci du capitaine de ne pas gâter une si belle marchandise. Peut-être entrait-il un peu de respect dans cette indulgence ; je surpris plusieurs de mes compagnons à baisser le regard devant le sien.

Les femmes, dont on redoutait moins la révolte, n'étaient enchaînées ni la nuit ni le jour. Elles ne devaient pas se mêler aux hommes, consignés sur le gaillard d'avant, sauf pour aider aux tâches courantes comme la préparation de la nourriture des esclaves. Préposé à l'entretien des captifs mâles, je ne revis la petite négritte que bien après notre départ. Il aurait été préférable que cette rencontre n'eût pas lieu. Car, lorsque je la croisai, elle me reconnut, me sourit et m'adressa quelques mots.

– Désolé, je ne te comprends pas..., commençai-je.

Une violente bourrade me jeta à terre. Je me retournai, furieux.

– Monsieur Etchégaraï, dit Guissac en se délectant, inscrivez cet homme pour la punition.

Je serrai les poings. Mais que faire ? Guissac avait tout pouvoir. D'ailleurs, il n'était même pas injuste : j'avais désobéi à l'ordre que m'avait intimé le capitaine de ne pas adresser la parole à cette fille.

Le lendemain, après la prière, quand M. de Sainville se retira – depuis la mort du frère François, c'était lui qui officiait –, je me préparai à subir mon châtiment. Je redoutais moins la douleur que l'humiliation d'être fouetté en public. Surtout, j'enrageais de donner une telle satisfaction à Guissac. Je me jurai de ne pas pousser un cri. Je préférais mourir sous les coups que lui procurer ce plaisir. Mais saurais-je assez me maîtriser pour ne pas laisser échapper un gémissement involontaire ? J'implorai l'esprit de Tigamanik de m'aider, lui que j'avais vu encourager ses bourreaux à imaginer des tourments encore plus atroces que ceux qu'ils lui infligeaient.

Et le moment arriva.

Après les consignes de la journée et la litanie des exemptions de corvées accordées aux malades, Guissac invita le maître d'équipage à annoncer les punis du jour.

– Jean Milon, pour avoir désobéi au capitaine et menacé l'ordre du bord : cinquante coups.

La consternation que je lus sur le visage de mes amis à l'énoncé de ce verdict exagérément sévère me réchauffa le cœur. Le sourire mauvais de Guissac m'affermit dans ma résolution : quelque force qu'on mît à me fouetter, j'étais déterminé à ne pas me plaindre. Crânement, je m'avançai.

– Milon ! Dans les rangs, aboya le maître d'équipage. Ton tour viendra après.

Au même instant, deux esclaves amenèrent la négritte affolée. Quoi ! Guissac poussait la cruauté jusqu'à la faire flageller, elle aussi ! Je me raidis, et sans doute aurais-je commis l'irréparable si Bâbord-Amures ne m'avait coupé la respiration d'un coup de coude dans les côtes en grommelant :

– Tiens-toi tranquille, il n'attend que cela pour la tuer et régler ton compte après.

Tandis que les deux esclaves attachaient les poignets de l'infortunée jeune fille, Etchégaraï choisit parmi les captifs celui qui appliquerait la sanction. Il lui posa la garcette dans la main et, du geste, lui ordonna d'en frapper le dos de la négritte. L'esclave s'exécuta, trop mollement sans doute aux yeux de Guissac, qui l'invita d'un coup de poing dans les reins à un peu plus de vigueur. Un murmure parcourut l'assemblée, non que cette brutalité parût abusive, mais parce que les hommes trouvaient indécent qu'un officier s'abaissât à la commettre lui-même.

L'esclave comprit l'avertissement. Le fouet siffla. La jeune fille hurla. Guissac ne me quittait pas du regard. Je serrai les poings. Au quinzième coup, elle cessa de crier. Elle avait perdu connaissance.

– Hale un seau d'eau de mer et réveille-la, m'enjoignit Etchégaraï.

C'en était trop ! Advienne que pourra ! Je n'allais pas laisser ces deux vauriens se jouer ainsi de moi. Je connaissais la conséquence d'un refus. Mais mon honneur de gentilhomme me l'imposait.

Un cri, tombé du ciel, me sauva.

– Voile par tribord devant ! annonça l'homme de garde. Marche à nous !

Guissac se rua sur le gaillard d'avant. À l'écart des voies commerciales ordinairement suivies par les navires en route vers les Antilles, nous ne nous attendions pas à une rencontre. Certes, nous étions en paix avec les Anglais, mais qui pouvait affirmer que la guerre ne s'était pas rallumée ? D'ailleurs, avec un chargement si peu conforme au mandat de ses associés, le capitaine de Sainville souhaitait tout autant éviter d'exciter la curiosité d'un officier de la marine française.

– Rentrez les esclaves, ordonna Guissac. Celle-là, nous la finirons plus tard !

Chapitre 10

Le pavillon de la chaîne brisée

En cédant un peu plus de toile, nous infléchîmes notre route vers le sud. Aussitôt, le mystérieux navire changea de cap : il nous prenait bel et bien en chasse ! Bientôt il fut assez près pour que l'on reconnût en lui un brigantin, probablement de construction anglaise. L'*Amphitrite* se mit dans le lit du vent, pour prendre de la vitesse. Malgré cela, l'écart se réduisait. Il est vrai que le senau était défavorisé par sa coque enflée, son étrave ronde et son chargement excessif !

M. de Sainville avait pris en personne la direction de la manœuvre. Deux heures à peine nous séparaient de la nuit. Aussi espérait-il maintenir le brigantin à une distance suffisante pour lui échapper à la faveur de l'obscurité. De fait, son habileté à profiter de la moindre saute de vent le lui permit. Hélas, la lune, les étoiles, qui sont plus brillantes sous ces climats que dans nos cieux, jetaient une lueur trop vive sur la mer. Si bien que le chasseur pouvait réagir à chacun de nos changements d'amures. Et, au matin, nous le retrouvâmes dans notre sillage.

La poursuite dura encore toute une partie de la journée, sans qu'il cherchât à nous rejoindre.

– Qu'est-ce qu'il attend ? m'énervai-je.

– Il dispose sûrement d'un équipage nombreux, qui se relaie aux manœuvres, constata Bâbord-Amures, philosophe. Tandis que nous, nous usons nos forces à le fuir. Au moment du combat, la fatigue nous affaiblira.

L'excitation nous gagnait. Ne valait-il pas mieux se battre, au lieu de laisser notre imagination nous ronger ? Le capitaine fit recharger les pièces à plusieurs reprises, pour s'assurer que la poudre serait bien sèche quand le chasseur se précipiterait sur sa proie.

Passé midi, je remarquai que la moustache d'écume soulevée par le taillemer du brigantin avait épaissi : il prenait de la vitesse. Bâbord-Amures aussi s'en était aperçu.

– Cette fois, il arrive, dit-il entre ses dents.

L'inconnu tira un coup de semonce, pour nous inviter à mettre en panne. En réponse, le capitaine fit hisser le pavillon et donner du canon pour l'assurer. Le boulet se perdit dans la mer, un peu avant l'étrave de notre poursuivant. Celui-ci, à son tour, envoya ses couleurs. Non pas celles d'une nation, mais celles d'un pirate : un pavillon bleu frappé d'un motif représentant une chaîne brisée.

Déployant toutes ses voiles, le forban cherchait maintenant à nous couper le vent pour gêner nos manœuvres. Comme il présenta sa proue, je pus lire son nom : le *Nautile*. L'aisance de ses mouvements, la maladresse des nôtres ne laissaient aucun espoir d'échapper à l'abordage.

– Les tireurs, sur les hunes ! ordonna le capitaine. Les autres, aux piques !

Je saisis une longue hampe, terminée par un fer acéré, prêt à repousser les assaillants. Outre cette arme, j'avais glissé dans ma ceinture une paire de pistolets chargés, un sabre court et le tomahawk dont Kanhawa m'avait si bien enseigné le maniement.

Le brigantin arrivait sous notre hanche, quand le capitaine, hardiment, vira pour lui couper la route en lâchant une bordée. Hélas, l'*Amphitrite,* déséquilibré, prit une mauvaise gîte et la plupart des projectiles, au lieu de crever les voiles et d'ébranler les mâts de notre adversaire, ricochèrent sur sa lisse. Il ne répliqua pas à boulets, de crainte sans doute d'endommager sa prise ; mais une pluie de mitraille et de grenades arrosa notre pont.

L'odeur de poudre et de sang me ramenait quatre ans en arrière. Le combat se révéla plus sauvage encore que ce que j'avais connu sur l'*Auguste*. L'ennemi ne cherchait pas seulement à immobiliser le navire, mais à éliminer l'équipage. Nous nous défendions avec l'énergie du désespoir. Les encouragements du capitaine étaient superflus. Nous n'avions qu'un propos : tuer avant d'être tué.

La batterie tribord cracha une nouvelle bordée, à bout portant. Aussitôt, les pirates, sachant que les canons ne pourraient faire de nouveau feu avant plusieurs minutes, jetèrent des grappins pour arrimer notre navire au leur. Avec nos haches, nous coupions leurs filins, malgré le plomb qui tombait des hunes. Mais d'autres grappins s'accrochaient au plat-bord.

Déjà les premiers forbans s'élançaient, malgré les piques tendues vers eux. Haches et sabres taillèrent la chair vive. Dans les vergues, les tireurs se livraient un terrible combat : en témoignait la chute des corps qui s'écrasaient sur le pont.

– Attention, à bâbord ! me cria Miguel.

Je frappai avec le manche de ma pique un pirate qui reprenait son équilibre sur le bastingage. Il tomba entre les coques, à l'instant où les deux navires, violemment tirés l'un contre l'autre, entraient en collision.

– Derrière la muraille ! ordonna le capitaine.

Tout en refluant, nous jetions sur le pont des clous à quatre pointes pour briser l'élan de nos assaillants. L'un des deux pierriers disposés derrière les meurtrières de la palissade fit long feu. L'autre cracha un mélange de balles et de ferraille qui laissa une traînée sanglante dans les rangs de l'ennemi. Mais la muraille ne nous protégea guère. Escaladant la lisse, les pirates envahissaient le gaillard d'arrière, nous prenant à revers. J'eus le temps de voir M. de Sainville disparaître dans l'explosion d'une grenade. Je voulus me précipiter à son secours. Un colosse, torse nu, barbe de jais, le front ceint d'un turban, se mit en travers de mon chemin. J'esquivai de justesse son énorme sabre courbe en me baissant. Au passage, je lui portai un coup de tomahawk à la cheville. Poussant un hurlement de rage, il perdit l'équilibre, jarret tranché. Je ne trouvai pas trace du capitaine. Je me débarrassai d'un autre adversaire. Autour de moi, les blessés se tordaient de douleur. La supériorité des pirates était écrasante. Je le constatai sans émotion. Je ne pensais plus. Je me battais.

Soudain, un cri, repris de gorge en gorge, domina le fracas des armes : le feu ! Je me retournai. Les écoutilles vomissaient d'épaisses volutes noires. Ce fut le signal de la débandade. Tandis que nos assaillants coupaient les filins des grappins et utilisaient leurs corbeaux comme des gaffes pour découpler les navires, tous, y compris les nôtres, se ruaient pour quitter le bord.

Je courus jusqu'au bastingage, grimpai dessus. J'aurais sauté sur le brigantin, s'il n'eût été déjà trop écarté. D'un instant à l'autre, le feu pouvait gagner la sainte-barbe, embraser les tonneaux de poudre qui y étaient entreposés. L'*Amphitrite* finirait dans une terrifiante explosion. Le diable s'apprêtait déjà à recevoir l'âme de ceux qui restaient à son bord.

Je prenais mon élan pour plonger, quand je réalisai que les esclaves, enfermés dans leur prison, étaient condamnés à périr dans l'explosion. Le regard affolé de la jeune fille agrippée à mon aviron s'imposa à moi.

Comme je redescendais du parapet, je me heurtai à Bâbord-Amures.

– Il faut délivrer les nègres ! lui criai-je.

– Tu es fou ? Tout va sauter !

– Occupe-toi des femmes ! fut ma réponse.

La sienne se perdit dans la confusion du sauve-qui-peut. Pour atteindre le gaillard d'avant, il me fallait traverser tout le pont encombré par les débris, les cadavres et les clous que nous y avions semés. J'arrivai malgré tout en un instant à la porte de la geôle. Avec une hache d'abordage, je m'attaquai à ses ferrures.

Sous la poussée des prisonniers, le battant fut arraché avant même que je l'eusse dégagé de ses gonds. Ils ne m'avaient pas attendu pour se libérer de leurs chaînes. C'était autant de moins que j'aurais à faire, songeai-je assez stupidement, sans m'aviser que cette libération était le début d'une révolte.

Les esclaves jaillirent sur le pont. Les premiers hurlèrent de douleur en embrochant leurs pieds nus sur les clous. Un groupe d'hommes grimaçants bondit sur moi, tandis que d'autres, apercevant le nuage de fumée, comprenaient le danger et refluaient vers la proue. Dix poignes m'agrippèrent, me soulevèrent, les membres écartelés. J'aperçus dans les mains d'un de mes agresseurs la hache avec laquelle j'avais ouvert leur prison. Il la brandit au-dessus de ma tête.

Je fermai les yeux. Alors une voix domina le tumulte. Grimpé sur la potence de la cloche, Dakodonu exhortait les esclaves. Les cris hostiles cessèrent aussitôt. On me lâcha.

Je me retournai vers l'écoutille. La fumée en sortait toujours, mais elle avait éclairci. Un diable surgit du puits au câble en toussant. Bâbord-Amures ! Je courus à lui et l'aidai à s'en extraire.

– Ça va bien, matelot, cracha mon ami entre deux quintes. C'est Sainville qui a tenté de faire sauter le navire, plutôt que de le laisser prendre.

– Où est-il ? Il faut...

– Trop tard. Il est mort avant d'atteindre la sainte-barbe, et c'est tant mieux pour nous. En tombant, il a foutu le feu à un vieux cordage. Heureusement, il n'était pas trop bien goudronné ; il avait pris l'eau et brûlait mal.

Pendant que nous parlions, les esclaves s'étaient armés avec ce qui leur tombait sous la main. Livré à lui-même, l'*Amphitrite* s'éloignait du pirate, dont l'équipage s'employait encore à récupérer les hommes tombés à l'eau. Je constatai qu'ils ne marquaient aucune différence entre les leurs et ceux que, quelques minutes auparavant, ils s'efforçaient consciencieusement d'étriper.

Une fois les naufragés repêchés, comme il apparaissait que l'incendie à bord de l'*Amphitrite* avait été maîtrisé, le brigantin s'y amarra derechef. Les esclaves formaient un bloc compact. Je crus que les combats allaient reprendre, qui opposeraient cette fois les pirates aux nègres mutinés. Or, quand les navires furent de nouveau accolés, deux hommes seulement gagnèrent le bord.

Le premier était très grand, mince. La blondeur de la chevelure débordant de son chapeau pour se répandre sur ses épaules, la pâleur de ses yeux gris contrastaient avec le hâle de sa peau, tannée par le soleil et les embruns. Il mettait dans ses gestes une lenteur calculée, comme s'il voulait montrer que tout à bord, même le temps, dépendait de son bon vouloir. Le second n'était autre que Joseph, notre interprète.

L'homme blond examina l'*Amphitrite*. Son regard glissa sur Bâbord-Amures et moi. Il demanda, dans un français à peine coloré d'un accent que je n'identifiai pas :

– Où est le capitaine de cette prison flottante ?

– Dans la cale. Il est mort.

– Parfait, souffla-t-il. Justice est faite…

L'impudence de ce pirate me révolta.

– C'était un homme d'honneur, et un bon capitaine ! protestai-je.

Quel démon me poussait à prendre ainsi la défense de Sainville ? Oubliais-je que, pour un vaincu, l'humilité est le meilleur gage de la survie ? En réalité, j'avais déjà abandonné tout espoir. S'il entre dans les bons usages des corsaires de débarquer leurs prisonniers dans un port neutre, un pirate, lui, ne peut se permettre de laisser des témoins derrière lui. Quitte à mourir, je ne détestais pas y mettre un peu de panache, comme il convient aussi bien à un chevalier breton qu'à un guerrier du clan de l'Ours.

À ma grande surprise, il se contenta de cracher sur le pont et de constater, sur un ton dédaigneux :

– C'était un fou, s'il pensait traverser l'Atlantique avec un navire aussi surchargé.

Poursuivant son inspection, il parvint à hauteur de Dakodonu. La vue des sauvages armés ne l'émouvait en aucune façon.

– C'est toi le chef, n'est-ce pas ? demanda-t-il en portugais.

– Capitaine, sauf votre respect, intervint Joseph, ce nègre-là ne vous comprend pas.

– Alors, traduis : je ne leur veux aucun mal. Je ne les

vendrai pas. Je les ramènerai à terre. Je souhaite seulement qu'ils se tiennent tranquilles.

Puis il tourna les talons et regagna son bord. Pendant ce temps, Joseph s'acquittait de sa mission. Dakodonu lui répondit avec véhémence. À dire vrai, leur conversation semblait une dispute, mais peut-être cette impression tenait-elle à la sonorité de leur langage. Quoi qu'il en soit, les esclaves finirent par se rasséréner. Sans lâcher leurs armes, ils se regroupèrent sur le gaillard d'avant. Joseph ne les suivit pas.

– Joseph..., commençai-je.

– Je m'appelle Kofi, corrigea-t-il.

Comme je l'avais si souvent vu faire, il s'accroupit sur ses talons, laissa errer son regard sur un horizon de lui seul connu et opposa un silence buté à mes questions.

Peu après, une quinzaine d'hommes envahirent le pont, sous la conduite d'un individu basané vêtu à la mode arabe. Celui-ci monta sur la dunette et dirigea la manœuvre. Juste avant que les deux navires ne se séparent, les survivants de l'*Amphitrite* regagnèrent le bord. Il n'en restait qu'une dizaine. Parmi eux, j'aperçus Miguel. Ma joie de le retrouver eût été plus grande, si je n'avais pas vu son sang abondamment répandu sur sa chemise. Guissac aussi figurait au nombre des rescapés. Il n'avait pas fière allure : une balle lui avait démoli l'épaule. Je l'aurais préféré mort.

Bâbord-Amures et moi fûmes poussés vers les rescapés, puis on nous amena, à l'exception de Joseph, dans la soute à nègres, où l'on nous enchaîna. Nous restâmes ainsi jusqu'au soir, sans eau ni nourriture. Les pirates ne nous ayant pas tout de suite passés à la planche, nous reprîmes un peu espoir. Mais il s'amenuisa à mesure que la chaleur et la soif augmentaient. Le soir, pourtant, des esclaves nous apportèrent de l'eau et une poignée de biscuits. Parmi eux, j'eus le plaisir de voir la jeune fille. Elle m'adressa quelques mots, auxquels je répondis par un sourire, à défaut de saisir le sens de ses paroles. Ses gestes contenus montraient qu'elle souffrait des blessures de son dos. Les pirates l'avaient-ils obligée à nous servir ? Je préférai penser qu'elle était venue s'assurer que j'étais sauf. Je lus beaucoup de tristesse dans son regard, mais pas de rancœur. Je lui demandai pardon, sachant qu'elle ne me comprenait pas. Mais cela me soulageait un peu.

Ce soir-là, je m'endormis plus tranquille, apaisé à l'idée qu'à son tour elle veillait sur moi. Après tout, j'étais vivant. Dans les circonstances présentes, il eût été présomptueux de demander davantage.

Chapitre 11

Le Danois

Le lendemain matin, on vint nous chercher, Bâbord-Amures et moi : le capitaine demandait à nous voir. Mon compagnon se heurta la tête au plafond en se relevant : il avait oublié que dans la soute à nègres on ne pouvait marcher que le dos courbé. En sortant de la geôle, j'aspirai avec avidité l'air frais du large. J'avais vu les esclaves agir ainsi quand on les extrayait de leur réduit. À présent je comprenais pourquoi.

L'homme blond, tout de rouge vêtu, avait pris place dans la chambre naguère occupée par M. de Sainville. Je le trouvai absorbé dans la lecture du livre de bord. Il ne releva pas la tête quand nous entrâmes. Sur la table, je remarquai mon tomahawk. Je n'avais qu'à tendre la main pour m'en emparer. Du moins, si l'Arabe, qui m'observait, impassible, ne m'en empêchait pas.

– Nommez-vous, dit le capitaine sans relever la tête.

– Augustin Baraye, plus connu sous le nom de Bâbord-Amures, à cause que mon nez a pris un coup de vent de ce côté-là, répondit mon compagnon en montrant son arête nasale déviée.

– Jean Hoel de Kervadec, dis-je, plus sobrement.

Il abandonna sa lecture pour me dévisager.

– C'est toi, m'a-t-on appris, qui as libéré les esclaves ? Pourquoi ?

– Le feu était à bord. Ils risquaient de sauter avec le navire.

– Tu t'inquiétais du sort des nègres ? Ou l'idée de perdre de la bonne marchandise t'horrifiait-elle à ce point que tu n'as pas hésité à risquer ta vie pour la sauver ?

– Je suis un marin, pas un commerçant, répliquai-je, touché au vif par son ironie.

– Et toi ? demanda l'homme rouge à Bâbord-Amures. Pourquoi es-tu resté à bord ?

– Parce que ce fou est mon ami et qu'il n'aurait pas renoncé à sa folie, quoi que je dise. J'avais plus vite fait d'essayer d'éteindre l'incendie. J'ai tout de suite reconnu l'odeur du goudron qui brûlait. Quand je suis arrivé dans la cale...

Le capitaine arrêta d'un geste de la main le récit par lequel Bâbord-Amures se proposait d'immortaliser son héroïsme. Saisissant le tomahawk, il me demanda :

– C'est avec ce jouet que tu as estropié l'un de mes meilleurs hommes ?

– C'est avec de telles armes que mes frères iroquois montrent qu'ils sont les plus valeureux guerriers de la Nouvelle-France.

Discrètement, Bâbord-Amures me donna un coup de coude pour m'inciter à moins de raideur. Mais mon arrogance parut plutôt amuser le capitaine.

– Tes *frères* iroquois ? releva-t-il en appuyant sur le second mot. Diable !

Il nous considéra un moment, avant d'ajouter :

– Si je vous libère sur parole, serez-vous loyaux envers moi ?

Le visage de Bâbord-Amures s'éclaira. Je douchai son enthousiasme en demandant :

– Sous quel pavillon naviguerions-nous ?

Ma crânerie, décidément, plaisait au capitaine. Même l'Arabe, qui était resté de marbre pendant tout l'interrogatoire, esquissa un sourire.

– Le plus souvent, sous le pavillon de sa Gracieuse Majesté le roi d'Angleterre. Vous voyez, l'honneur est sauf : je ne vous demande pas de trahir, puisque la Grande-Bretagne et la France sont en paix. Profitez-en, cela ne durera pas.

Déjà, Bâbord-Amures remerciait le capitaine, mais je persistai dans mon attitude, en faisant observer :

– Si nous sommes en paix, pourquoi nous avoir attaqués ? D'ailleurs, ce n'est pas l'Union Jack que vous avez arboré...

– Tu n'as pas répondu à ma question, me coupa le capitaine, assez sèchement pour me dissuader de continuer ce petit jeu.

Je donnai mon accord.

– Bien. Tu libéreras ceux des matelots de ce navire qui acceptent de servir à la manœuvre. Les autres quitteront le bord immédiatement, sur le canote, avec une semaine de vivres et d'eau. Tu es responsable de ceux qui restent. À la moindre tentative d'évasion ou de mutinerie, tu seras pendu. En attendant, tu commandes en second, sous les ordres de Haddad.

Cette décision me déconcerta tellement que je perdis d'un coup mon assurance.

– Capitaine, sauf votre respect… Je ne peux pas être second. Ce n'est que mon deuxième embarquement.

– Oh, vraiment ? Tant pis, tu apprendras. Celui qui mérite de commander un navire est celui qui le quitte le dernier.

– Dans ce cas, choisissez mon camarade, il…

– Non, toi. Gare ! Tu m'as amusé, mais à l'avenir je ne tolérerai plus que tu discutes mes ordres. Au moindre faux pas…

Il mima la pendaison. Bâbord-Amures me jeta un regard en coin. « Pourquoi diable as-tu fait le malin ? » semblait-il me dire. Bien sûr, on n'argumente jamais avec le capitaine ! Mais cet homme me paraissait tout à fait singulier. En lui tenant tête, tout en mesurant le risque que je prenais, je voulais le surprendre. Je voulais, surtout, qu'il me distingue des négriers. Le durcissement soudain de son ton, qui rompait avec la désinvolture qu'il avait jusqu'alors affichée, me ramenait à la réalité. Je me dis que, s'il n'avait pas passé tout l'équipage au fil de l'épée, c'était simplement parce qu'il avait besoin de bras pour acheminer sa prise.

À ce moment, un petit homme replet en costume de toile brune, le chef couvert d'un tricorne de feutre, pénétra dans la chambre. Quand il ôta son chapeau, il découvrit un crâne chauve et luisant, que cernait une couronne de cheveux blancs. Il s'adressa au capitaine dans une langue que je ne connaissais pas. De l'allemand, estimai-je, ou plutôt du hollandais. Le capitaine hocha la tête.

– M. Van Ruisdael, mon chirurgien, a examiné les nègres. Vous les avez plutôt bien soignés, à l'exception de deux ou trois femmes, en particulier une jeune fille, que vous avez maltraitées. Nous en reparlerons plus tard. Il va maintenant s'occuper de vos blessés. Monsieur Van Ruisdael, ajouta-t-il en se tournant vers le Hollandais, je vous présente M. Hoel de Kervadec, que je viens de nommer lieutenant de l'*Amphitrite*.

À l'énoncé de mon nom, le Batave sursauta :

– Êtes-vous parent avec le marquis Armel ?

– C'était mon père, répondis-je, un peu abasourdi de rencontrer dans ces circonstances quelqu'un qui l'avait connu.

Sa réaction me surprit encore bien davantage. Un large sourire fendit son visage rond comme une lune. Il se précipita sur moi, me prit la main entre les siennes et la secoua vigoureusement.

– Je n'ai jamais eu le plaisir de rencontrer le marquis, mais il m'honorait de sa précieuse correspondance. Dites-moi, est-il parvenu à acclimater *Solanum tuberosa* au sol breton ?

Des années durant, mon père avait cherché à introduire sur notre pauvre lande des cultures nouvelles, pour améliorer le rendement de ses champs. Il importait semences et tubercules de tous les ports d'Europe, grâce à des correspondants tout aussi enthousiastes que lui, et tenait pour assuré que le salut de l'humanité dépendait de l'un de ces plants qu'il entretenait avec amour. « Quand les hommes ne craindront plus la faim, affirmait-il, quand la terre donnera avec générosité tout ce que l'on peut espérer d'une mère, les guerres disparaîtront, car chacun vivra dans la paix et l'harmonie de la nature, comme aux premiers temps de l'humanité. » Pour achever de m'en persuader, il me lisait une page de Rousseau. Enfant, je m'étais passionné pour ses expériences. Et chaque fois que les plants mouraient, j'éprouvais autant de chagrin que lui. Mais ses échecs répétés saison après saison m'avaient lassé. J'avais fini par considérer ses travaux avec un dédain indulgent, comme la marotte d'un original, et n'avais plus prêté, les dernières années, qu'une oreille distraite à ses comptes rendus. Je le regrettais aujourd'hui. Peut-être aurais-je compris à laquelle de ses expériences le Hollandais faisait allusion.

– Je crains que non, répondis-je cependant, sans risque de me tromper puisque tout avait échoué.

– Dommage, dommage, dit-il.

Il paraissait réellement désolé.

– Votre père était un homme de bien. Il méritait de réussir. D'ailleurs, je suis sûr qu'avec un peu plus de temps... La terre de la plaine des Sablons, près de Paris, où M. de Parmentier, m'a-t-on rapporté, a expérimenté avec succès ses plants de pomme de terre n'est pas plus fertile que celle de Bretagne.

Le capitaine se leva, mettant un terme à cette conversation. Il donna quelques instructions en arabe à Haddad, qui les reçut avec une courte inclinaison de la tête. Il me rendit le tomahawk sans proférer de commentaire, avant de regagner la yole qui l'attendait en bas de l'échelle de coupée pour rejoindre le brigantin.

Je me tournai vers l'Arabe. Du menton, celui-ci me désigna la proue : j'avais reçu les ordres du capitaine, il était inutile qu'il les répétât. J'allais donc libérer les prisonniers.

Elzéar n'avait pas survécu à ses blessures. La plupart des autres ne valaient guère mieux. Je me réjouissais à présent que Guissac fût vivant : j'aurais ainsi le plaisir de rendre la monnaie de sa pièce à ce triste sire, désormais placé sous mon autorité. Le P. Milon m'avait toujours présenté la rancune comme un péché, et je suis tout disposé à tenir le pardon des offenses pour une grande vertu ; mais elle n'entre pas dans mon caractère.

Je me réjouissais aussi, pour un plus noble motif, que le chirurgien fût resté à bord. En premier lieu, il soignerait mes camarades, à commencer par le pauvre Miguel. Ensuite, j'espérais profiter de la sympathie qu'il éprouvait envers mon père, car les intentions du capitaine me laissaient toujours perplexe. Quant à Haddad, qui pouvait dire quels sentiments à mon égard dissimulait son masque impassible ?

Lorsque j'exposai à mes camarades le choix qui leur était offert, aucun n'hésita. Quel marin a envie d'être abandonné en pleine mer à bord d'un esquif ? De crainte d'être exclus, les blessés les plus atteints juraient par tous les saints qu'ils se sentaient en pleine forme. Je vins rendre compte de cette unanimité à Haddad. Il posa sur moi un regard acéré, avant de prononcer en anglais, en détachant les syllabes :

– And you ? What you can do ?

Ce que je savais faire ? À la vérité, je me sentais incapable de diriger la manœuvre dans des circonstances difficiles. Il y avait je ne sais quoi d'aristocratique dans les traits fins de Haddad qui m'inspirait confiance. J'essayai que ce fût réciproque, en ne cherchant pas à le tromper.

– To learn, if you gently please.

Apprendre, si tel était son bon gré ! Ma réponse provoqua une esquisse de mouvement à la commissure de ses lèvres. Il me fut donné plus tard de déchiffrer cette expression, la plus exubérante qu'il se permît : ma réponse lui avait plu.

Le *Nautile* déployait toutes ses voiles, ce qu'autorisaient un bon alizé et une mer calme. À mon tour, je commandai la manœuvre, sous le regard attentif de Haddad. Puis il parut se désintéresser de moi. Je restai sur la dunette tandis qu'il gagnait la chambre du capitaine.

– Eh ! matelot ! Tu ne t'en tires pas mal, me cria Bâbord-Amures.

– Par grand beau, avec le brigantin pour m'indiquer les amures… Et un équipage qui anticipe mes ordres. Tu crois que je ne l'ai pas remarqué ? Mais au premier coup de tabac…

– Espère, garçon, espère, m'encouragea mon brave ami.

Plus rapide, le brigantin s'éloignait. Il avait mis le cap à l'est : nous retournions en Afrique. Le capitaine semblait vouloir tenir la promesse qu'il avait faite à Dakodonu !

Le *Nautile* disparut dans l'ombre du soir. À peine le soleil fut-il englouti derrière l'horizon que des millions d'étoiles enflammèrent la voûte céleste. Je repérai quelques constellations. J'étais épuisé. Mais je n'osais quitter mon poste.

Van Ruisdael me rejoignit, d'humeur bavarde.

– Pourquoi le capitaine vous a-t-il laissé à bord de l'*Amphitrite* ? lui demandai-je. Ne lui seriez-vous pas plus utile sur le *Nautile* pour soigner ses blessés ?

– Le Danois n'a pas besoin de moi. Il s'y connaît davantage en médecine que le botaniste que je suis en réalité. Peut-être même pense-t-il que les patients ont plus de chances de se remettre si je ne m'en mêle pas.

Je m'enhardis à poser la question qui me hantait depuis que ma route avait croisé celle de l'Homme rouge :

– Qui est-il ?

– J'ignore son vrai nom. Quand je l'ai connu, il s'appelait Colin Meate-Paine. Depuis, il a changé plusieurs fois d'identité. Dans les ports français, il se fait appeler Anne-Aimé Picot. Tout le monde dans l'océan Indien, où il croise le plus souvent, l'appelle le Danois, mais personne ne sait précisément d'où il vient. Peu importe. Pour nous, il est le capitaine. Il n'est pas un homme de son équipage qui ne le suivrait, s'il se mettait en tête de remonter le fleuve de l'Enfer. Vous comprendrez quand vous le connaîtrez.

Je n'avais aucune peine à le croire. Ne m'étais-je pas moi-même senti séduit par cet homme assez fou pour faire d'un novice inconnu le lieutenant de sa prise ?

– Et Haddad ?

– C'est un cheikh, un chef de tribu. Un jour, il a sauvé la vie du Danois. Depuis, il pense que son destin est de veiller sur le capitaine. C'est le plus adroit marin qui soit.

– Je lui trouve l'air bien mélancolique, comme si la tristesse le rongeait...

– Un astrologue lui a prédit le nombre de fois qu'il franchirait la ligne [1] avant de mourir. Aussi s'assombrit-il un peu plus à chaque voyage. Il se pourrait d'ailleurs que celui-ci soit le dernier. Il l'accepte, bien sûr,

1. L'équateur.

puisque c'est son destin. Mais cela le préoccupe tout de même.

Une autre question me brûlait les lèvres. J'hésitais à la poser, car je redoutais de froisser la susceptibilité de mon interlocuteur.

– Le Danois a prétendu être armé en course par le roi d'Angleterre..., me décidai-je enfin.

– Il l'est. Comme il aurait pu l'être par le roi de Suède ou les Provinces-Unies. Voire le tsar. On le reçoit dans toutes les cours du Nord.

– Et le pavillon à la chaîne brisée qu'il a arboré pour attaquer l'*Amphitrite* ?

– Cette fois, il ne combattait pas pour la couronne, mais pour son propre compte.

Un corsaire se livrant à l'occasion au piratage... Le cas n'était pas si rare que je dusse m'en étonner. Surtout que, depuis que la paix était rétablie entre la France et la Grande-Bretagne, les corsaires n'avaient plus comme proies désignées que les forbans de l'océan Indien qui menaçaient les navires des compagnies commerciales européennes.

– Vraiment ? Il compte donc empocher tout le produit de la vente...

– La vente ? s'offusqua le Hollandais. Ne l'avez-vous pas entendu ? Ces malheureux seront déposés sur la côte. Le seul profit qu'il tirera de cette prise, ce sera le prix du navire et de la cargaison marchande, c'est-à-dire pas grand-chose : l'ivoire qu'on a trouvé à bord est de piètre qualité.

– Vous voulez dire qu'il a engagé le combat uniquement pour libérer les nègres ?

– On discute beaucoup, en Europe, de l'abolition de la traite. Les Anglais, qui ont perdu la plus grande partie de leurs possessions américaines, y sont favorables, parce qu'elle ruinerait les îles à sucre françaises. Les Suédois aussi, parce qu'ils n'ont pas de colonies. Mais, pendant que les beaux esprits s'affrontent dans les salons, les négriers ratissent la côte africaine. Le Danois, lui, a décidé d'agir chaque fois qu'il le peut.

Sa voix vibrait de fierté. Il marqua une pause, avant de m'assener, ses yeux de faïence plantés dans les miens :

– Si mes souvenirs sont bons, votre père était un lecteur assidu de l'abbé de Raynal, pour qui non seulement la traite, mais l'esclavage ne sauraient se justifier.

Je préférai ne pas me laisser entraîner sur ce terrain. Revenant au Danois, je demandai :

– Le *Nautile* est hors de vue. Le capitaine ne craint-il pas qu'une mutinerie ne le prive même du faible dédommagement qu'il est en droit d'espérer ?

– Cela, Monsieur de Kervadec, répliqua Van Ruisdael en abandonnant brutalement son ton affable, c'est votre mission de l'empêcher. N'avez-vous pas donné votre parole, une parole de gentilhomme ?

Chapitre 12

Adieu à la traite

Trois jours plus tard, comme nous arrivions en vue de la côte, le Danois nous rejoignit pour nous guider vers l'endroit où il avait choisi de débarquer les esclaves libérés : une île semée d'arbres, cernée par les deux bras d'un fleuve côtier. Au-delà s'étendait une forêt plus dense. Nous étions loin de leur pays d'origine. Le prix à payer pour la liberté était l'exil. Même ici, ils n'étaient peut-être pas à l'abri d'une nouvelle expédition guerrière. J'étais sûr d'une chose : jamais plus ils ne se laisseraient asservir.

– Kervadec, formez les équipes ! ordonna Haddad.

Je désignai les matelots qui assureraient le transport des Noirs jusqu'à la côte. Guissac figurait parmi eux, malgré la blessure qui lui interdisait l'usage d'un bras. Il savait quelle sanction lui vaudrait de ma part un refus d'obéissance. La haine brilla dans ses yeux. Sans doute avait-il lu la même expression dans les miens le jour où il avait fait fouetter ma protégée. Et sans doute en avait-il éprouvé la joie mauvaise que je ressentais.

Les Africains prirent place dans le canote. Au moment de quitter le bord, la jeune fille se tourna vers moi. Par Joseph, je savais à présent qu'elle se nommait Amaka. Au cours des trois dernières journées, je n'avais guère fait que l'apercevoir. M'évitait-elle, à présent qu'elle se savait libre ? Bien sûr, j'aurais pu l'envoyer chercher. Un scrupule m'avait retenu. Même si je lui avais porté secours, j'éprouvais de la honte d'avoir participé à l'odieux commerce dont elle avait été la victime. Sur le point de partir, pourtant, elle semblait vouloir me parler. Je cherchai Joseph du regard. Hélas, en vain. Je réalisai d'ailleurs que je ne l'avais pas vu de la matinée.

– Au revoir, Amaka, dis-je, et bonne chance.

Elle me répondit. Je l'entendais pour la dernière fois. Cela me peinait. Ayant achevé son discours, elle m'adressa un sourire un peu triste et se dirigea vers la coupée. S'arrêtant soudain, elle ôta le gri-gri pendu à son cou et me le posa dans la main. Puis elle s'éloigna en courant : je la vis disparaître derrière le bordé. Je ne sus jamais ce qu'elle me dit ce jour-là, mais je garde encore à l'oreille la chaleur de sa voix douce et chantante. Et je porte toujours la poche en peau de serpent ornée de coquillages qu'elle m'a donnée.

Il fallut plusieurs allers et retours pour amener tous les Noirs sur l'île. À mesure qu'ils débarquaient, ils se groupaient sur la plage, dans l'attente de leurs compagnons. Leur nombre me parut plus impressionnant qu'à bord. Ils n'avaient rien, sinon cinq mauvais fusils, trois tonneaux de poudre et une poignée de balles, cinq sacs de grains, trois haches et un panier de cauris qui leur permettrait de faire un peu de commerce s'ils entraient en contact avec une tribu pacifique. Si je me réjouissais de les savoir libres, dans ces conditions, n'était-ce pas surtout parce que cela soulageait ma conscience ?

Vint le tour de la dernière navette. Par deux fois, déjà, j'avais changé les rameurs. Seul Guissac avait été de tous les voyages. Je dois reconnaître qu'il ne se plaignit pas. Ce fut Miguel qui plaida en sa faveur.

– Guissac est au bord de l'évanouissement, dit-il. Sa blessure s'est rouverte. Épargne-lui au moins ce voyage…

– Tu as raison. Un aller-retour excéderait ses forces. Vous le laisserez sur la plage.

Miguel sursauta.

– Mais... tu sais ce qui lui arrivera si tu l'abandonnes parmi les nègres !

– J'aime mieux cela que recevoir un coup de poignard dans le dos, ce qui ne manquera pas de m'arriver un jour s'il remonte à bord.

Miguel transmit mon ordre sans qu'aucun des matelots trouvât à y redire.

Nous ne quittâmes pas immédiatement les abords de la côte. Auparavant, le Danois voulut rendre au senau l'aspect d'un honnête navire marchand. On procéda donc au démontage des soutes à esclaves. Un coup de peinture sur la lisse acheva de restituer à l'*Amphitrite* son identité première de *Dauphin*. Pendant ce temps, nous pouvions observer les Africains construire leur village. Parfois, je cherchais à distinguer la forme frêle d'une jeune fille sur la blancheur éblouissante du sable.

Joseph avait réellement disparu. Nous étions sûrs qu'il n'avait pas débarqué. Après avoir fouillé le navire de la quille à la pomme du grand-mât, nous dûmes donc admettre qu'il était tombé à l'eau, bien qu'une chute d'un navire au mouillage par mer calme fût inexplicable. À moins que cette noyade n'eût été volontaire.

La veille du départ, le Danois reçut tous ses officiers à sa table. Pour la circonstance, Haddad m'offrit une chemise propre. J'appréciai ce cadeau. Après dix mois de navigation et un combat, celle que je portais accusait une fatigue certaine.

La chambre que le Danois occupait à l'arrière du *Nautile* correspondait à ce que j'avais imaginé. Les objets y étaient rares, mais précieux. Malgré l'exiguïté des lieux, sa bibliothèque ne se limitait pas aux habituels traités de navigation. Les livres qui la garnissaient étaient écrits dans toutes les langues. Je ne suis pas d'un naturel jaloux. Toutefois, s'il est une faculté que j'aie jamais enviée à autrui, c'est bien ce don qu'il avait de se faire comprendre en quelque lieu qu'il séjournât.

La table du Danois n'avait rien de somptueux. Il attachait peu d'importance au confort : en témoignait l'étroitesse de sa couchette. Mais un dîner chez lui, outre l'honneur que cela représentait, était une fête de l'esprit. Haddad, que j'avais jusqu'à présent connu avare de paroles, y démontrait toute l'étendue de sa sagesse mélancolique, nourrie d'une grande érudition. Van Ruisdael s'exaltait aussitôt qu'il s'agissait de botanique. Holborn, le maître d'équipage du *Nautile*, avait navigué sur toutes les mers dans le seul but, semblait-il, d'en rapporter les anecdotes les plus extraordinaires sur les mœurs des indigènes.

Mais c'était surtout la conversation du Danois qui me fascinait. Face à sa pénétration, à la précision et à la justesse de ses analyses, je me sentais gauche. Je comprenais pourquoi un savant tel que Van Ruisdael en parlait avec une sorte de vénération. Ce soir-là, il s'intéressa à mon séjour chez les Iroquois, avant de m'interroger sur les intentions des Français à l'égard des Américains :

– N'est-il pas étrange que le roi de France, le souverain le plus absolu d'Europe avec le tsar, ait tant contribué à l'avènement d'une république ? Certes, il s'agissait pour lui d'affaiblir l'Angleterre. Pourtant je ne serais pas étonné qu'un jour prochain il doive en subir des conséquences auxquelles il ne songe pas. L'aspiration à la liberté pourrait se révéler contagieuse et, traversant l'Atlantique, soulever ses propres sujets.

Je n'y avais jamais réfléchi. J'essayai de me souvenir des conversations que j'avais eues avec le marquis de la

Fayette et surtout avec M. Barbé de Marbois, moins enthousiaste mais plus avisé. Je lâchai son nom, pour m'apercevoir avec surprise qu'il n'était pas inconnu du Danois : ils s'étaient rencontrés à Vienne.

– Ce soir-là, nous dînions chez le prince de Kaunitz, qui recevait le chevalier de Seingalt[1]. Marbois n'apprécia guère ce beau parleur imbu de lui-même. Comme je partageais son sentiment, alors que toute la compagnie, surtout les femmes, semblait au contraire fascinée, nous sympathisâmes. Je l'ai revu quelques mois plus tard au château de Nymphenburg, chez l'électeur de Bavière. Je le jugeai un homme de bien, promis à un bel avenir de diplomate, à condition de se discipliner un peu : j'ai entendu dire que quelques jugements exprimés trop haut sur les souverains allemands avaient provoqué son rappel précipité à Versailles...

On se serait cru dans le salon d'un hôtel parisien – tel du moins que je l'imaginais –, n'eussent été l'exiguïté du lieu, le plafond bas et les craquements qui ponctuaient le balancement du navire. Je profitai

1. Casanova, aventurier et mémorialiste vénitien.

d'un alanguissement de la conversation pour lancer la question qui me taraudait :

– Capitaine, avons-nous bien agi en débarquant les captifs ?

– En douterais-tu ?

– Sont-ils en mesure de se défendre s'ils sont attaqués par une tribu esclavagiste ?

– Ils en ont l'intention. Dakodonu en tout cas. As-tu une autre solution à proposer ?

– Non, reconnus-je. À moins de trouver un endroit sûr, où tous les esclaves libérés seraient réunis. S'ils devenaient assez nombreux pour former une nation, ils seraient à l'abri des attaques des autres peuples.

– As-tu entendu parler de la Compagnie de Saint-Michel, qui s'est créée en Angleterre ? Non ? Il s'agit d'un groupement d'honorables *gentlemen* qui se sont précisément donné pour objectif d'acquérir en Afrique un territoire assez vaste pour fonder une nation où l'esclavage serait proscrit et où chacun pourrait se réfugier pour échapper à la traite.

Il en parlait avec un détachement amusé, comme s'il ne nourrissait aucune illusion sur les chances d'une telle entreprise. Cependant j'appris par la suite qu'il y avait investi d'énormes sommes à fonds perdus.

– À mon tour de te poser une question, dit-il. Quand tu as livré cet homme... Guissac, à la vindicte des Noirs, qu'est-ce qui te guidait ? La justice, ou la vengeance ?

Je me sentis rougir.

– J'aimerais pouvoir répondre la justice. Mais suis-je assez innocent moi-même pour m'en prévaloir ?

– Alors, dans ce cas, tu as eu tort.

Il enchaîna sur un autre sujet, et jamais plus il ne m'en parla, bien persuadé que j'avais compris la leçon. Il ne se trompait pas.

Quand je revins à bord du *Dauphin*, Haddad me révéla :

– Sais-tu pourquoi le capitaine t'a confié le commandement en second du navire, bien que tu lui aies avoué avoir trop peu navigué pour y prétendre ? Parce que ton compagnon a préféré pénétrer dans une cale en feu, plutôt que t'abandonner. Aux yeux du Danois, il est plus méritoire d'inspirer une telle amitié que de savoir manœuvrer. Car la manœuvre s'apprend ; inspirer le dévouement, non.

Quand les préparatifs furent achevés, les deux navires prirent de conserve la route du sud. Le Danois comptait vendre le *Dauphin* au Cap, où il connaissait un marchand hollandais. Il y débarquerait aussi ses matelots. Là, ils n'auraient aucun mal à s'embaucher sur un navire en partance pour l'Europe.

Nous atteignîmes le cap de Bonne-Espérance vers la fin septembre. Même si la mauvaise saison pour aborder ce point extrême de l'Afrique touchait à sa fin, nous en redoutions l'approche. Le Danois avait fait garnir la roue du gouvernail de cordages neufs, renouveler les voiles et renforcer les haubans. Tout ce qui, sur le pont ou dans la cale, pouvait devenir un danger fut solidement amarré. Ces précautions, si nécessaires en cas de tempête, se révélèrent heureusement superflues, et nous gagnâmes le port du Cap dans de bonnes conditions. Une brise très froide agitait la mer, tandis qu'une brume épaisse dissimulait l'entrée de la baie. Vers midi, le brouillard s'éclaircit pour nous dévoiler la montagne de la Table, qui domine la ville.

M. Berg, le commerçant hollandais, vint en personne inspecter le *Dauphin*. C'était un homme grand, jeune encore, au teint rougeaud. Décidé à payer le moindre prix, il portait sur tout un regard critique, dénigrait les marchandises – qui, pour être franc, méritaient sa sévérité – et soulignait les défauts du senau. Je dois reconnaître que ce qu'il supposait sur le comportement du *Dauphin* en mer était strictement conforme à la réalité, à croire qu'il avait navigué avec nous. À l'issue de son examen, il annonça un prix. Haddad commença le marchandage. Le Danois semblait se désintéresser du débat. Comme celui-ci se prolongeait, il se fit apporter un boutefeu, qu'il alluma. Puis il fixa un prix, menaçant d'incendier le navire si le marchand ne l'acceptait pas. L'autre afficha une expression scandalisée, se lança dans une violente diatribe, au terme de laquelle, le capitaine ayant manifesté son impatience, il se plia à sa volonté. Cette affaire réglée, le Danois invita le marchand à boire et ils se quittèrent les meilleurs amis du monde, ce qu'ils n'avaient d'ailleurs jamais cessé d'être.

– Berg me paraissait avisé, commentai-je. Pourquoi a-t-il cédé au stratagème du capitaine ?

– Il le connaît depuis assez longtemps pour savoir qu'il ne plaisantait pas, répondit Haddad.

Ainsi qu'il l'avait promis, le Danois débaucha l'équipage du *Dauphin*, comptant scrupuleusement à chaque matelot sa solde pour la durée pendant laquelle il avait navigué sous son autorité. Quand mon tour vint, je demandai à rester avec lui, ce qu'il accepta de bonne grâce.

J'avais la gorge serrée en prenant congé de Bâbord-Amures. Ce maudit bavard allait me manquer. Plus que des compagnons, Miguel et lui étaient devenus pour moi une famille.

– Si je vois ta Maria, promis-juré, je lui dirai combien tu penses à elle !

– Je te l'interdis bien, par exemple ! Souviens-toi qu'elle est ma belle-sœur.

– T'inquiète, si je la vois, je verrai ton frère, et elle deviendra sa veuve… Tu auras le droit de l'aimer.

Je n'eus pas la cruauté de lui dire qu'il s'était déjà un peu trop mêlé de mes histoires de famille. Je lui donnai une dernière accolade, ainsi qu'à Miguel, qui regrettait déjà le bon temps passé à bord du *Dauphin*, et ils embarquèrent dans le canote. De mon côté, je rejoignis le *Nautile* en compagnie du Danois et de Haddad.

Au moment de monter par l'échelle de coupée, le Danois, avec sa nonchalance habituelle, m'avertit :

– J'ai à mon bord un homme qui a juré de te tuer. Il faudra régler cette question.

L'occasion m'en fut vite offerte. À peine avais-je mis le pied sur le pont que le colosse au turban que j'avais estropié pendant le combat vint sur moi aussi rapidement que le permettait la béquille de fortune sur laquelle il s'appuyait et m'abreuva d'injures. Fort heureusement, je n'entendais rien à sa langue.

Le Danois semblait beaucoup s'amuser de cette confrontation.

– Pourquoi veut-il me tuer ? demandai-je. Quand je l'ai blessé, je me défendais. Aujourd'hui nous appartenons au même équipage.

– Il dit que tu as agi par ruse et par traîtrise. En réalité, il est vexé. D'habitude, il remporte ses duels.

– Je me suis battu à ma manière. Si je l'ai surpris en employant une arme qu'il ne connaissait pas, c'était mon droit et cela ne fait pas de moi un traître. Peut-on le lui expliquer ?

Tandis que Haddad traduisait, j'observais le visage du lascar[1]. L'explication du cheikh le plongeait dans la plus grande perplexité. Enfin il lâcha quelques mots. Son ton ne laissait aucun doute sur sa détermination. Haddad la confirma :

– Cet homme s'obstine. Pour laver son honneur, il doit te tuer. Il te défie de le combattre dès qu'il sera sur pied.

1. Matelot originaire de l'Inde.

– Eh bien, soit ! Mais qu'il attende un an. Pendant ce délai, je veux que, lors des abordages, il reste à mon côté pour s'assurer qu'aucun autre ne le privera de sa vengeance en me tuant à sa place.

À la perplexité du pirate succéda l'incompréhension. Je portai le dernier coup, en chatouillant sa fierté :

– S'il tient ce délai, il aura montré qu'il est un homme d'honneur. Sinon, je considère que son défi n'est que le caprice d'un vaniteux.

Le lascar réfléchit longtemps après que Haddad lui eut traduit ma proposition. Enfin, je l'entendis proférer autre chose que des grognements.

– Il demande : qui dit que tu ne débarqueras pas avant ce terme ?

– Si cela devait se produire, je le préviendrais et il serait délié de son serment.

Un large sourire fendit la large face du colosse.

– C'est d'accord, confirma Haddad. Dans un an.

– Dans un an ! Comment se nomme-t-il ?

– Singh.

Quand le gaillard se fut éloigné en claudiquant, Haddad me glissa :

– Kervadec, tu es un habile homme. Selon toi, que serait-il arrivé si tu avais accepté le duel ?

– Probablement, il m'aurait tué. Cette fois, la surprise n'aurait pas joué, et il me paraît très fort, même amoindri par sa blessure.

– Le Danois n'aurait pas toléré cette rixe. Mais il n'aurait pu te protéger d'un accident. Et il se serait trouvé dans l'obligation de châtier Singh.

– Je suis sûr que le capitaine préfère que l'harmonie continue de régner à son bord.

– Oui, sourit Haddad, et c'est de l'avoir compris que tu es un homme habile.

Chapitre 13

Prélude au paradis terrestre

Du Cap, où il chargea ses cales en vivres frais et en eau douce, le *Nautile* appareilla pour les Mascareignes. Le Danois avait acquis un domaine dans la plus vaste des terres de cet archipel, l'île Bourbon. Il comptait y faire escale avant de remonter vers les Maldives pourchasser les pirates, ainsi que le voulait sa lettre de course.

Au moment où l'on se préparait à haler l'ancre dedans, nous remarquâmes une pirogue qui se dirigeait droit sur nous, servie par six rameurs. À l'arrière, un énergumène se démenait à nous adresser de grands signes. Bientôt, je le reconnus : Bâbord-Amures ! L'un des pagayeurs était blanc : Miguel. Les voiles se gonflaient, quand le petit esquif arriva sous la lisse. Les deux matelots eurent tout juste le temps de se hisser le long du filet d'abordage que nous leur jetâmes.

– Et alors ? Vous partiez sans nous ?

– Que viens-tu faire ici, matelot ? m'écriai-je en riant. N'y a-t-il pas à Lorient une presque veuve qui attend ton retour avec impatience ?

Bâbord-Amures grimaça.

– Je ne suis pas encore assez vieux pour poser mon sac ! Et puis, qui est-ce qui veillerait sur toi ?

– Pour ça, je me suis assuré les services d'un gaillard qui me couvera du regard pendant au moins un an. C'est égal ! Je suis bien content de vous voir tous les deux !

Dans la semaine qui suivit notre départ du Cap, la dysenterie se déclara à bord. Je ne fus, cette fois, pas épargné. Mais j'y survécus. William Holborn et deux autres matelots n'eurent pas cette chance. Atteints les premiers, alors que la maladie était en pleine virulence, ils y laissèrent la vie. Il plut au Danois de me nommer à la place de Holborn. C'est donc en qualité de maître d'équipage que je vis se profiler sur l'horizon l'île de France[1].

1. Aujourd'hui l'île Maurice.

Cette terre, la plus peuplée de l'archipel des Mascareignes, possède deux ports. Le Danois avait à faire avec les autorités. Aussi se dirigea-t-il sur celui de Saint-Louis, au plus grand plaisir de Van Ruisdael : le botaniste se réjouissait de visiter le jardin des Pamplemousses, dont la réputation était parvenue jusqu'en Europe.

Le Port-Louis bénéficie d'une rade fermée par un môle naturel, ce qui a déterminé son implantation. Toutefois le bourg lui-même se trouve, du fait du relief abrupt de cette partie de la côte, coincé dans un vallon étroit, dominé par des montagnes sombres et peu arborées. Vues de près, ses maisons de bois, toutes de plain-pied, entourées de palissades, se révèlent peu attrayantes. Mais – je pus le constater car Van Ruisdael avait eu l'heureuse idée de souhaiter ma compagnie dans son expédition – la fadeur austère du chef-lieu ne donnait pas une image exacte de l'île de France, dont la terre rouge, d'origine volcanique, assurait la fertilité.

Chemin faisant, le Hollandais se montra intarissable sur les végétaux que nous rencontrions et leurs multiples usages. La chaleur de son discours excluait tout soupçon de pédantisme. Van Ruisdael, heureux de voir sur pied, à l'état naturel, des spécimens qu'il n'avait jusque-là fréquentés que dans les livres ou les jardins des Plantes, souhaitait seulement partager son plaisir avec moi.

Son émotion fut à son comble quand nous atteignîmes enfin le but de notre expédition : le parc aménagé une quinzaine d'années avant notre venue par l'intendant de l'époque, M. Poivre. Il y pénétra avec le regard qu'avaient les enfants de ma paroisse en découvrant le cierge de Pâques. Je fus moi-même très impressionné par ce jardin. M. Poivre avait non seulement regroupé dans ce lieu les plus beaux exemples de la végétation locale – et il y en avait de surprenants, tels ces fougères aussi hautes que des peupliers ou ces arbrisseaux dont les feuilles revêtent la forme d'un cœur –, mais encore il y avait importé, depuis les régions les plus diverses, des fleurs et des arbres fruitiers pour les acclimater aux conditions, à vrai dire fort clémentes, de l'île. Chaque implantation avait été réfléchie pour le plaisir des yeux et de l'odorat, et l'ensemble offrait l'image exquise d'un véritable paradis terrestre.

– Ah ! Que je suis soulagé ! s'écria Van Ruisdael. MM. Maillart-Dumesle et Foucault, qui ont succédé à l'intendant Poivre, ne partageant pas son intérêt pour la botanique, je craignais qu'ils n'eussent laissé cet endroit à l'abandon. Fort heureusement, il n'en est rien !

– Ce Poivre avait en effet bon goût, relevai-je.

– Du goût ? Il s'agit bien de cela ! Cet homme était un saint !

Il me conta son histoire, fort curieuse. Détourné de sa vocation de missionnaire par une mutilation – comment un manchot du bras droit aurait-il pu bénir les convertis ? –, M. Poivre avait consacré son existence à dérober aux Hollandais des plants de muscadiers.

– Mes compatriotes, expliqua Van Ruisdael, j'ai honte de le dire, organisaient la pénurie de la noix muscade afin d'en augmenter le prix. Pour mieux contrôler le trafic dans les îles de la Sonde, où prospèrent à l'état naturel les arbustes qui la produisent, ils arrachaient ceux qui poussaient dans les îles qu'ils n'occupaient pas. Et quand la récolte se révélait trop importante, ils en brûlaient une partie pour conserver à cette épice la rareté qui justifiait son coût élevé.

– Et Poivre a réussi à leur ravir ce monopole ?

– Il y a passé sa vie, mais il y est parvenu.

– Je comprends comment il a pu financer l'aménagement de son jardin.

– Vous vous trompez. Ce n'est pas l'appât du gain qui le motivait. Sitôt en possession d'une quantité suffisante de muscadiers, il les a généreusement distribués à tous ceux qui en firent la demande. Car il considérait que les produits de la nature appartiennent à tous et que la misère n'existe que parce que quelques-uns les accaparent indûment. Permettez aux hommes de se procurer à bas prix ce dont ils ont besoin pour se nourrir, se vêtir, s'abriter, et ils s'affranchiront de leurs passions. Richesse et pauvreté n'auront plus de sens. Car, pensez-y, la richesse, ce n'est pas posséder beaucoup, c'est posséder ce que les autres désirent sans pouvoir l'acquérir. Alors les hommes seront libres et les guerres cesseront.

Van Ruisdael s'enflammait. Son enthousiasme m'émouvait : mon père avait tenu des propos analogues. Je ne le partageais pourtant pas : les Onéïdas de la Nouvelle-France ignoraient la propriété individuelle ; néanmoins ils trouvaient toujours une raison de prendre le sentier de la guerre, la moindre étant de prouver qu'ils savaient se battre. Je me retins toutefois d'exprimer mes doutes. Car mon ami hollandais me révéla que le Danois caressait une ambition comparable à celle de Poivre, et que lui-même se réjouissait de participer à cette œuvre philanthropique.

Grâce à la recommandation que le Danois avait obtenue de M. Foucault, qui aujourd'hui administrait l'île, nous fûmes autorisés à nous loger dans la résidence aménagée au cœur du jardin. Le charme du lieu, la douceur du climat, la finesse des repas qui nous étaient servis, tout contribuait à rendre ce séjour enchanteur. Tandis que Van Ruisdael s'enfermait dans la bibliothèque pour consulter les travaux botaniques de M. Poivre, j'arpentais les allées de son Eden. Je me plaisais à imaginer cet homme au bras de sa jeune épouse, que l'on disait d'une beauté exceptionnelle, surveillant la croissance de ses plantations tout en rêvant de paix universelle.

Au bout de quelques jours, cependant, l'oisiveté commença à me peser. Sans cesse, mon imagination m'entraînait au-delà des mers. Je prêtai bientôt à l'ombre de Mme Poivre les traits de Maria.

Pour m'occuper, puisque je savais trouver au port un navire qui acheminerait mon courrier jusqu'en Europe, j'entrepris de conter dans le détail mon périple au P. Milon. Avec beaucoup d'obligeance,

Van Ruisdael me fournit papier, plumes et encre. Un esclave m'installa un pupitre à l'ombre d'un flamboyant, qui est un des plus beaux arbres de la création.

J'entamai la rédaction de ma lettre dans l'intention de rassurer mon précepteur sur mon sort. Neuf mois s'étaient écoulés depuis la dernière fois où j'avais eu l'occasion de le faire, en mars, depuis Saint-Louis du Sénégal. Mais, le temps ne m'étant pas compté, ma missive prit une tout autre tournure :

Mon père,

Il y a quelques semaines, nous avons relâché la cargaison d'un navire négrier sur la côte d'Afrique. Nous avons libéré ces nègres sans les avoir baptisés. Ils ne seront jamais chrétiens, à moins qu'on ne les reprenne, ce qu'à Dieu ne plaise. Pourtant, je ne puis croire qu'en brisant leurs chaînes, le capitaine sous le commandement duquel je navigue à présent ait commis un péché. Si j'avais écrit cette lettre plus tôt, je vous aurais confié mes doutes – pardonnez ce mot, que vous n'aimez guère ; disons : mes scrupules. Je n'en ai plus. J'ai renoncé, à jamais, à ce barbare négoce dont un sort funeste m'avait rendu complice. Deux êtres m'en ont convaincu. L'un est une jeune fille dont je ne sais guère plus que le nom, l'autre un aventurier sur l'identité duquel je suis encore moins renseigné. Un ange pourrait donc avoir la peau noire ou manier le sabre ? Pour ce qui est de l'usage des armes, je connais la réponse : les flamboyantes épées des saint Michel de nos vitraux en témoignent. Je soumets le reste à votre sagesse. Mais laissez-moi vous conter comment j'ai rencontré l'une et l'autre...

Je m'abandonnai à décrire par le menu non seulement tout ce qui m'était arrivé au large de l'Afrique, mais aussi les observations que j'avais pu faire. Je comparai les avantages et les inconvénients de la traite foraine, qui consistait à grappiller les hommes le long des côtes, par rapport à la traite de comptoir, telle qu'elle se pratique à Gorée ou à Juda. Je détaillai la vie à bord du navire négrier – celle des marins aussi bien que celle des esclaves. Je lui contai les paysages de l'Afrique, sa faune si curieuse, et la beauté de l'île où je faisais escale. Je remplis ainsi une quinzaine de feuillets.

Coucher mes idées par écrit me procurait une grande paix de l'âme. Cet exercice m'obligeait à discipliner mon esprit, afin d'exprimer clairement mes impressions et mes sentiments. L'homme dont je parlais, avec ses doutes, ses colères, ses espoirs et ses rancœurs, c'était moi ; cette expérience que j'analysais, c'était la mienne. Pourtant, je les considérais avec une distance salutaire, et j'exprimai tout ce que je n'avais pas même osé m'avouer.

C'est pourquoi, porté par cette sorte d'ivresse qui me donnait toutes les audaces, je n'hésitai pas à charger le P. Milon d'être de nouveau mon messager auprès de Maria.

Je m'étendis moins longuement sur Amaka dans la lettre que je lui destinai. Pour ne pas l'inquiéter, je lui décrivis des rivages d'Afrique expurgés de tous leurs dangers et je m'appesantis sur le Paradis terrestre où m'avait conduit Van Ruisdael. Mais, surtout, libérant les sentiments que je m'étais en vain efforcé d'enfouir au fond de mon âme, j'osai lui confier que, malgré mes efforts pour l'oublier, je ne pouvais me défaire de son image. Elle m'accompagnait partout. Les paysages qui m'avaient été offerts s'en étaient trouvés magnifiés ou, soudain, avaient perdu tout leur attrait parce que je ne pouvais partager avec elle l'émotion que me procurait leur splendeur. M'étant ainsi découvert, au mépris de la bienséance, je poussai l'audace jusqu'à lui indiquer que l'île Bourbon serait notre mouillage habituel dans cet océan, tout en précisant, bien sûr, que je n'espérais pas de réponse de sa part, avec une hypocrisie si évidente qu'elle ne pourrait l'ignorer.

Sur ma lancée, j'écrivis également une longue lettre à M. Barbé de Marbois, prenant prétexte de la coïncidence qui m'avait permis de rencontrer sous les tropiques un homme qui l'avait connu sous un climat plus rude, et une missive à M. de la Fayette, sans avoir la certitude que le grand homme se souvenait encore de moi.

Et sans doute me serais-je trouvé d'autres correspondants si Benji, un matelot du *Nautile* qui, bien qu'âgé de seulement quatorze ans, avait déjà franchi la ligne quatre fois, n'était venu nous annoncer le départ imminent du brigantin.

Deuxième partie

Le tigre et le cobra

Chapitre 1

La *Belle-Louise*

Même sans avoir jamais vu le navire à la mer ni, en vérité, à quai, je n'avais aucun doute sur l'identité du trois-mâts qui venait par notre travers.

Nous avions quitté l'île de France depuis cinq jours. À ma grande surprise, nous n'avions pas mis le cap sur l'île Bourbon, mais sur Madagascar.

Le *Nautile* transportait un nouveau passager, un petit homme aussi sec et velu que le Hollandais était rond et chauve. M. Brunet – c'était son nom – devait remplacer Van Ruisdael quand celui-ci abandonnerait sa fonction de chirurgien pour gérer le domaine du Danois. J'ignore ce qui l'avait décidé à s'embarquer parmi nous, car, de toute évidence, l'océan n'était pas son domaine. Depuis notre départ, malgré une mer calme, il restait affalé sur le pont, pâle et muet, tout occupé à lutter contre la nausée.

Ce matin-là, donc, nous aperçûmes une voile. Un marchand. Rien qui pût détourner le *Nautile* de sa route. En principe.

– Eh bien, Kervadec, qu'en penses-tu ?

Je sursautai, comme un gamin pris en faute. Absorbé par ma contemplation, je n'avais pas entendu le Danois approcher. Sa question me troublait. Depuis quand le capitaine d'un navire demandait-il son avis à un maître d'équipage ? Mais sans doute avait-il perçu sur mon visage une expression qui l'intriguait. Malgré la distance, j'étais sûr de mon fait. Néanmoins, je préférai prendre toutes les précautions et, encouragé par le manquement à l'étiquette que le Danois s'autorisait, je tendis la main vers sa longue-vue, en disant :

– Permettez-moi, capitaine.

Il leva le sourcil. Toutefois, il me prêta la lunette, avec le sourire indulgent dont il excusait d'ordinaire mes effronteries. Je ne m'attardai pas à examiner le navire. Un simple coup d'œil à son pavillon d'armateur suffit à confirmer mon premier jugement.

– La *Belle-Louise*, annonçai-je en lui rendant son instrument. Huit cents tonneaux de jauge. Cotonnades, dont au moins deux tiers d'indiennes, café de Moka, porcelaines et soieries de Chine, épices des

Indes et de Ceylan, salpêtre du Deccan, bois de santal... Cent quarante-six hommes d'équipage. Carène doublée de cuivre. Vingt-quatre bouches à feu, dont six pièces de 12 et deux de 24. Bon marcheur. Relie Pondichéry à Nantes en moins de deux cents jours. Armateur : Combray de Rivelen, de Brest.

Le Danois siffla entre ses dents, à l'évidence impressionné par ma science.

– Qui le commande ?

– Cela, je l'ignore, reconnus-je.

– Cent quarante-six hommes, dis-tu ?

– À l'affrètement. Mais, aujourd'hui, il vogue avec un équipage de retour, forcément réduit. D'ailleurs, en cas d'attaque, Combray compte davantage sur la rapidité de la *Belle-Louise* que sur la pugnacité de ses matelots.

Le Danois, à son tour, examinait le navire, avec une bien plus grande attention encore que je ne l'avais fait. Mon cœur se mit à battre. Se pouvait-il qu'il envisageât de l'aborder ? Je n'osais l'espérer.

– Il est sous notre vent, par le travers, suggérai-je. Nous sommes en position de lui couper la route.

– Il aurait fait une bonne prise, approuva le Danois en abaissant sa lunette. Mais je ne suis pas accrédité pour courir sus aux bateaux français, je te le rappelle.

– En tant que corsaire anglais. Mais n'avez-vous pas un autre pavillon que l'Union Jack ?

Le capitaine leva de nouveau sa lunette. Il s'amusait de sentir croître ma nervosité.

– As-tu quelque raison personnelle de vouloir que je prenne ce navire, sur lequel tu es si bien renseigné ?

– J'ai un compte à régler avec Combray, avouai-je, en m'abstenant toutefois de mentionner quel lien de parenté m'unissait à l'armateur.

– Voilà, assurément, une bonne raison pour que j'entache ma réputation par un acte de piraterie ! s'écria le Danois, sans que je pusse démêler si sa remarque signifiait son accord ou son refus.

Je ne tardai pas à l'apprendre. Sur un signe que le Danois lui adressa avant de quitter le château, Haddad distribua les ordres, que je relayai avec entrain : sus à la *Belle-Louise* !

La mâture se couvrit de toile. Le *Nautile* se cabra, tel un pur-sang impatient de s'élancer sur le champ de courses. Haddad faisait corps avec le navire. Ce n'était pas seulement l'œil qui surveillait le gonflement des voiles, mais aussi l'oreille qui interprétait le martèlement régulier de la houle fendue par l'étrave, la main qui, appuyée à la balustrade, enregistrait les vibrations des membrures.

La *Belle-Louise* changeait d'amures. Je redoutai un instant qu'elle cherchât à nous fuir. Or, au contraire, sa nouvelle route la rapprocha de notre trajectoire. Dans ces eaux très fréquentées par les marines de France et d'Angleterre, le capitaine du trois-mâts devait penser n'avoir rien à redouter d'un navire gréé à l'européenne. Le *Nautile* gagna rapidement sur lui. Je m'étonnais seulement de n'avoir pas reçu l'ordre de donner le signal du branle-bas.

Quand le brigantin fut à portée de canons du trois-mâts, on envoya le pavillon britannique. La *Belle-Louise* répondit en hissant le pavillon blanc du royaume de France. Ce fut le moment que choisit le Danois pour réapparaître sur le pont, revêtu de son plus riche habit, la taille ceinte d'une écharpe de soie écarlate, un chapeau bordé de duvet d'autruche sur la tête.

À la corne se déployèrent les pavillons qui indiquaient au capitaine de la *Belle-Louise* l'intention du Danois de monter à son bord. L'autre réduisit la voilure et orienta ses vergues pour mettre en panne, tandis que nous affalions la yole. Le Danois y embarqua, en compagnie d'une poignée d'hommes, au nombre desquels je figurais. Ma fonction de maître d'équipage ne me dispensa pas de manipuler l'aviron. Assis à l'avant, le capitaine paraissait se désintéresser du trois-mâts, au bastingage duquel les matelots se pressaient. Grâce à la précision avec laquelle Haddad avait réduit l'écart entre les deux navires, la yole se rangea rapidement contre la *Belle-Louise*. Le Danois saisit l'échelle d'un geste désinvolte et m'invita à le suivre.

Le capitaine de la *Belle-Louise*, entouré de son second et de ses officiers, nous attendait en haut de la coupée. La curiosité se lisait sur le visage rougeaud de ce méridional, que la prestance du Danois faisait paraître plus ventru encore qu'il ne l'était. L'équipage observait avec attention l'Anglais qui avait demandé à monter à bord. La mise recherchée de l'arrivant ne fit qu'accentuer cet intérêt.

Le Danois s'inclina en balayant l'air de son panache. On ne saluait plus ainsi depuis plus de cinquante ans, mais la solennité du geste et le sérieux de son expression impressionnèrent grandement les officiers de la *Belle-Louise*.

– Tom Caine-Paine, se présenta-t-il.

– Capitaine Nougaret, pour vous servir, répondit son interlocuteur, un peu compassé.

– Et voici un de vos compatriotes, M. Hoel de Kervadec. Sa présence à mon côté vous aura fait comprendre la liberté que j'ai prise de m'inviter à votre bord.

Les yeux ronds de Nougaret disaient d'une façon éloquente qu'il n'en était rien, mais il n'osa pas l'avouer. Il bredouilla quelques mots inintelligibles, auxquels le Danois ne prêta pas attention.

– M. de Kervadec, vous ne l'ignorez pas, est le neveu de votre armateur, M. Combray de Rivelen.

Je dus consentir un effort considérable pour ne pas laisser deviner ma surprise. Mais, au fond, pourquoi m'étonnai-je de voir le Danois si bien renseigné ? Bâbord-Amures avait encore bavardé !

Nougaret m'observa, sourcils froncés. L'image que je lui offrais, dans ma grossière camisole de marin, convenait mal au parent d'un riche armateur. Toutefois, il n'était pas rare que les négociants envoyassent leurs héritiers se saler un peu le cuir à la mer : ils acquéraient ainsi plus d'autorité pour traiter ensuite avec les officiers des navires qu'ils armaient. À tout hasard, il m'adressa un bref salut. Le Danois reprit :

– Rien n'est plus précieux que l'harmonie d'une famille. Malheureusement, il est parfois des circonstances qui la contrarient. Ainsi, il existe quelques divergences de vues entre M. de Kervadec et son oncle sur la manière dont celui-ci gère son armement. Aussi, afin de protéger les intérêts de la famille,

M. de Kervadec a-t-il décidé de les prendre personnellement en main.

– Je crains de ne pas vous comprendre, capitaine...

– Alors, disons les choses clairement : à compter de cet instant, M. de Kervadec assure le commandement de la *Belle-Louise*.

Il n'avait pas haussé le ton. Il parlait avec détachement, comme si ce qu'il énonçait était une affaire déjà entendue. Le désarroi du capitaine Nougaret faisait peine à voir.

– Il ne saurait en être question, s'offusqua-t-il. Cette requête est ridicule ! Comment osez-vous ?...

La voix du Danois se fit coupante :

– M. de Kervadec est mon ami et il tient énormément à ce navire. Comprenez que, si vous ne le cédez pas de bonne grâce, je vais me trouver dans l'obligation de le prendre par force.

Le rouge qui monta au visage de Nougaret était d'une telle intensité que je craignis de le voir succomber d'apoplexie sur-le-champ. Il allait laisser exploser son indignation et sa colère, quand la brusque rencontre de son ventre avec les canons de deux pistolets mystérieusement apparus dans les mains de son interlocuteur le persuada de ravaler l'une et l'autre pour adopter un ton plus conciliant.

– Capitaine, je vous en prie, bredouilla-t-il, j'ai une famille...

– Je vous l'envie, moi qui n'ai jamais eu le loisir d'en fonder une, l'interrompit le Danois, d'une voix redevenue amène.

Pris au dépourvu, l'équipage de la *Belle-Louise* ne réagissait pas. Mais cette stupeur ne durerait pas. Nous étions à la merci de l'initiative d'un matelot assez courageux, ou assez désinvolte pour mettre en péril la vie de son capitaine par un acte inconsidéré. Je guettais les marins, mais qu'aurais-je pu tenter ? Je n'avais moi-même qu'un pistolet. Heureusement, nous reçûmes bientôt du renfort : tandis que se déroulait cette scène incroyable, les rameurs de la yole prenaient pied sur le pont, armés jusqu'aux dents. Je m'aperçus aussi que le *Nautile* s'était subrepticement rapproché.

– Capitaine, reprit le Danois, soyez raisonnable et tout se passera bien. Faites donc affaler la chaloupe pour vous et vos officiers.

– C'est... c'est de la piraterie ! s'insurgea Nougaret, dans un sursaut de dignité. Vous serez pendu pour cela !

– Capitaine, le morigéna le Danois, ne gâchez pas notre conversation par des grossièretés. Donnez cet ordre et parlons de votre famille. Je suis sûr que votre femme est charmante et vos enfants affectueux. J'apprécie beaucoup l'un de vos peintres, Jean-Baptiste Greuze. Ah ! s'il voulait bien délaisser un peu les paysans pour s'intéresser aux marins, comme il saurait rendre le moment émouvant où le navigateur, après de longs mois d'absence, retrouve enfin les siens ! Mais, également, la douleur de la veuve et des orphelins, quand leur parvient la nouvelle d'un malheur irrémédiable. Donnez donc cet ordre, capitaine, épargnez un si terrible chagrin à ceux qui vous attendent !

Un coup de feu éclata, assourdissant. L'enseigne, qui avait eu l'audace de porter la main à sa ceinture, s'effondra. De la fumée paressait au canon de Charley, un quartier-maître du *Nautile* réputé pour la précision de son tir.

– Messieurs ! Messieurs ! glapit Nougaret, affolé de sentir croître la pression des pistolets sur son abdomen, ne bougez pas ! Ces misérables vous tueraient.

– Bien, dit le Danois. Voilà qui est raisonnable. Ne serait-il pas stupide de mourir pour quelques ballots de cotonnades ? Faites donc affaler la chaloupe.

Pendant qu'il parlait, le pont se remplissait de nos hommes. Les marins de la *Belle-Louise*, peu portés à l'héroïsme, avaient accueilli l'ordre de leur capitaine avec soulagement.

Quand l'esquif fut à flot, le Danois invita tous les officiers à y prendre place. Il autorisa deux fusils. Il fit chercher dans la chambre de veille une carte et un sextant, qu'il remit au capitaine Nougaret, tandis qu'on descendait dans l'embarcation une baille d'eau et des provisions.

– Vous n'aurez aucune peine à rejoindre une terre. Je suis navré de vous mettre dans cet embarras. Que voulez-vous ? Cette histoire de famille nous dépasse, vous et moi.

Il relâcha le chien de ses pistolets et les passa dans sa ceinture. Puis il salua le capitaine, répétant la curieuse révérence par laquelle il avait ouvert l'entretien. Nougaret, blême, proféra entre ses dents une menace que le Danois rejeta par un sourire ironique.

Quand Nougaret eut rejoint ses officiers, qui s'activaient à dresser le mât de la chaloupe, le Danois se tourna vers moi :

– Eh bien, Kervadec ? Es-tu satisfait ? Avons-nous assez contrarié ton oncle ?

Je demeurais stupéfait par l'audace de son coup de main.

– Est-ce ainsi que vous comptez amariner toutes vos prises ?

– Pourquoi risquer la vie de mes matelots, quand je peux l'éviter ? Ce qui donne la victoire au bon général, a dit un sage chinois, ce n'est pas la force de son armée mais la faiblesse de son adversaire. Le capitaine Nougaret n'est pas connu pour son courage. Je l'aurais flatté, s'il avait été vaniteux. Aussi bien, je l'aurais fui, si je l'avais su en position de me battre.

Ainsi, non seulement je ne lui avais rien appris en lui décrivant la *Belle-Louise*, mais il en savait bien plus que moi sur son équipage. Je ne devais pas tarder à apprendre que rien de ce qui portait voiles entre le cap de Bonne-Espérance et la mer d'Oman ne lui était étranger.

– En mettant autant d'insistance à répéter mon nom, vous m'avez condamné, constatai-je. Sitôt débarqué, Nougaret m'accusera de piraterie.

Le Danois éclata de rire :

– Tu ne seras en péril que si tu me quittes. Que veux-tu, je tiens à ta compagnie.

Le plus extraordinaire était que je n'éprouvais aucune colère. Le Danois m'évoquait ces fauves qui séduisent par leur grâce et leur élégance, au point qu'on oublie qu'ils sont dangereux.

Alors que la chaloupe, sa voile hissée, s'éloignait et que le Danois regagnait le *Nautile*, Haddad prenait les dispositions nécessaires pour replacer le trois-mâts dans le vent. En tant que maître d'équipage, je m'assurai d'abord des matelots de la *Belle-Louise*. La déception de ces hommes privés d'un prompt retour en Europe et de leur part sur les bénéfices pouvait facilement tourner à la mutinerie. Mais je ne trouvai en eux que lassitude et résignation.

Bientôt les routes des deux navires se séparèrent. Le *Nautile* poursuivait sur Madagascar, tandis que la *Belle-Louise* se dirigeait vers Le Cap.

– Comment rejoindrons-nous le Danois après avoir vendu notre prise ? m'inquiétai-je.

– Cette fois, nous ne céderons que la cargaison, m'apprit Haddad. C'est le bâtiment qui intéresse le Danois.

Fidèle à son caractère taciturne, il ne m'éclaira pas davantage sur les intentions du capitaine.

Au Cap, l'affaire fut rondement menée. Berg, le marchand batave, nous acheta le tout au tiers de sa valeur. Haddad marchanda à peine, juste le minimum nécessaire pour ne pas vexer le négociant. L'important était de conclure rapidement, avant que le capitaine Nougaret n'eût donné l'alerte.

J'autorisai l'équipage de la *Belle-Louise* à débarquer. Pour dédommager les matelots de la perte de leur part, Haddad les gratifia chacun d'un pécule. Il engagea une dizaine de marins sur le port, pour renforcer un peu l'équipage, réduit à la poignée d'hommes qui avaient amariné le trois-mâts. Au lieu de reprendre le large, Haddad longea la côte du continent africain. Il mouilla dans une anse choisie pour son isolement, afin de nous permettre de transformer l'apparence de la *Belle-Louise* en repeignant la coque et en la débarrassant des décorations de son couronnement. Plus tard, nous changerions quelques vergues pour parfaire la métamorphose, mais d'ores et déjà la *Belle-Louise*, rebaptisée sur ma suggestion l'*Insolente*, était devenue méconnaissable.

Chapitre 2

Le havre du Danois

Bien que l'île Bourbon appartienne comme l'île de France à l'archipel des Mascareignes, elle ne lui ressemble en rien. Ici, pas de port protégé, de mouillage aisé. D'origine volcanique, la montagne tombe à pic dans la mer, ne ménageant aucune rade. Les rivages sont redoutables pour les canots, les vagues y roulent sans cesse de gros galets. Même le port le plus important, Saint-Denis, est privé d'abris naturels ; les navires doivent s'embosser au large, en eau profonde. Le terrain, très accidenté, ne laisse guère de place à la plaine côtière, ce qui est peu propice aux grandes plantations. Dans ces conditions, faut-il s'étonner que Bourbon, longtemps négligée par les colons malgré un climat relativement sain, soit moins prospère que sa voisine, et par conséquent moins fréquentée ? Sans doute est-ce cette circonstance qui détermina le Danois à s'y installer.

Quand nous approchâmes de Saint-Denis, le *Nautile*, de retour de Madagascar, nous y avait précédés. Son second, un Espagnol répondant au nom de Sotillo, nous apprit que le capitaine avait quitté le bord pour rejoindre son domaine, à l'intérieur des terres. Haddad m'autorisa à débarquer sans plus attendre. Lui-même restait sur l'*Insolente*.

Contrariée par le vent et les courants, la chaloupe mit presque une heure à franchir la demi-lieue qui séparait l'*Insolente* de la jetée. Benji, dépêché par le Danois pour nous guider jusqu'à son domaine, nous y attendait.

Le jeune matelot avait réuni une dizaine de montures, tant mules que chevaux. Les bêtes n'étaient pas ferrées, conformément à l'usage local. Nous traversâmes le bourg, constitué de maisons bien alignées, comparables à celles que j'avais vues dans l'île de France. Toutefois, Saint-Denis me fit meilleur effet que le Port-Louis. Un fortin était censé assurer la défense de la ville, mais sa position rendait douteuse son efficacité en cas d'attaque par la mer. Il est vrai que la difficulté naturelle de son abord constituait une protection suffisante contre un débarquement. Au reste, les habitants se montraient tellement confiants qu'aucune porte n'était munie de serrure.

Nous ne tardâmes guère à grimper au flanc de la montagne par un chemin formant de nombreux lacets. À mesure que nous nous élevions, l'air devenait plus frais. Sur ce versant prospéraient des arbustes chargés de baies rouges, que Benji m'apprit être des caféiers.

La crête franchie, nous amorçâmes un vaste mouvement pour contourner un pic abrupt, aux arêtes vives. Nous ne cessions cependant de nous élever. À plusieurs reprises, nous traversâmes des forêts assez denses. Benji me mit en garde contre les nègres marrons qui pouvaient s'y cacher, sans grande conviction toutefois, car les esclaves fugitifs préféraient se réfugier dans le centre de l'île, où les Blancs ne se risquaient pas à les pourchasser, même si leur existence y était plus difficile.

Vers le milieu de l'après-midi, nous débouchâmes sur une étendue dégagée dont le sol noirci, semblable à de la roche brûlée, était égayé de loin en loin par des arbustes qui, par certains aspects, rappelaient la bruyère de ma lande bien-aimée.

De l'extrémité de ce plateau, le regard plongeait vers une vaste plaine bien irriguée. Sur les pentes qui la cernaient moutonnaient les caféiers. Des attelages parcouraient les chemins rectilignes qui délimitaient de vastes champs, dont les multiples couleurs témoignaient de la variété des cultures.

– C'est là ! annonça Benji.

– Toute la plaine appartient au Danois ?

Benji me le confirma. À l'estime, il me sembla que le domaine couvrait au moins 400 acres[1].

Nous amorçâmes la descente en pressant un peu les chevaux pour arriver avant la nuit. Dans les caféières travaillaient un grand nombre de Noirs, plus petits, aux traits plus fins que ceux raflés sur la côte occidentale de l'Afrique. À notre approche, ils baissaient les yeux, comme j'avais vu les esclaves de Saint-Domingue le faire quand ils croisaient un Blanc.

Le logis du maître – une bâtisse d'un étage, dont la varangue s'agrémentait d'une gracieuse colonnade – s'élevait au centre d'un jardin où les arbres chargés de fruits odorants alternaient avec des flamboyants et autres plantes aux couleurs éclatantes. Plusieurs bâtiments la jouxtaient, de la même élégante simplicité.

1. 1 acre = 0,55 ha.

Plus loin, les cases des Noirs formaient une sorte de hameau.

Van Ruisdael sortit d'une des demeures et s'avança vers moi bras ouverts. Il portait un de ses sempiternels habits de toile brune à la mode hollandaise et un chapeau de feutre, incongru sous ces climats.

– Que je suis aise de vous voir, Monsieur de Kervadec ! Avez-vous pu vous acquitter de la petite commission dont je vous avais chargé ?

Avant que les routes du *Nautile* et de la *Belle-Louise* ne se séparent, Van Ruisdael m'avait en effet remis une liste de plants et de graines à me procurer au Cap.

– M. Berg a presque tout trouvé. Il vous adresse ses compliments... et quelques bouteilles de vin de Plaisance.

– Fort bien, fort bien, se réjouit Van Ruisdael, qui m'entraîna derrière sa maison, où dans des serres verdissaient une multitude de pousses et de semis. J'ai rapporté tout ceci de Madagascar.

Était-ce la seule raison du détour consenti par le *Nautile* après son escale à l'île de France ? J'aurais aimé le croire. Mais l'attitude des Noirs dans les caféières me laissait craindre qu'il s'agissait d'en ramener aussi quelques esclaves supplémentaires.

– Vous verrez, ajouta Van Ruisdael avec gourmandise, cet endroit surpassera les Pamplemousses.

– Mais trouverez-vous une Mme Poivre ? le taquinai-je.

Je regrettai aussitôt ma plaisanterie car, à sa mine soudain déconfite, je compris que j'avais touché un point sensible. Fort opportunément, l'arrivée du Danois dissipa le malaise qui menaçait de s'installer. Il montait avec aisance un petit cheval arabe. Quand il mit pied à terre, un palefrenier noir, que je n'avais pas vu approcher, se précipita pour saisir les rênes de sa monture. Je saluai le capitaine, ébauchai quelques compliments d'usage. Il interrompit cet exercice de courtoisie.

– J'ai aperçu la *Belle-Louise* au mouillage depuis la crête. Ne sois pas surpris : à vol d'oiseau, nous ne sommes guère éloignés de la côte que d'une lieue.

– La *Belle-Louise* se nomme l'*Insolente* à présent. Ce nom m'a été inspiré par la façon dont vous vous en êtes emparé. Je l'espérais méconnaissable.

– Elle l'est, rassure-toi. C'est le *Nautile* qui m'a signalé son arrivée. Avec une bonne lunette, on distingue très bien ses pavillons. Mais parle-moi de la vente. Pas de mauvaise rencontre entre Le Cap et Bourbon ?

Je lui présentai un rapport aussi détaillé et concis que possible. Il ne paraissait pas attacher d'importance à mes propos, mais je le connaissais assez désormais pour ne pas me laisser abuser par son apparente désinvolture. Il entendait tout ce qu'on lui relatait et devinait ce qu'on cherchait à lui cacher.

Quand j'eus fini – nous atteignions alors la résidence –, il me confia :

– Avant que nous ne nous séparions, Haddad m'a dit le plus grand bien de toi. Les louanges ne sont pourtant pas son fort. Le cheikh est de ces hommes qui considèrent que le meilleur est tout juste suffisant.

Il se retourna soudain, balaya d'un large geste de la main les mornes couverts de caféiers.

– Vois-tu ce domaine ? Il deviendra un exemple pour le monde.

– Van Ruisdael ambitionne de concurrencer l'intendant Poivre.

Son regard étincela.

– Poivre... Il nous a montré le chemin. J'irai plus loin que lui. Les Européens achètent des hommes avec de la poudre et des fusils qui permettent aux guerriers d'Afrique de razzier les villages pour leur procurer d'autres esclaves, toujours plus d'esclaves, parce qu'il faut remplacer ceux qui meurent dans les champs des colons. Puis les Blancs s'entretuent pour contrôler le commerce de denrées et d'épices qu'ils ont ignorées pendant des siècles, mais qui leur sont devenues indispensables aujourd'hui. Des épices que les indigènes ne se donnaient pas la peine de cultiver et qui poussaient à l'état sauvage ! Il faut que cela cesse. Ici, je sélectionnerai des plants qui s'adapteront à tous les terrains. Pour commencer, j'ai demandé à Van Ruisdael de rechercher le secret de la reproduction de la vanille. Je casserai les monopoles afin que tous puissent acheter à bas prix selon leurs besoins. Et je ne m'arrêterai pas là. Van Ruisdael travaille aussi sur les plantes sucrières et sur le riz. Adaptons-les au climat de l'Europe, et nous en chasserons le spectre de la faim !

– Les Noirs que j'ai vus dans vos plantations, le coupai-je, ce sont des hommes libres ?

J'espérais encore, contre toute vraisemblance, qu'il me répondrait par l'affirmative. Hélas, il n'en fut rien.

– L'esclavage est un mal, dit-il, mais, dans un premier temps, ce mal est nécessaire. Ceux qui prétendent le contraire ne connaissent pas les îles. Les petits Blancs ne veulent pas travailler la terre.

– Dans ces conditions, pourquoi avoir relâché ceux de l'*Amphitrite* ?

– La traite, c'est autre chose. Si on empêche les colons d'importer des esclaves d'Afrique, ils seront obligés de prendre soin des leurs, pour qu'ils ne meurent pas et se reproduisent. Moi, je ne brutalise pas mes esclaves. Et songe que lorsque, grâce à moi, les plaines de la France, des Pays-Bas, de l'Angleterre – pourquoi pas ? – produiront du sucre, l'esclavage, devenu inutile, disparaîtra !

Il laissait son regard errer sur ses terres, un sourire extatique sur les lèvres. Ce n'était pas le moutonnement des arbustes qu'il voyait, mais un avenir radieux. L'abondance pour tous, la paix, le bonheur. Le rêve des philosophes. Le rêve de mon père. Celui de Poivre. Celui de Van Ruisdael, et même d'Ionontes, le vieil Onondaga.

L'Utopie !

Ce rêve, j'avais envie de le partager. Mais je devais me faire violence pour ne pas manifester la déception que j'éprouvais.

– Et quelle place me réservez-vous dans vos projets ? demandai-je.

– Pour financer les recherches de Van Ruisdael, répandre les cultures et casser les marchés, il me faut de l'argent, affirma-t-il. Beaucoup d'argent. Tu m'aideras.

– Si je comprends bien, pour assurer le bonheur de l'humanité, nous devons commencer par massacrer quelques équipages ?

Il me dévisagea, narquois.

– Voyons, mon cher, c'est toi qui pirates ! En famille, je te l'accorde, mais tout de même... Moi, j'ai des lettres de course.

– Malheureusement, nous sommes en paix.

– J'ai reçu mission du roi George de lutter contre les forbans qui portent un préjudice sensible au commerce britannique sur les côtes de l'Inde et de Ceylan[1]. La *Belle-Louise*, pardon, l'*Insolente*, constituera un excellent appât. Il faudra seulement veiller à ne se laisser rattraper que par des pirates en fin de croisière, alourdis par des cales pleines de butin. Nous les prendrons, et leurs trésors avec eux.

Telle une marée, l'ombre montait vers le sommet de la montagne. Les esclaves, en un long défilé, regagnaient leurs cases. Le Danois les regardait passer, sans les voir. Déjà son imagination l'emportait sur des mers triomphales.

---

1. Aujourd'hui Sri Lanka.

Chapitre 3

La tempête

Sur les mers chaudes, au cours des années 1786 et 1787, une légende grandit. Elle évoquait un géant blond vêtu d'écarlate qui surgissait quand on ne l'attendait pas, fondait sur sa proie, s'éclipsait après l'avoir dépouillée, pour réapparaître à des milles de là, parcourant de telles distances dans des délais si courts qu'on le soupçonnait d'avoir passé un marché avec les esprits de la mousson. On ne savait rien de lui, sinon qu'il s'attaquait aux équipages les plus redoutables, et que les plus redoutés, désormais, le craignaient. Ceux qui croisaient sa route disparaissaient corps et bien. Tout au plus retrouvait-on un jour la carcasse de leur navire, drossé par les courants sur quelque rivage indien.

Les rares survivants colportaient d'étranges récits sur ce sorcier qu'aucune balle n'osait frapper. On affirmait qu'il commandait à des démons issus de tous les enfers : des blancs, des noirs, des jaunes. Les plus terribles étaient un colosse brun, le front ceint d'un turban, armé d'un énorme cimeterre, et son compère, un diablotin qui manipulait une sorte de hachette avec une terrifiante habileté. Ils combattaient toujours côte à côte, se protégeant mutuellement ; les affronter, c'était défier Siva aux cent bras.

Selon les plus avertis, le diable rouge appâtait les honnêtes pirates avec un navire marchand ; alors qu'ils s'apprêtaient à le prendre, il fondait sur eux avec son brigantin, tandis que le trois-mâts qui avait excité leur convoitise découvrait une artillerie digne d'un vaisseau de ligne. Cependant les descriptions qu'on donnait de l'appât étaient contradictoires. Ou bien il s'agissait d'une flotte entière, ou bien ce navire changeait d'apparence, à la manière des génies de la mer qui se métamorphosent pour causer la perte des matelots.

Le stratagème du Danois fonctionnait au-delà de toute espérance. Je me souviens de notre première victoire, au large de Ceylan. Un navire à deux mâts, gréé à l'orientale, prit l'*Insolente* en chasse. Haddad mit tant de maladresse à lui échapper que les pirates crurent que l'équipage, décimé par une quelconque épidémie, était insuffisant pour manœuvrer les voiles. Ce qu'ils purent bientôt apercevoir du pont, jonché de moribonds, confirma cette opinion.

Sûrs de leur fait, les lascars nous abordent. Alors les agonisants ressuscitent. Les bâches étalées sur le pont se soulèvent, révélant nos canons et ceux qui les servent. Tirés à bout portant, les boulets ramés arrachent les voiles du pirate et sectionnent ses mâts. Avant que les forbans, désemparés, ne comprennent ce qui leur arrive, l'*Insolente* s'écarte. Il ne reste plus qu'à attendre que le *Nautile* vienne porter le coup de grâce à l'ennemi avec sa puissante batterie et ses caronades chargées à mitraille.

Sitôt les cales de notre victime dévalisées, nous mîmes cap au nord, pour aller tendre notre piège au large de Bombay. Encore légère, l'*Insolente*, taillée pour la vitesse, filait grand'erre, de même que le *Nautile*. À quelques jours de là, un pirate arabe tomba dans le traquenard.

Plus encore que l'ardeur au combat de nos équipages, l'extrême mobilité de nos navires, due en grande partie à la connaissance parfaite des vents et des courants que possédait le Danois, contribuait beaucoup à forger notre légende.

Sotillo commandait l'*Insolente* en second, aussi jovial que Haddad était flegmatique. Moi, j'avais toujours la responsabilité de l'équipage, une fameuse bande de gaillards originaires de tous les horizons. Il n'était pas difficile de les conduire au combat. Miguel et Bâbord-Amures, qui me restaient fidèles, n'étaient pas les derniers à prendre part à la fête.

Nous menâmes cette existence pendant près d'une année, au cours de laquelle nous inscrivîmes quinze prises à notre actif. Par trois fois, l'*Insolente* mit le cap sur l'île Bourbon, pour vider ses cales. Le Danois préférait en effet y entreposer son butin, plutôt que dans un des forts britanniques qui parsèment la côte occidentale de l'Inde, pourtant plus proche. Van Ruisdael se chargeait d'établir les parts. Il n'omettait pas, ce faisant, celle due au roi d'Angleterre. Cependant, sans doute par souci de bonne économie, le Danois en différait le paiement, et plaçait cet argent à bon taux dans diverses entreprises. À chacune de nos escales, Van Ruisdael remettait à Haddad le double des correspondances qu'il avait envoyées à ce sujet dans le monde entier, et plus particulièrement en

Hollande. Certaines de ces lettres me concernaient, car j'avais confié au Hollandais le soin de faire fructifier mes propres parts de prise. Je n'eus, par la suite, qu'à me féliciter de cette initiative, car il révéla dans la gestion de mon crédit – et bientôt de ma fortune – autant de talent qu'il en manifestait dans le métier de botaniste.

C'est au cours de la deuxième escale de l'année 1786 que me fut donnée la plus grande joie que j'eusse éprouvée depuis la capture de la *Belle-Louise*. L'enveloppe que me remit Van Ruisdael contenait, outre des récépissés d'établissements bancaires, plusieurs lettres privées. Mes doigts tremblèrent un peu quand je reconnus sur l'une d'elles l'écriture du billet que m'avait apporté Iris, la servante antillaise de Maria, en ce jour funeste où, pour la deuxième fois de mon existence, je dus m'enfuir de Kervadec. Je repoussai le moment d'en briser le cachet. Si ce second pli allait tuer l'espoir que le premier avait fait naître ? Je commençai donc par lire les deux missives du P. Milon, et une autre, de Barbé de Marbois, avant de me résoudre à en prendre connaissance.

Bien que la lettre de Maria fût datée du début de l'année, je compris, dès les premiers mots, qu'elle répondait à ma première correspondance, celle que je lui avais adressée de Lisbonne.

Monsieur, disait-elle, *vous vous inquiétez des sentiments que m'inspirera la lecture de votre lettre. Vous-même la jugez déplacée. Vraiment ? Une lettre de vous ? Une lettre dans laquelle vous m'annoncez votre pardon ? Une lettre dans laquelle vous portez l'indulgence jusqu'à laisser entendre que vous gardez de moi un souvenir dénué d'amertume ? Comment voulez-vous que je la reçoive ? C'est la lettre la plus singulière, la plus étonnante et, pourquoi le taire, la plus inespérée que je reçus jamais. Que je n'osais rêver de recevoir.*

Pardonnez à mon tour mon audace. Si elle vous effarouche, pensez que je ne veux pas démériter de la vôtre. Trop brièvement, je vous ai exposé pour quelles raisons je m'étais résignée à l'union que m'imposait mon père et qui m'emplit de remords aujourd'hui. J'ai péché en doutant de la miséricorde de Dieu. J'ai cru trop vite qu'il vous avait rappelé à lui sans vous avoir permis de donner la mesure de vos talents. Hélas ! j'éprouvais trop de peine pour penser sainement. J'en suis punie, d'une façon bien cruelle. Au moins votre visite m'a-t-elle apporté le réconfort de vous savoir vivant.

À cet endroit, l'encre changeait de couleur. Maria avait interrompu la rédaction de sa lettre, soit que l'audace de son propos l'eût effrayée elle-même, soit qu'elle eût hésité à continuer, craignant de me fâcher par la nouvelle qu'elle se préparait à m'annoncer.

Le ciel, poursuivait-elle en effet, *m'a envoyé une autre consolation dans mon malheur. En juin, j'ai donné le jour à votre neveu. Invoquant la coutume, votre frère voulait l'appeler du nom de votre père. Pour ma part, j'insistai pour le placer sous la protection du saint que l'on fêtait le jour de sa naissance : Jean. Je crois que mon époux ne fut pas dupe de mon argument, mais je n'en démordis pas et, malgré sa fureur, le brave abbé Milon, qui m'entretient si souvent de vous, a baptisé un petit Jean-Armel. Je veux que cet enfant vous ressemble. Qu'il ait votre générosité, votre noblesse. Non pas seulement celle qu'apporte la naissance, mais celle du cœur.*

C'est donc à mon tour, Monsieur, de vous demander de ne pas me juger sévèrement si je vous avoue qu'il m'a été doux d'apprendre que vous ne m'aviez pas chassée de votre esprit. Une femme honnête ne saurait en dire davantage. Vous m'entendrez à demi-mot.

Je ne l'avais pas chassée de mon esprit ? Comprenait-elle qu'il n'était pas un jour, pas une heure, pas un instant où sa pensée ne m'accompagnait ? Dans les manœuvres, au milieu des combats, au moment du partage, elle était à mon côté. Que dire alors des heures calmes, où je n'avais d'autre occupation que m'abandonner à la rêverie ? Toute femme aperçue aux escales me la rappelait. Toute caresse du vent me la laissait espérer.

Ce soir-là, je rédigeai une longue réponse où, cette fois, je ne craignais plus de m'avancer à visage découvert. Je confiai à Van Ruisdael le soin de la faire parvenir à sa destinataire par le premier bateau en partance pour l'Europe, et c'est d'un cœur léger que je m'embarquai pour une nouvelle croisière.

Le Danois n'était pas resté oisif pendant notre absence. Il avait coulé un prao [1] et prêté main-forte à une frégate anglaise qui attaquait un fortin de pirates sur la côte de Ceylan. Mais il lui tardait de se lancer dans des assauts plus rentables.

Rien ne semblait pouvoir nous résister. Le Danois se montrait de plus en plus audacieux, s'attaquait à des proies de plus en plus grosses. Peut-être avait-il fini par croire lui-même à la légende de son invincibilité.

---

1. Voilier à balancier d'origine malaise.

Inspiré sans doute par cet exemple, soucieux d'impressionner le capitaine, enflammé par le dévouement que les hommes me manifestaient, en particulier Singh, qui ne me quittait pas d'une semelle, je me faisais un devoir d'être le premier à sauter sur le pont de l'ennemi. Le butin comptait moins à mes yeux que l'ivresse de la conquête.

Je ne vis pas filer cette première année passée sous le commandement du Danois. Singh non plus. Nous nous aperçûmes un matin que le terme du contrat qui nous liait était échu. À ce moment, il m'avait deux ou trois fois évité d'être tué, et je lui avais à plusieurs reprises rendu la pareille. Si habitués à combattre côte à côte que nous n'imaginions plus d'autre tactique, prenant nos repas et nos quarts ensemble, nous étions devenus des frères. Nous avions même un langage propre, mélange de français, d'ourdou et d'anglais, que nous étions les seuls à comprendre. De duel entre nous, il ne pouvait plus être question. Nous fêtâmes dans la joie cet anniversaire.

Contrairement au Danois, les combats ne me laissaient pas tous indemnes. Mais aucune de mes blessures n'avait présenté un caractère de gravité. Au plus fort du danger, je songeais à Maria. Cette pensée valait tous les talismans du monde. Néanmoins, je ne me séparais jamais de celui que m'avait donné Amaka. Comme me l'avait appris le P. Milon, « deux chats attrapent mieux le rat qu'un seul » !

Nous volions de victoire en victoire. Par deux fois, nous reconnaissant, les pirates amenèrent leurs couleurs, préférant se rendre plutôt qu'affronter un équipage d'origine surnaturelle. Que ce soit en raison de notre vaillance ou de notre réputation, aucun adversaire, semblait-il, ne pourrait nous atteindre.

C'était compter sans celui que tout marin doit craindre : l'océan.

Passé l'Assomption de 1788, une vague de chaleur s'abattit sur la mer d'Oman. Le vent, très faible, gonflait à peine les voiles. Puis il tomba complètement. Nous pensions avec envie à l'équipage du *Nautile*, qui, plus léger que le trois-mâts, avait pu profiter des derniers souffles pour s'écarter. Pour nous, le moindre geste devenait un effort. La sueur inondait nos corps brûlés. Nous ne respirions plus, nous happions convulsivement un air épais, qui asséchait nos bouches. Puis vint la houle. Des creux de plus en plus importants se formaient. Et toujours pas de vent ! De toutes les diableries auxquelles l'océan m'avait habitué, celle-ci était la plus étrange. Je n'étais pas le seul à m'en inquiéter. Haddad fit réduire les voiles hautes. Pourtant elles pendaient, flasques, sous les vergues. Lui avait compris : quelque part, non loin de nous, un cyclone se déchaînait. La mer présentait une surface tellement chaotique que nous ne pouvions dire de quelle aire viendrait le danger.

Un peu avant le soir, une barre ténébreuse boucha l'horizon, dressant une muraille derrière laquelle le soleil, plus gros, plus sanglant que d'ordinaire, courut se dissimuler. Le vent fraîchit d'un seul coup. Une rafale secoua la mâture, et un long tremblement de bête apeurée se propagea le long des membrures. Tandis que les uns s'affairaient à serrer encore quelques voiles, ne laissant déployés qu'un foc et la brigantine, les autres contrôlaient pour la dixième fois les garants des canons : rien n'est en effet plus dangereux, pour les hommes et pour le navire, qu'une pièce d'artillerie qui, rompant ses amarres, divague sur le pont. Dans la cale, on s'assurait que la cargaison ne risquait pas de déséquilibrer le navire en ripant.

Le roulis s'accentuait, alors même que le ciel, au-dessus de nos têtes, demeurait clair. Comme l'*Insolente* prenait la houle par le travers, des paquets d'eau s'écrasaient sur le pont. J'envoyai des hommes servir les pompes. Haddad, lui, s'efforçait d'orienter la proue face à la lame. Avec si peu de voiles et des bourrasques capricieuses, la manœuvre n'avait rien d'aisé. Et, une fois le navire bout au vent, il était tout aussi difficile de l'y maintenir.

Sur le ciel incendié, les nuages s'enflaient à l'occident. La nuit occultait déjà l'orient. Une gigantesque mâchoire d'obscurité se refermait sur l'*Insolente*.

La tempête lança un rugissement. Une lame heurta l'étrave du bateau. Un déluge d'embruns cingla le pont, brûlant les yeux de ceux qui n'avaient pas su s'en protéger à temps. Une poigne titanesque projeta le trois-mâts à une hauteur vertigineuse. Il hésita un instant, en équilibre sur une crête moussue, avant de basculer dans l'abîme. Une mitraille de grêle me fouetta le visage. Abdula le Comorien avait rejoint l'Irlandais qu'on surnommait Ol'Joke à la timonerie : ils n'étaient pas trop de deux pour peser sur la barre. Bien que celle-ci fût à l'abri sous le premier pont, l'averse et les paquets de mer s'acharnaient à les repousser.

La nuit rendait la fureur de l'océan encore plus terrifiante. D'abord, l'obscurité fut complète. L'*Insolente* était ballottée dans un magma de bruit et d'amertume, ébranlée par les coups de boutoir que lui assenait son ennemi, inondée par les trombes que lâchaient les cieux fracassés. Puis les nuées s'ourlèrent de pourpre, comme si un incendie consumait leur masse tourmentée. Des éclairs blancs baignèrent l'océan d'une lueur spectrale, réfléchie par les murs d'écume qui cernaient le navire. Ces lueurs sporadiques dévoilaient des scènes de désolation. Des tourbillons d'eau noire traversaient le pont, emportant tout sur leur passage. Dans l'enchevêtrement des bailles et des cordages, je devinai une forme humaine. L'instant d'après, il n'y avait plus rien. Dans le vacarme infernal qui nous assourdissait, on distinguait à peine le tonnerre, sinistre galopade des cavaliers de l'apocalypse, du sifflement du vent, de la vibration des haubans, du rugissement de la lame qui toujours s'écroulait sur elle-même, menaçant d'emporter par le fond un navire devenu son jouet.

L'*Insolente* fit une embardée avant de plonger la proue la première dans un gouffre qui paraissait sans fond. Une peur animale me submergea. J'avais déjà vu plusieurs visages de la mort, elle n'avait plus guère d'empire sur moi. À trop la fréquenter, on l'apprivoise.

N'est-elle pas le lot de tout homme, sa seule certitude ? Mais ce n'était pas simplement la mort que nous affrontions. Ce tumulte était l'expression d'une force brute, archaïque, le chaos primitif. Le ciel et l'océan fusionnaient dans une étreinte à laquelle il n'aurait pas dû être permis à l'homme d'assister. Qui mourrait aujourd'hui ne devait pas espérer de salut. Ce qui gémissait dans les haubans, ce n'était pas le vent, mais la plainte des damnés perdus en mer, à jamais roulés par le flot. Bientôt nous mêlerions notre voix à la leur.

Une main se posa sur mon épaule. J'entendis à peine Haddad, qui pourtant criait de toutes ses forces. Alourdi par l'eau qu'il embarquait, le navire devenait impossible à diriger. Il fallait l'alléger. Pour cela, vider les cales. Je me précipitai sur le pont afin de rameuter tous ceux que je trouverais. La panique me quitta aussitôt, alors même que je m'exposais davantage à être jeté par-dessus bord : au moins, j'agissais. Il me revenait à l'esprit que mon père avait fait de moi un homme des Lumières, insensible à la superstition. Je me répétais que le déchaînement des éléments ne devait rien à la colère des damnés, que la tempête n'avait d'autre cause que la compression de l'eau sous l'effet du vent. Je me faisais une honte de la panique à laquelle j'avais failli céder.

Garder l'équilibre exigeait de puiser dans mes dernières ressources. Je ployais sous des gifles d'eau. Je redoutais moins ces coups que le courant qui me sciait les jambes ; moins que la poussière d'embruns qui brûlait ma gorge et mes poumons, menaçant de me noyer debout. Je m'agrippais à tout ce qui me tombait sous la main. Une planche soulevée par le vent tel un fétu manqua m'arracher la tête. Je progressai lentement vers l'écoutille. Une secousse plus forte que les autres me jeta au sol. Le flot m'emporta, roulant, tournoyant. J'écartai bras et jambes, cherchant à m'accrocher à la moindre aspérité. Le courant devint plus rapide. Il m'entraîna à travers un dalot. Déjà mes épaules étaient hors le bord, quand on me saisit par la cheville. On me tira violemment en arrière. Singh ! Il était à mon côté, dans ce combat comme dans tous les autres.

Comment arrivai-je jusqu'à l'écoutille ? Comment y menai-je une dizaine de matelots ? Je ne saurais le dire. Nous commençâmes à délester l'*Insolente* de tout ce qui l'alourdissait. Même les pesants coffres bardés d'acier qui contenaient les plus précieux trésors de notre cargaison disparurent. Si nous nous épuisions à les remonter sur le pont, nous n'avions pas la peine en revanche de les haler par-dessus bord : la tempête s'en chargeait.

Tout en m'escrimant à cette tâche harassante, je m'efforçais de mesurer la menace. Je courus à la pompe, près de l'emplanture du grand mât. Avec horreur, je m'aperçus que les matelots désignés pour la servir n'étaient plus là. Leur adressant, sans doute injustement, ma malédiction, je me ruai sur l'appareil. Singh me rejoignit bientôt. Après une demi-heure à m'échiner sur le levier, j'abandonnai mon compagnon pour remonter sur le pont, dans l'espoir d'y trouver une relève. Bousculé, heurté de toutes parts, j'y parvins difficilement. Juste comme je passais la tête par l'écoutille, un claquement, sec comme une décharge de mousqueterie, domina le vacarme ambiant : le grand étai venait de céder. Une cascade de craquements secoua la mâture. À la lueur des éclairs, je vis le beaupré se dresser bien au-dessus de la proue et le mât de misaine, tout empêtré de cordages, s'affaisser en vrillant dans un râle d'agonie. Je me saisis d'une hache, providentiellement à portée de ma main. En un bond, je me retrouvai à frapper les câbles qui entravaient le mât brisé : couché par le travers, il déséquilibrait l'*Insolente*, désormais abandonnée au seul caprice des éléments. Un peu plus tôt, un peu plus tard... Je ne voyais pas comment elle éviterait le naufrage. Sans doute était-il vain de se débattre. Mais je n'étais plus en mesure de réfléchir. Cela me rassurait de cogner de toute ma force sur les cordages, dont les torons, libérés, se tordaient comme des vipereaux. Le mât dégagé de ses liens finit par glisser hors du pont. L'*Insolente* reprit un peu d'assise, avant d'être roulée au flanc d'une lame. En haut du grand-mât, vergues, mât de tête et mât de hune pendaient, brisés. La brigantine, déchiquetée, battait au vent.

Brisé, je m'attachai au moignon du mât de misaine avec une aussière pour ne pas être emporté. Un coup de bélier secoua la coque de l'*Insolente*. Puis, une fois de plus – la dernière, pensai-je –, elle bascula dans un gouffre de noirceur strié d'écume blanche. Je glissai dans l'inconscience.

La brûlure de ma peau m'éveilla. L'*Insolente* était toujours agitée de soubresauts, mais sans commune mesure avec les ébranlements de la tempête. J'ouvris les yeux. La lumière m'aveugla. Le ciel dégagé, la houle calmée : le miracle avait eu lieu. Le typhon était allé déchaîner ailleurs sa fureur, abandonnant le navire comme un enfant capricieux délaisse un joujou cassé.

Je me détachai. Mes membres raides, mon dos meurtri, mon crâne entaillé n'étaient plus que douleur. Du sang rougissait les lambeaux de ce qui avait naguère été ma chemise. Ma souffrance avait quelque chose de rassurant, puisqu'elle signifiait que j'étais encore vivant. J'éprouvais une immense gratitude envers l'*Insolente*. Ah ! mon oncle avait eu bien raison de tirer orgueil d'un tel navire !

Hélas, le ciel délavé du matin jetait une lumière crue sur ses multiples blessures. Le beaupré avait disparu. Le bas-mât de misaine était coupé à mi-hauteur. Les vergues du grand-mât avaient entraîné huniers et basses voiles dans leur chute. Le mât d'artimon avait lui aussi perdu sa grand-vergue. Plus impressionnant encore : les cordages. Une main de géant les avait arrachés, triturés, emmêlés. Du plus gros des haubans à la plus mince des aussières, ils formaient d'inextricables amalgames d'où émergeait çà et là un espar. Rétablir les voiles sur les quelques vergues encore aptes à les porter réclamerait des heures de travail. Quant à diriger le navire... Nous ne pouvions désormais compter que sur le gouvernail, à supposer que le safran n'eût pas été endommagé.

J'aperçus Haddad. Je courus à lui. Son visage m'effraya. Des rides labouraient ses joues. Ses yeux s'enfonçaient dans leurs orbites, soulignées par un cerne profond. Néanmoins, il demeurait calme. Ce n'était pas encore aujourd'hui qu'il foulerait les allées du jardin d'Allah.

– Combien d'hommes perdus ? demanda-t-il avant même de recevoir mon salut.

– Je... je ne sais pas.

Il ne me fit aucun reproche, ni ne me donna d'ordres. Un seul regard suffit à signaler ma faute : l'équipage relevait de ma responsabilité ; c'est de lui qu'avant toute chose j'aurais dû m'inquiéter.

Je sonnai la cloche, afin de réunir les matelots sur le pont. Ils offraient un triste spectacle. Défaits, sanglants, le regard fou ou résigné, ils se dévisageaient, surpris de se voir en vie. Je procédai à l'appel. La tempête nous coûtait dix hommes : sept disparus, trois éclopés. Je m'étais attendu à pire. Je rendis compte à Haddad, bien qu'il n'eût rien perdu de l'appel.

– Allah s'est montré miséricordieux, dit-il. Laisse-leur trois heures de repos. Puis tu feras procéder aux réparations.

Chapitre 4

Le prisonnier mogol

Le typhon ne s'était pas contenté de briser nos mâts. Il nous avait mis dans l'incapacité de les remplacer en emportant le drome entreposé sur le pont. Il fallut se contenter de réparations de fortune, en récupérant toute pièce de bois qui pouvait l'être. Le charpentier accomplit des miracles. Il rétablit le beaupré et la grand-vergue, ce qui permettait de manœuvrer, d'autant que le gouvernail fonctionnait toujours. Par bonheur, la tempête ne nous avait pas trop écartés de notre route. Dès que le Danois nous aurait rejoints, nous pourrions compléter les réparations.

Pourtant, l'océan nous ménageait un autre de ses tours. Les rares voiles que nous avions pu hisser, après s'être légèrement gonflées, se mirent à faseyer.

Bientôt, elles pendirent lamentablement. L'*Insolente* s'immobilisa. De nouveau, le grand plat s'installait. Pour des jours, voire des semaines... Or, la tempête avait gâté une grande partie de nos provisions et endommagé les bailles d'eau douce. Je proposai à Haddad de rationner l'équipage dès maintenant. Il accepta d'un hochement de tête. Les hommes accueillirent cette décision sans renâcler, conscients de la nouvelle épreuve qui les attendait.

Sur un navire encalminé, le mal le plus pernicieux est le désœuvrement. Le marin redoute l'immobilité, comme si elle devait durer toujours. Pour beaucoup, tel est le cas. C'est à ce moment, en effet, que se réveillent les fièvres, que se déclare le scorbut. Sous les tropiques plus qu'ailleurs, le calme plat devient vite insupportable. Le soleil au zénith brûle les peaux, aveugle les yeux, cuit les cervelles. Nous devenions fous à force de scruter la mer désespérément étale, dans l'espoir vain d'apercevoir le Danois. Il n'y avait pourtant aucune chance qu'il nous rejoignît, puisqu'il n'avait pas plus de vent que nous.

Pendant une semaine, nous n'eûmes pas d'autre occupation. Des rixes éclataient entre les hommes exacerbés. La crainte des punitions ne décourageait pas les querelles. Pour empêcher que l'ambiance du bord ne devînt franchement invivable, Haddad décida qu'on remorquerait l'*Insolente* à la rencontre du vent. On mit donc à l'eau la chaloupe, seule embarcation que la tempête n'avait pas arrachée à son berceau.

Trois jours de suite, les matelots se relayèrent aux avirons. Enfin, le vent se leva. Ce n'était qu'une brise légère. Toutefois, en donnant toute la toile que permettait l'état de la mâture, Haddad espérait rejoindre la côte indienne avant l'épuisement des vivres.

Nous venions d'arrimer la chaloupe, quand un gabier signala une voile.

– Le Danois ?

Le navire était trop éloigné pour que la vigie l'identifiât. Mais il marchait droit sur nous. Quand il devint évident qu'il ne s'agissait pas du *Nautile*, Haddad estima utile de prendre quelques précautions.

– Pare à la manœuvre ! ordonna-t-il. Réduis la toile. Couvre les batteries.

– Un pirate, capitaine ? demanda Sotillo, que cette perspective réjouissait.

– Possible.

– Alors, je fais charger les pièces.

– Je ne veux pas entendre un coup de canon. Si ce navire commet l'imprudence de nous attaquer, nous le prendrons intact.

Quand notre artillerie et une partie de l'équipage furent dissimulées sous des bâches, Haddad ordonna de relâcher la draille du foc, pour laisser pendre celui-ci. Ainsi, l'*Insolente* paraissait une épave complètement désemparée.

L'inconnu était gréé à l'orientale. Il ne se fit pas connaître. Le doute n'était pas permis : ce chebek transportait des pirates.

Nous longeant par bâbord, à portée de fusil, les forbans tirèrent quelques coups d'espingoles. Constatant que les rares hommes étendus sur le pont n'esquissaient pas la moindre riposte, ils crurent la victoire acquise sans combat. Avec souplesse, ils nous abordèrent. Ils étaient un peu plus bas que nous sur l'eau, ce qui servait notre tactique. Alors qu'ils s'apprêtaient à nous amariner, nous surgîmes de nos cachettes, nos hurlements bientôt couverts par le feu roulant des pistolets que nous tenions dans chaque main. Profitant de leur stupéfaction, nous sautâmes sur leur pont. Sabres, haches, kriss, épieux se teintèrent de sang.

Une fureur meurtrière s'était emparée de nous. Les blessés étaient piétinés, jetés par-dessus bord. À la mitraille qui déchiquetait les chairs répondait le tranchant des armes blanches. Tout était question de vitesse. Il fallait s'assurer du navire avant qu'un désespéré, par honneur ou par dépit, ne préférât le saborder plutôt que le laisser tomber entre nos mains. Sans attendre la fin du combat, je m'engouffrai dans l'entrepont, Singh et Bâbord-Amures sur mes talons.

Un fort parfum d'épices nous accueillit, mais aussi une odeur d'écurie : quatre chevaux blancs s'affolaient dans leurs stalles. Bâbord-Amures, qui avait gardé de ses années de cale je ne sais quelle faculté de pénétrer la pénombre, lança un avertissement. Je frappai au hasard. Mon tomahawk heurta un crâne.

À mon tour, je m'accoutumais à l'obscurité. Enjambant le cadavre de mon agresseur, j'explorai plus avant notre prise. Celle-ci me parut bonne. Très bonne. Le pirate était rempli de la quille au pont. Partout, des coffres, des cassettes, des ballots s'entassaient au point de gêner la circulation.

– Hardi ! m'écriai-je. Fouillez le navire, si vous ne voulez pas que le butin nous échappe. Traquez les survivants. Vous vous occuperez de la cargaison plus tard.

Bâbord-Amures se glissa par une écoutille, pour gagner le pont inférieur. Je me faufilai à mon tour, suivi à grand-peine par Singh, gêné par l'étroitesse de l'ouverture. Je distinguai à peine Bâbord-Amures. Il s'enfonça davantage dans le noir, avec une assurance que je lui enviais. Je parvins tout de même, à la lueur diffuse qui tombait de l'écoutille, à le rejoindre. Il s'était arrêté devant une cabine minuscule, insolite en cet endroit. Deux solives en barraient l'accès. Espérant trouver derrière quelque précieuse « matière d'argent », Bâbord-Amures les dégagea. Quand la porte s'ouvrit, il bondit en arrière et brandit son poignard.

J'entrevis deux formes humaines. Me bousculant, Singh me fit un rempart de son corps, cimeterre levé.

– Non ! le retins-je. Ce sont des prisonniers, pas des pirates !

Circonspects, les deux captifs reculèrent au fond de leur réduit. Mettant dans ma voix le plus de douceur possible, je les invitai à sortir. L'un d'eux me répondit dans un jargon musical, que je ne compris pas, puis, me sembla-t-il, en arabe, mais je ne l'entendis pas davantage, bien que j'eusse acquis des rudiments de cette langue auprès des marins originaires de Bassora. Au moins cela me permit-il de les rassurer par un « Salam » grâce auquel j'espérais manifester mes intentions pacifiques. Entraînant les deux prisonniers, je regagnai le pont.

La mêlée avait cessé. Je ne connais rien de plus sinistre, même pour le vainqueur, que le calme morbide qui suit l'ivresse d'un combat naval. Les survivants évacuent les morts en les jetant à la mer. D'autres contemplent, hébétés, le pont gluant de sang, encombré de débris. Sur les visages, la lassitude a succédé à la sauvagerie. Il est encore trop tôt pour que les hommes, mesurant l'importance de la prise, se réjouissent, trop tôt, même, pour qu'ils aient envie de se venger sur les rares prisonniers qui, regroupés à l'avant, attendent sans illusions qu'on statue sur leur sort. Hormis, de temps en temps, le cri étouffé d'un blessé qu'on achève, on n'entend plus que les battements de la mer sur les flancs du navire, les craquements des structures meurtries, quelques gémissements, quelques sanglots.

Brunet, le chirurgien, se penchait sur nos blessés, leur dispensant les soins les plus urgents ou demandant qu'on les transborde sur l'*Insolente*, où il pourrait les opérer.

Les deux prisonniers contemplèrent ce spectacle sans émotion apparente. Le plus grand, un homme encore jeune, aux traits fins, empreints de noblesse, joignit les mains à hauteur de la poitrine et inclina imperceptiblement le buste vers moi. Le second l'imita, se courbant bien davantage. Pour moi, c'était clair : j'avais affaire à un personnage important, accompagné de son serviteur, à tout le moins quelqu'un d'un moindre rang. Je ne tardai pas à être mieux informé sur ce point. Apercevant mon interlocuteur, Sudraka, un de mes marins d'origine indoue [1], vint le saluer avec le plus grand respect. Bientôt, informé par le « serviteur », il m'apprit que le prisonnier était le fils d'un seigneur du Mayssour [2], qui se rendait par voie maritime à La Mecque quand les pirates s'étaient emparés de son navire.

– Les chevaux sont à lui ?

– Tout ce que contient la soute est à lui, rectifia Sudraka, traduisant la réponse de son interlocuteur. Il s'agissait de cadeaux pour l'émir de La Mecque. Il y

1. Ce mot désignait les habitants de l'Inde quelle que soit leur religion. Aujourd'hui : adepte de l'hindouisme.

2. Mysore. Ce nom désignait à la fois un royaume du sud de l'Inde et son ancienne capitale.

avait aussi de nombreuses offrandes. Ces richesses sont à toi si tu le ramènes chez lui.

L'arrogance du prince m'amusa : le trésor du chebek nous appartenait d'ores et déjà, par droit de bonne prise. Je m'apprêtais à le remettre vertement en place, quand me vint l'idée qu'un ami puissant en Inde serait peut-être plus utile au Danois pour mener à bien son entreprise que quelques coffres pleins d'or. C'est pourquoi j'entrai dans son jeu :

– Dis-lui que ce sera un honneur pour moi de le conduire où il veut, mais que je ne saurais rien accepter, en échange, de ce qui, légitimement, lui appartient.

Comprenant que je parlais du butin, Sudraka hésita : de quel droit en disposais-je ainsi ? Ce privilège revenait au Danois, et encore, dans la limite des règles de la course : avant toute décision de cette sorte, l'équipage devait être consulté.

– Traduis ! insistai-je. Après, tu courras prévenir Haddad de la présence de nos... invités.

En prenant connaissance de mon propos, l'étranger s'inclina de nouveau brièvement, sans sourire. Cet homme avait l'habitude qu'on se plie à ses moindres désirs et trouvait naturel qu'on se mît à son service. C'était par pur mépris envers l'aventurier que j'étais à ses yeux qu'il m'avait proposé ce dédommagement.

– Bâbord-Amures, dis-je, tâche de trouver dans le butin des tenues dignes de notre hôte.

Le Basque remonta bientôt, traînant un coffre empli de vêtements précieux. Il le présenta à l'Indou, lequel, pour la première fois, me regarda avec un peu de considération : pour avoir songé à cela, je n'étais peut-être pas le rustre qu'il avait tout d'abord imaginé. Son serviteur s'empara d'une tunique et entreprit d'en couvrir son maître.

À peine fut-il vêtu que Haddad prit pied sur le pont du chebek. Je m'apprêtais à évoquer les circonstances dans lesquelles j'avais délivré les prisonniers, ainsi que la promesse que j'avais pris sur moi de leur faire. Haddad ne me laissa pas le temps de rassembler mes arguments. Après avoir jaugé d'un coup d'œil ses interlocuteurs, il s'adressa au prince en arabe. Mes connaissances encore trop rudimentaires de cette langue ne me permettaient que d'en saisir quelques bribes. Le ton était courtois, mais autoritaire, et ce chez les deux interlocuteurs. À la fin de cet entretien, Haddad m'entraîna à l'écart.

– Est-il exact que tu as proposé à cet homme de le conduire où il le souhaiterait ?

– Et aussi de ne pas toucher à ses biens, oui.

– Tu sais donc qui il est ?

– Le fils d'un seigneur indou, m'a dit Sudraka.

– Et c'est suffisant pour que tu te permettes de disposer du butin ?

– Les pirates ne s'embarrassent généralement pas de prisonniers. S'ils ont épargné celui-là, et même lui ont laissé un serviteur, c'est qu'ils espéraient en tirer une très forte rançon. J'en ai déduit qu'il n'est pas dénué d'importance. S'il le faut, je dédommagerai l'équipage sur mes biens propres. Mais je crois...

Haddad m'interrompit. Souriant de sa manière discrète, il constata :

– Une fois de plus, tu t'es montré très habile, mon ami. Le prince Jahandar est le fils du zemindar [1] Murad, un proche du sultan du Mayssour, le puissant Tippou Sahib. Oui, tu es un homme habile, et riche, désormais. Car ce que contient ce bateau n'est rien en comparaison des cadeaux dont le nawab [2] te couvrira quand il apprendra que tu as sauvé son fils.

---

1. Dignitaire responsable d'une province, dont il collecte les revenus au profit du souverain.

2. Titre donné aux officiers supérieurs et aux gouverneurs de province de l'empire mogol.

Chapitre 5

En route vers Mayssour

Les provisions que nous avions trouvées dans la soute des pirates permettaient à l'équipage de l'*Insolente* de rejoindre un port où effectuer les réparations nécessaires sans plus se rationner. Plaçant le trois-mâts sous l'autorité de Sotillo, Haddad prit le commandement du chebek, pour ramener au plus vite nos hôtes sur le continent. Cinq jours plus tard, nous arrivions en vue d'un mouillage sur la côte des Malabars.

Les hauts fonds qui bordent ce rivage interdisent aux navires de l'approcher. Les chaloupes elles-mêmes ont du mal à franchir la barre que forme le flux en se brisant sur eux. À peine le chebek embossé, nous fûmes accostés par des indigènes qui se proposaient de nous mener à terre sur leurs embarcations, des sortes de radeaux aux bords très bas, constitués de planches assemblées par des cordes.

Le chambellan de Jahandar débarqua le premier, afin d'organiser le voyage de son maître.

Pendant que les adieux du prince et de Haddad se prolongeaient, je surveillais le déchargement des bagages sur les esquifs. Le transbordement des chevaux fut particulièrement difficile, et je crus bien perdre les pauvres bêtes, affolées de se retrouver sur un plancher aussi instable.

J'avoue que je ne voyais pas moi-même sans inquiétude arriver le moment de prendre pied sur un de ces radeaux, qui me paraissaient sur le point de se disloquer.

Il était convenu en effet que j'accompagnerais Jahandar jusqu'au palais de son père. J'acceptai volontiers son invitation, qui favorisait mon projet. Je demandai à être accompagné de Singh et de Sudraka, qui me servirait d'interprète. À ma grande surprise, Miguel insista pour être aussi du voyage. Jahandar ne me refusa évidemment pas cette suite, l'estimant au contraire trop modeste ; mais il n'était pas question pour moi de dégarnir davantage l'équipage du chebek. Pour récompenser Haddad, Jahandar lui fit don du navire, que mon ami renomma aussitôt *Al Aoud*.

Le « serviteur » – en fait un fonctionnaire du nawab – revint avertir son maître que tout était prêt pour son voyage.

Comme je quittais le bord, Haddad me glissa à l'oreille :

– N'oublie jamais qu'aux yeux de ces gens, même s'ils te comblent d'honneurs, tu n'es qu'un Frangui, un barbare blanc. Sache rester à ta place en toutes circonstances.

Mon père possédait un exemplaire des *Essais historiques sur l'Inde,* de La Flotte. Je regrettai à présent de ne pas avoir lu cet ouvrage.

– Quand le moment sera venu pour toi de repartir, dit encore Haddad, fais-le-moi savoir : à chaque lune, un bateau t'attendra ici.

– À chaque lune ? Je compte être de retour à la prochaine !

Haddad sourit, plein de mystère.

– En Inde, dit-il, le temps ne s'écoule pas de la même façon qu'ailleurs.

– Alors disons-nous adieu comme il convient, plaisantai-je en le serrant contre moi.

À ma grande surprise, il ne se déroba pas à cette embrassade.

Je descendis l'échelle de coupée et sautai sur le fragile esquif où mes compagnons avaient déjà pris place. Lorsque l'embarcation franchit la barre en un tournemain, je compris que ce qui m'avait paru une faiblesse dans sa conception en faisait au contraire la force : alors que les rameurs d'une chaloupe occidentale auraient dû batailler contre l'obstacle et n'aurait pu éviter d'embarquer beaucoup d'eau, le radeau, grâce à sa souplesse, épousa la forme de la vague et se laissa porter par elle.

À terre, une cinquantaine d'hommes, une dizaine de chameaux et le double de mules, déjà chargées, nous attendaient. La rapidité avec laquelle son chambellan avait rassemblé cette escorte ne parut pas étonner Jahandar.

Le soleil étant encore haut, nous prîmes la route aussitôt. Jahandar et moi-même disposions chacun d'un palanquin porté par quatre hommes. J'aurais préféré un cheval. Mais je devinais que ce mode de transport me désignait comme un personnage important. D'ailleurs, je m'habituai vite au bercement de mon véhicule qui, la chaleur aidant, me plongeait dans une douce somnolence. Et pourtant il ne se passait pas un instant sans qu'un spectacle curieux ne vînt solliciter mon attention. La lumière crue sur les façades blanches des maisons ; la terre ocre du chemin ; le balancement soyeux des forêts de cocotiers ; la traversée enchanteresse des bois de citronniers ou d'orangers ; la cohue des hommes à la peau sombre et aux traits fins, des femmes aux yeux noirs, à la lourde chevelure ; l'enchevêtrement des idoles sur la façade des temples ; les parfums de la cardamome, de la girofle, de l'encens ; la puanteur des charognes qui sèchent au soleil et qu'agite l'appétit des vautours : tout cela se mêlait pour achever de m'étourdir.

À l'approche du soir, Jahandar choisit de faire halte dans un village. L'hospitalité, ainsi que je l'appris bientôt, est de tradition en Inde, et chaque bourgade possède une maison publique où les voyageurs trouvent du bois pour cuire leur nourriture et un abri pour la nuit. Mais l'accueil que nous reçûmes dépassa la simple bienséance. Notre escorte et la tenue de Jahandar attestaient son rang élevé. Il fut traité en conséquence. Certes, l'intérieur où le chef du village nous accueillit était fort simple, mais il se fit un devoir de nous offrir un festin, avec musiciens et danseuses. À mes oreilles, formées aux accents harmonieux des binious et des guimbardes, les accords plaintifs d'instruments qui, par leur aspect, rappellent nos violes et nos flûtes à bec parurent plutôt dissonants. En revanche, si la subtilité des danses qu'accompagnait la mélopée m'échappait, la grâce des jeunes bayadères m'enchanta.

Au troisième jour de notre voyage, un détachement de cavaliers en grande tenue envoyé par Murad, qu'un messager avait prévenu du retour de son fils, vint compléter notre suite. Le lendemain, une caravane de chameaux apporta tout ce qui était nécessaire au confort de notre voyage, à commencer par une foule de serviteurs des deux sexes. J'abandonnai le palanquin quand arrivèrent les éléphants. On m'avait souvent parlé de ces animaux et j'avais vu, dans la bibliothèque de mon père, des planches les représentant. Néanmoins je fus impressionné par leur majesté autant que par leur taille.

Pendant toute la durée du voyage, nous nous étions élevés de plateau en plateau, à travers des champs soigneusement irrigués et des bois odorants. La température était à présent agréable. Chaque soir, avant de m'endormir, je notais mes découvertes de la journée, dans le dessein de retracer le récit de ce voyage au P. Milon. Mais aussi, je prêtais une attention particulière aux cultures de cette région prospère, pour en instruire Van Ruisdael.

Une troupe importante, quasiment une armée, se porta à notre rencontre, signalant la proximité de la ville. Si Mayssour n'était plus la capitale du royaume, Tippou Sahib ayant préféré s'installer à Seringapatam [1], elle n'en demeurait pas moins une ville splendide, riche de palais et d'innombrables temples.

Jahandar pénétra dans la cité en grande pompe. Malgré l'heure matinale, les rues grouillaient de monde. Des vaches blanches au garrot bossu se mêlaient aux hommes. Alors que les gardes de Jahandar se frayaient un chemin sans ménagement dans la foule, nous contournions les bêtes, que je sus plus tard, par Sudraka, l'objet d'une grande vénération parce qu'elles fournissent les « cinq produits » utilisés dans les rituels [2]. Des gens mangeaient, dormaient, procédaient à leurs ablutions. Des échoppes s'ouvraient sur des

1. Srirangapatna.
2. Le lait, la peau du lait, le beurre, la bouse, l'urine.

éventaires colorés. Des artisans avaient installé dans la rue leurs ateliers ambulants. Des ascètes mendiaient leur nourriture. Des colporteurs vantaient leurs marchandises. Le passage du cortège, s'il suscitait une curiosité admirative, n'interrompait pas ces activités.

Le premier soin de Jahandar fut d'aller rendre ses devoirs à son père, Murad. La fête que l'on donna ce soir-là dans la splendide demeure de celui qui gouvernait l'une des plus riches provinces du Mayssour revêtit un faste que je n'imaginais pas possible. Des centaines de flambeaux tenus par des serviteurs illuminaient le palais de Murad. Les invités arrivaient par dizaines. Les grands de ce pays se couvrent de plus de bijoux, et de plus somptueux, que n'en arborent les duchesses dans le nôtre. Je portais moi-même une tunique de soie blanche entièrement brodée de perles fines, que Jahandar m'avait offerte pour l'occasion.

Sous des lanternes de verre ornées de motifs floraux, les couleurs vives des soieries s'harmonisaient avec celles des fruits et des pâtisseries. On ne buvait pas d'alcool à la table du zemindar, mais des infusions aux parfums subtils. Je goûtai pour la première fois à une friandise très appréciée ici, qu'on appelle sorbet : c'est une sorte de purée de fruits transformée en cristaux de neige. J'ignore comment les cuisiniers se procurent de la glace sous ces latitudes, mais je rends grâce à leur talent : ce mets est délicieux. J'avais fini par m'habituer à la musique qu'on joue par ici, voire à y éprouver un certain plaisir. Je découvris ce soir-là des instruments que je n'avais encore jamais entendus. Quant aux danseuses, leur nombre et leur beauté m'éblouirent.

Lorsqu'une cohorte de serviteurs me guida à la lueur des torches jusqu'au pavillon qui m'était réservé, j'eus l'agréable surprise de constater que l'une de ces colombes faisait partie de l'escorte.

Chapitre 6

Le colonel d'Oligny

Quand j'ouvris les yeux, le lendemain matin, la jeune bayadère avait quitté ma couche. Pourtant je m'étais éveillé en sursaut, avec la désagréable impression de n'être pas seul.

Un Européen vêtu d'un uniforme d'officier de facture française m'observait en effet. Depuis combien de temps ?

– À la bonne heure, s'écria mon visiteur, vous voici réveillé ! Je craignais de devoir attendre toute la journée. À propos, suivez mon conseil : si vous voulez vivre vieux dans ce pays, ne permettez plus jamais à un inconnu de s'introduire dans votre chambre pendant votre sommeil.

La voix enjouée, peut-être à l'excès, tonitruante, correspondait bien au physique de mon interlocuteur, un personnage athlétique, aux traits taillés à coups de serpe, encore jeune mais marqué par le climat des tropiques.

– Et vous, murmura une voix dans son dos, évitez de pénétrer dans un appartement sans y être invité.

L'intrus se retourna d'un bloc, pour se retrouver face aux pistolets armés de Miguel. Il salua avec un sourire.

– Un point pour vous, Messieurs. Laissez-moi me présenter : colonel d'Oligny, au service de Son Altesse Tippou Sahib, sultan du Mayssour. J'ai été dépêché auprès de vous afin de vous servir d'interprète.

Je le trouvai un peu trop élevé en grade pour une telle mission, mais ne laissai rien paraître de ce soupçon.

– Quelle fonction occupe un officier français auprès d'un prince du Deccan [1] ? demandai-je.

– J'exerce mon métier. Les souverains indous apprécient que des Européens forment et encadrent leurs soldats, en particulier leurs artilleurs. Ce sont des Français qui ont initié Tippou Sahib à la chose militaire. Sans doute est-ce pour cela qu'il est très attaché à notre pays.

---

1. Partie méridionale du subcontinent indien.

Il s'assit sur un amas de coussins, car il n'y avait aucun fauteuil dans la pièce.

– Je n'irai pas par quatre chemins, annonça-t-il en étendant ses jambes. Nous autres, soldats, aimons à tirer droit au but. Surtout quand on est artilleur. Le zemindar vous est très reconnaissant d'avoir arraché son fils des griffes des forbans. Cependant, il espère de vous encore davantage.

– Expliquez-vous.

– Voici quelle est la situation. Il y a quelques années, Tippou Sahib a signé avec les Anglais une paix qu'il sait fragile. Aujourd'hui, il s'inquiète de les voir s'implanter dans les royaumes voisins : le Carnatique, à l'est, Hyberabad, au nord-est. Il voudrait prendre l'initiative d'une expédition militaire avant d'être complètement encerclé. Mais il craint que Scindiah, voyant ses troupes occupées ailleurs, n'en profite pour envahir le Mayssour.

– Qui est Scindiah ?

– Le chef de la confédération mahratte.

Le colonel lut dans mon regard que cette explication ne m'éclairait guère. Poussant un soupir, il enchaîna, sur un ton de maître d'école :

– Vous savez que le Grand Mogol, l'empereur qui règne sur l'Inde, est musulman. Mais, si les rajas indous ont dû courber la tête au temps de la conquête, ils la redressent aujourd'hui que le Mogol n'est plus qu'une marionnette entre les mains du gouverneur de l'*East India Company*[1]. La confédération mahratte regroupe, au nord du Mayssour, plusieurs de ces rajas rebelles. Or, Scindiah lorgne depuis longtemps sur les richesses du Mayssour.

– Ne devrait-il pas plutôt faire cause commune avec Tippou contre les Anglais ?

– Sans doute. Mais il est trop stupide, ou trop cupide, pour le comprendre. Bref, afin d'écarter cette menace et avoir les coudées franches dans sa lutte contre les Anglais, Tippou Sahib recherche des alliés parmi les autres souverains musulmans du Nord, afin de prendre les Mahrattes en tenaille et ainsi paralyser Scindiah. Sous le prétexte d'un pèlerinage à La Mecque, Jahandar devait se rendre auprès d'eux et négocier les termes de l'alliance.

Un couple de serviteurs vint déposer devant nous

1. Compagnie commerciale britannique à laquelle, en 1600, la reine Elizabeth Ire a accordé le monopole du commerce dans l'océan Indien. Disposant de pouvoirs exorbitants (elle peut émettre de la monnaie, entretenir des troupes, mener des guerres), elle déborde largement à partir de 1750 son rôle commercial pour conquérir une grande partie de l'Inde.

un plateau chargé de fruits et de friandises. Oligny n'attendit pas que je l'y convie pour se servir.

– L'attaque des pirates, poursuivit-il en mordant à belles dents dans une mangue, a empêché Jahandar de mener à bien sa mission. Son père et lui craignent donc la colère de Tippou. Le sultan est certes un souverain éclairé, il n'en demeure pas moins un potentat oriental : le contrarier, c'est risquer de nourrir ses tigres. Et c'est là que vous pouvez être utile à Jahandar.

– J'en serais enchanté. Mais je ne vois pas comment.

– Jahandar sera contraint d'avouer son échec. Toutefois, si, grâce à vous, il parvient à compenser la déception de son maître, peut-être évitera-t-il la disgrâce. Voyons, réfléchissons ensemble... En juillet dernier, trois ambassadeurs sont partis pour Versailles, fait remarquable quand on connaît la répugnance des Indous à s'éloigner de leur pays. Tippou souhaite obtenir l'aide de Louis XVI dans son combat contre les Anglais. Ne connaissez-vous pas un personnage influent de la cour, susceptible de soutenir ses émissaires ?

– Le marquis de la Fayette m'accorde la grâce de son amitié. Cependant j'ignore ses sentiments sur la question indoue.

– La Fayette ? Le vainqueur du général Cornwallis ? Parfait ! Savez-vous que ce même Cornwallis a été nommé l'an dernier gouverneur général de l'*East India Company* ? Prenez la plume, Monsieur, et écrivez dès aujourd'hui au marquis !

– Je ne voudrais pas m'attribuer plus d'importance que je n'en ai, ni tromper...

Le visage jusqu'à présent amène de mon interlocuteur se figea.

– Ces scrupules vous honoreraient en Basse-Bretagne, gronda-t-il. Mais vous êtes dans le Deccan : étouffez-les ! Et suivez mon conseil : ne décevez pas Murad. Il vous est reconnaissant d'avoir sauvé son fils. Mais ici, on passe vite des égards à la disgrâce ! Croyez-moi, si vous voulez revoir votre navire, jouez le rôle qu'il attend de vous ! Ce soir, il vous accordera audience. D'ici là, écrivez donc cette lettre ! Je me chargerai de la faire parvenir à son destinataire.

Je me souvins de l'avertissement de Haddad. Et du radeau qui savait si bien franchir l'obstacle en se laissant porter par la vague. Je me montrai docile.

– Vous l'aurez, promis-je.

Chapitre 7

La colère du tigre

J'ignore en quels termes Oligny avait présenté ma médiation auprès de La Fayette. Toujours est-il que Murad, en confiant ma lettre au colonel après en avoir fait établir une copie par un de ses secrétaires, se montra fort soulagé. Il décida même que j'accompagnerais Jahandar à Seringapatam.

La veille de mon départ pour la capitale, un serviteur vint m'annoncer que celui-ci était retardé. Un village implorait en effet le secours du nawab contre un tigre mangeur d'hommes. M'inviter à cette chasse était pour Murad une façon supplémentaire de m'honorer, car le tigre est un gibier de prince.

La caravane qui se constitua dans la cour du palais du zemindar avait tout d'une armée en campagne. Les archers, les piquiers, les fusiliers se mêlaient aux animaux de bât chargés des tentes et des bagages. Quand Murad et Jahandar parurent, les éléphants les saluèrent en levant la trompe. Les deux seigneurs prirent place dans une nacelle tapissée d'un tissu brodé d'or et de pierreries. Celle dans laquelle je m'installai en compagnie d'Oligny était à peine moins somptueuse.

Une foule assez dense suivit cet équipage sur une longue distance, invoquant les dieux pour la réussite de l'expédition. L'image de multiples divinités était d'ailleurs peinte sur les innombrables bannières qu'arboraient fantassins et cavaliers. Je pensais que l'assistance se dissiperait une fois franchies les portes de la ville. Je me trompais. Tout le long du chemin, des femmes jetaient des pétales de fleurs sous les pas des danseuses qui précédaient le cortège et dont la progression déterminait le rythme de notre marche. D'autres balançaient des encensoirs, afin d'éviter à l'odorat du zemindar d'être offensé par le remugle des détritus répandus au bord de la route. Çà et là, des villageois avaient dressé des tornams, qui sont des sortes d'arcs de triomphe en branchages.

Dans ces conditions, bien que le village qui avait sollicité Murad ne fût guère éloigné, nous mîmes trois jours à l'atteindre.

Après avoir rendu un hommage appuyé au nawab, les anciens se réunirent avec lui pour arrêter quelle tactique adopter contre le fauve.

– Pourtant, m'expliqua Oligny, ils n'en changent jamais. Ils attirent le tigre en un endroit précis, avec un appât. Quand il veut rejoindre sa tanière, il trouve des rabatteurs sur son chemin, qui l'affolent et le repoussent sur les chasseurs.

Je n'aimais pas le ton condescendant du colonel. Pendant tout le trajet, il n'avait cessé de tourner en ridicule les usages des Indous. Il est vrai que beaucoup sont déroutants pour un Européen. Mais je me souvenais de l'avertissement de Haddad : aux yeux des habitants de ces régions, c'est nous les barbares.

– Je reconnais, ajouta le colonel, que Murad redonne un certain lustre à cette chasse en utilisant l'arc, à l'ancienne, plutôt que le mousquet. Il reste que la partie est jouée d'avance, et que le tigre n'a aucune chance. Essayez de dormir quelques heures : la chasse commencera avant l'aurore.

À l'aube, en effet, les chasseurs prirent position. Un coup de trompe déclencha la battue. Aussitôt des centaines de torches illuminèrent la colline face à nous. Un vacarme de tambours, de crécelles, de bâtons frappés sur des troncs se propagea le long de la pente. Dans le jour qui pointait, des envols d'oiseaux et de chauves-souris permettaient de suivre la progression des rabatteurs. Perchés sur nos éléphants, nous guettions l'orée de la forêt. Comme Oligny, je tenais un fusil. Par pur formalisme, car seul Murad était autorisé à porter le coup mortel.

Les gardes, piques dressées, formaient un cordon serré autour des éléphants. Je commençais à comprendre la raillerie d'Oligny. Juché sur un pachyderme, protégé par une haie de lances, le chasseur ne courait pas plus de risques que s'il s'apprêtait à tirer le lièvre. Néanmoins, à mesure que les rabatteurs approchaient, la nervosité montait. Les éléphants la ressentaient. Ils se balançaient d'un pied sur l'autre, agitaient les oreilles, tendaient la trompe pour humer les odeurs de la forêt.

Averti par un mouvement de la végétation, Murad se dressa, encocha une flèche. Le tigre surgit. Je ne vis d'abord que l'ondulation des hautes herbes, le recul involontaire des piquiers. Puis j'aperçus un dos puissant, une flamme rayée de noir.

Immédiatement, l'animal réalisa dans quel piège il avait donné. À son feulement de colère répondirent quelques barrissements. Il battit en retraite. Mais, dans la forêt, des décharges de mousquets retentirent.

Contraint de choisir entre un danger inconnu et un adversaire qu'il savait pourtant supérieur en nombre, le tigre décida d'affronter celui-ci. Dans une brusque volte-face, il fonça sur les chasseurs. Une flèche se planta dans son flanc, bientôt suivie d'une autre, décochée par Jahandar. Atteint par un troisième trait, le fauve fit une formidable cabriole. Le cercle des piquiers se resserrait sur lui. Déjà son arrière-train paralysé ne le portait plus. Il poussa un cri rauque, qui exprimait plus de rage que de douleur, et se coucha. Les piquiers s'écartèrent. L'éléphant du zemindar s'approcha. Sa lourde patte se leva et retomba sur la cage thoracique du fauve blessé.

Soudain, un éclair orange, jailli des hautes herbes, sauta à la tête de l'éléphant. Un second tigre, que nul n'avait vu se faufiler jusque là, venait venger son compagnon. Le pachyderme, d'un revers de trompe, se débarrassa de son agresseur. Dans le mouvement, le cornac assis sur son cou fut jeté à terre. Le zemindar, qui s'était levé pour assister au coup de grâce donné à son gibier, lui aussi déséquilibré, chuta lourdement. Un des rabatteurs, qui avait réalisé avant tous les autres ce qui se passait, arracha une pique des mains d'un garde et se rua sur le fauve au moment où celui-ci allait bondir sur Murad. La lance perça le tigre de part en part. Les gardes, réagissant enfin, le clouèrent au sol.

Jahandar se laissa glisser au bas de l'éléphant et se pencha sur son père, inanimé. Se relevant, il chercha du regard le cornac, lui enjoignit d'un signe de la main d'approcher. L'autre, visiblement effrayé, chercha à fuir. Deux gardes l'empoignèrent et le traînèrent devant Jahandar. D'un geste prompt, celui-ci tira le poignard passé à sa ceinture et frappa, avec une précision telle que le cornac, tué net, s'écroula sans un râle. S'en désintéressant, Jahandar ordonna qu'on emportât son père.

Étranger au pays, je calquai ma conduite sur celle d'Oligny, en apparence indifférent au drame qui venait de se jouer.

– Le premier tigre était une femelle, expliqua-t-il. Son jeune l'accompagnait encore. Les rabatteurs auraient dû le repérer. Personne ne s'est méfié, parce que les mangeurs d'hommes sont en général des bêtes âgées.

Tel fut le seul commentaire qu'il émit.

Murad ne reprenait pas connaissance. Jahandar le fit installer dans une voiture attelée à quatre bœufs. Nous reprîmes le chemin de Seringapatam, à marche forcée cette fois.

Alors que nous passions sous le mur d'enceinte d'un temple, l'éléphant de Jahandar fit un écart. Un homme se trouva coincé entre sa cuisse et les blocs du soutènement. L'éléphant poursuivit sa route, indifférent aux cris du malheureux qu'il écrasait. Ma monture suivait immédiatement derrière. Je me penchai pour ordonner au cornac de s'arrêter. Oligny me tira en arrière.

– Vous ne l'avez donc pas reconnu ? C'est le rabatteur qui a tué le second tigre.

Et comme j'hésitais à le comprendre, il ajouta :

– Il appartenait à la plus basse condition. Comment admettre que le zemindar doive la vie à un paria ? Ce serait une impureté bien difficile à laver. Aussi vaut-il mieux que cet homme n'existe pas. Qu'il n'ait jamais existé.

– Je ne comprends pas. Murad n'est-il pas musulman ? Que lui importe la caste de celui...

Oligny m'interrompit.

– Murad est musulman, pas ses sujets. Respecteraient-ils une autorité si gravement souillée ?

Cette révélation me plongea dans une humeur sombre. Le colonel le remarqua.

– Ne jugez pas selon vos critères d'Européen, conseilla-t-il. En protégeant Murad, ce gueux savait ce qui l'attendait. Il espérait, grâce à sa bonne action, renaître au sein d'une caste plus élevée. Croyez-moi, il est mort heureux.

– Que se passera-t-il si Murad ne se remet pas de sa chute ?

– En théorie, il appartiendra à Tippou Sahib de nommer un autre zemindar. En réalité, la charge est depuis longtemps devenue héréditaire : Jahandar succédera donc à son père. À moins qu'il ne soit assassiné par l'un de ses frères.

– Tout cela paraît vous laisser de marbre.

Le colonel ricana.

– Vous n'êtes en Inde que depuis quelques semaines. Si, comme moi, vous y séjourniez depuis plus de vingt ans, vous réagiriez autrement. Ce pays a ses lois. Les hommes y sont à la fois résignés et violents. Les ambitions s'y déchaînent. En même temps, il n'est pas exceptionnel qu'un prince qui aura passé sa jeunesse à éliminer ses frères pour accéder au trône et à ses richesses finisse sa vie comme ermite, dans la plus grande abnégation du corps et de l'esprit. Il est vrai que souvent, dans ce cas, il y est poussé par l'un de ses fils, trop impatient de régner pour attendre sa mort.

Tandis qu'Oligny parlait, je pensais à ces ascètes que j'avais croisés pendant mon voyage. Ils s'imposaient des souffrances atroces, en comparaison desquelles les mortifications de nos pénitents les plus acharnés auraient fait figure de plaisanterie. J'en avais vu un qui avait gardé le poing fermé si longtemps que ses ongles avaient transpercé la paume de sa main.

– Avec de telles dispositions, les Indous doivent donner de rudes guerriers.

Le colonel fit la moue.

– Ils sont valeureux et dans l'ensemble loyaux, quand on les paie. Mais ils se découragent vite. Tuez leur chef, et vous voilà aussitôt maître du champ de bataille.

Il observa un silence songeur, puis lâcha :

– C'est pour cela que les Anglais l'emporteront en fin de compte. Ils manquent de panache, mais ils sont tenaces. Vainquez-les dix fois, ils reviendront, la onzième, en vainqueurs.

– Si vous le pensez, pourquoi vous être mis au service de leur adversaire ?

– Pour le moment, je trouve mon intérêt à servir Tippou. Il sera battu un jour, j'en suis persuadé. En attendant, je profite de sa générosité.

Je m'attendais à une réponse plus honorable. Servir une cause perdue n'a jamais effrayé un Breton, pourvu qu'il la croie juste. Le cynisme d'Oligny me déplut. Je lui battis froid le reste du chemin.

Murad n'avait toujours pas ouvert les yeux quand il regagna son palais. Je me retirai dans mon pavillon. Du départ pour la capitale, il n'était plus question. Chaque matin, j'envoyais Sudraka prendre des nouvelles de la santé du zemindar. Malgré la multiplication des médecins à son chevet et des prières dans les mosquées et les temples, il n'avait pas repris connaissance. Une semaine passa, puis deux. Même si Jahandar s'efforçait de rendre mon séjour agréable, même si les jardins de Mayssour étaient d'une splendeur incomparable, l'inaction me pesait. Je couchai au propre mes notes sur les mœurs des Indous que j'avais pu observer. En particulier, je m'efforçai de décrire leurs cultures. J'avais en effet conçu l'idée, en voyant les paysans travailler dans des champs savamment irrigués, que la meilleure façon d'aider le Danois à se passer des esclaves serait d'attirer sur son île des familles indoues. Cependant, malgré le soin que j'apportai à ce travail, il ne m'occupa pas plus de quatre jours.

Je n'osai cependant pas quitter Mayssour sans l'autorisation de Jahandar. Je lui écrivis donc une lettre, sollicitant l'autorisation de regagner la côte. Il me répondit par l'envoi de riches cadeaux et de nouvelles danseuses, m'assurant que je l'accompagnerais bientôt auprès du sultan, auquel ma visite était annoncée et qui se montrait très désireux de me connaître.

Je pris mon mal en patience et, sans autre dessein que tromper mon ennui, je commençai à rédiger le récit de mes aventures en Amérique. Mais, ainsi que m'en avait averti Haddad, le temps n'a pas en Inde le même cours qu'ailleurs, et je compris vite que « bientôt » désigne ici un avenir indéterminé. Je plaignais le pauvre Miguel qui, de toute son existence, n'avait jamais passé autant de jours loin de la mer. Curieusement, il semblait s'en accommoder. Il oubliait même de récriminer ou de prédire un malheur prochain. Quelques sourires que je le vis échanger avec les servantes me livrèrent la clé de cette attitude surprenante. Sudraka paraissait, lui, plus intéressé par le luxe de notre table : il n'avait jamais eu autant de nourriture à sa discrétion. Seul Singh partageait mon impatience.

L'état du zemindar inspirait désormais les plus grandes inquiétudes. Sur le chantier de son tombeau, les ouvriers travaillaient même la nuit, à la lueur des flambeaux. Quand le gros-œuvre du monument fut achevé, Murad rendit le dernier soupir, sans avoir jamais rouvert les yeux.

Je ne fus pas autorisé à assister aux obsèques. Je dus encore attendre que s'achève le deuil de Jahandar. Fort heureusement, celui-ci l'écourta : il avait trop peur que Tippou Sahib ne s'impatientât et ne nommât un autre que lui à la succession de Murad.

Aussi est-ce avec soulagement que j'accueillis enfin l'annonce de notre départ pour Seringapatam.

Chapitre 8

Les geôles de Seringapatam

Une seule nuit suffit au tailleur pour me coudre un uniforme selon mes instructions. J'avais en effet imaginé de profiter du prestige dont jouissaient ici les militaires européens. Le cheval que m'offrit Jahandar supportait la comparaison avec ceux qu'il avait embarqués sur le chebek.

Si le cortège qui m'avait mené à la chasse au tigre m'avait surpris par son faste, que dire de la caravane qui se préparait à partir pour la capitale ? Les vingt éléphants étaient caparaçonnés de damas brodé d'or et d'argent, assorti aux cabochons de métaux précieux qui ornaient leurs défenses tronquées. Les lanciers arboraient une forêt d'étendards de soie aux couleurs vives. Des chars à bœufs, surmontés de dais ouvragés, aux tentures fermées, emportaient les femmes. Une armée de serviteurs suivait le cortège, à pied ou sur des mules. Des chameaux ployaient sous les cadeaux que Jahandar souhaitait offrir au sultan, au nombre desquels figurait en bonne place la peau de la tigresse tuée par Murad. Des hérauts, accompagnés par un orchestre, ouvraient la marche en vantant les mérites du nouveau zemindar. Cette démonstration de puissance avait pour but de flatter Tippou Sahib : si un simple gouverneur de province pouvait entretenir un tel train, qu'en allait-il du sultan ?

Perdu dans cette cohue dont l'approche s'annonçait longtemps à l'avance par un épais nuage de poussière, contraint de régler le pas de ma monture sur celui, désespérément lent, des éléphants, dégoulinant de sueur sous mes vêtements trop ajustés, je rongeais mon frein. Le colonel d'Oligny se tenait à l'écart, à la tête d'un petit détachement de mercenaires français. Son attitude à mon égard avait changé depuis la chasse. J'attribuais son animosité à la jalousie : Jahandar faisait grand cas de moi, exprimant sa gratitude par une générosité somptuaire, alors qu'il semblait ne pas reconnaître au colonel l'importance que lui concédait son père.

Prenant soin de n'en rien laisser paraître, je demeurais, quant à moi, circonspect envers Jahandar.

Le sang-froid avec lequel il avait tué deux hommes le jour de la chasse au tigre, dont un de sa propre main, m'avait révélé une personnalité toute différente de celle de l'hôte généreux à laquelle il m'avait habitué. J'acceptais néanmoins tous ses cadeaux de bonne grâce, car il n'est pas dans ma nature de refuser ce qui m'est donné. Singh était préposé à la garde de mon trésor : il ne fallait pas moins de trois mules pour le transporter.

Miguel, après une tentative douloureuse pour son arrière-train, avait préféré renoncer à l'art équestre. Il cheminait à pied et traînait volontiers du côté des servantes.

Le soir, bien qu'une heure de marche eût suffi à nous amener aux portes de Seringapatam, Jahandar choisit l'emplacement du camp. Ses tentes, reliées entre elles par des couloirs couverts, n'avaient rien à envier en confort et en luxe à son palais de Mayssour. À peine furent-elles dressées qu'on lui apporta une multitude de plats. La rapidité avec laquelle ce repas lui était servi suscita mon étonnement. J'appris le lendemain par Miguel que les cuisiniers l'avaient préparé en marchant, sur des sortes de réchauds tirés par un attelage bovin.

Nous nous levâmes à l'aube, car Jahandar souhaitait franchir la porte de la ville dans la lumière du soleil levant. Il songeait bien sûr à sa propre gloire, mais je dois reconnaître qu'il n'est pas de meilleur éclairage pour profiter des splendeurs de la cité.

Seringapatam occupe une île du fleuve Kaveri. La protection naturelle que lui offre cette position, une immense citadelle, des remparts solides, complétés par les redoutes adaptées à l'artillerie moderne érigées par Haider Ali, le père et prédécesseur de Tippou Sahib, en font une place forte en apparence inexpugnable. Pour autant, à l'intérieur des murs, la cité offre tous les charmes d'une ville d'Orient. À peine passée la porte monumentale par laquelle le cortège pénétra à l'intérieur des remparts, je fus ébloui par les dômes de la nouvelle mosquée bâtie par Tippou Sahib, dont la couverture métallique réfléchissait le soleil matinal. Des récits couraient sur les conversions forcées pratiquées par le sultan. J'observai quant à moi que la mosquée voisinait avec les temples dédiés à Siva ou à Visnu, qui, bien que plus anciens, l'égalaient en splendeur.

Un officier de Tippou me guida jusqu'à la demeure que celui-ci mettait à ma disposition. J'y trouvai un confort et un luxe plus grands encore qu'à Mayssour. Entendez par là que deux fois plus de domestiques étaient préposés à mon service et que la beauté des danseuses dépassait l'imagination.

Cela était d'autant plus appréciable qu'il me fallait encore patienter. Oligny m'avait prévenu : malgré l'ardeur au travail du sultan, qui se levait à l'aurore et consacrait chaque jour plusieurs heures aux audiences publiques, celles-ci se méritaient. Bien qu'il m'eût promis d'user de son influence auprès de Tippou Sahib pour raccourcir le délai, je me préparai donc à une longue attente. Aussi fus-je très surpris quand, le lendemain de mon arrivée, quatre soldats se présentèrent à mon domicile, au grand émoi de mes serviteurs. L'officier qui les accompagnait me salua et me dit en souriant quelques mots dans sa langue chantante et harmonieuse. Présumant qu'il m'invitait à le suivre, je revêtis mon uniforme et me tins à sa disposition. Les soldats, deux à deux, s'écartèrent pour livrer passage à leur officier. Je lui emboîtai le pas. Dès que j'arrivai à la hauteur des gardes, ceux-ci m'empoignèrent. En un clin d'œil, je me retrouvai désarmé, les poings liés.

– Singh ! Miguel ! À ma rescousse !

Des cris, le claquement de lames qui s'entrechoquent dans la pièce contiguë m'indiquèrent que Singh avait entendu mon appel, mais aussi que ses adversaires étaient en nombre. Une détonation retentit. Profitant de ce que les échos de la mêlée détournaient l'attention de mes gardiens, je les bousculai, traversai la pièce, sautai par la fenêtre, et atterris un étage plus bas au milieu de soldats qui, apercevant les liens de mes poignets, comprirent la situation et m'immobilisèrent sur-le-champ. Je me débattis comme un beau diable, jusqu'à ce qu'un coup violent mît fin à ma résistance. Je tombai, inconscient.

Je repris connaissance dans une pièce étroite, à l'atmosphère étouffante. Je me redressai avec peine. Des tambours résonnaient dans mon crâne.

– *Welcome to hell, my friend,* dit une voix lointaine.

Bienvenue en enfer ? Étais-je donc mort ? Je me rassurai en pensant que, même dans les représentations les plus hallucinées du royaume de Satan, aucun auteur n'a jamais établi que les démons parlent anglais. Je me tournai péniblement, en essayant de bouger le moins possible ma tête douloureuse. Trois pauvres hères, hirsutes, décharnés, couverts de haillons d'uniformes, pieds et mains entravées par des chaînes, m'observaient, mi-narquois, mi-apitoyés.

– Où sommes-nous ? parvins-je enfin à articuler en anglais.

– Dans les geôles de Tippou Sahib. Est-ce que la guerre a repris ?

– La guerre ? Quelle guerre ? J'ai soif.

Ils me tendirent une cruche ébréchée, au fond de laquelle un peu d'eau tiédissait.

– Ne bois pas tout. Nous n'en aurons pas d'autre avant ce soir.

Je passai la main dans mes cheveux. Ce n'est qu'à ce moment que je m'aperçus que, moi aussi, j'étais enchaîné. Mes doigts rencontrèrent une bosse ; du sang collait mes cheveux.

– Présentons-nous, *gentlemen*, dit l'un des prisonniers sur un ton des plus mondains.

– Fergus Earnscliff.

– Donald Balfour.

– Duncan MacPherson. Tous trois du 73e régiment de highlanders.

– Ian Rusdan, me nommai-je à mon tour, préférant cacher pour l'heure mon origine française à ces gentilshommes écossais.

– Rusdan ? Oh, vous n'êtes pas anglais ?

– Île de Man.

– Ah, voilà qui explique votre curieux accent. Mais, s'il n'y a plus de guerre, pourquoi êtes-vous là ?

– J'aimerais le savoir. Mais vous-mêmes ?

J'appris qu'ils avaient été faits prisonniers en septembre 1780, lors de la bataille remportée à Pollilur par Haider Ali sur les Britanniques. Depuis, ils croupissaient dans cette prison. La plupart de leurs compagnons d'armes, du moins ceux qui avaient survécu à la captivité dans ce cul-de-basse-fosse où ils s'étaient entassés à plus de quarante dans des cellules de seize pieds sur dix, avaient retrouvé leur liberté en 1784, après la signature du traité par lequel Tippou Sahib avait mis fin à la guerre. Toutefois, une quinzaine de prisonniers avaient été oubliés. Pendant quelques semaines, ils avaient espéré que l'*East India Company* interviendrait pour réparer cette omission. Mais les portes étaient restées obstinément closes. Mes compagnons étaient les trois derniers, le désespoir, les privations et la maladie ayant eu raison de tous les autres.

La geôle, absolument nue, aux murs constellés de cafards, recevait le jour par une ouverture étroite. Je me hissai à sa hauteur, pour essayer de voir à l'extérieur. Je n'aperçus que le ciel, un ciel jaune et brûlant de poussière. Je me laissai retomber. Une douleur fulgurante traversa mon crâne quand mes talons heurtèrent le sol. Les trois Écossais avaient assisté à ma tentative avec amusement : eux aussi, sans doute, avaient eu le même geste, bien des années auparavant.

– Comment sort-on d'ici ? demandai-je.

– Embroché sur un bambou, afin de servir de déjeuner aux tigres de Tippou. Oh, soyons justes, le sultan a la mansuétude d'attendre pour cela que nous mourions de notre propre initiative.

Je considérais qu'il n'existe pas de prison dont on ne puisse s'échapper. Pour autant, les trois Écossais ne me paraissaient pas du genre à rater une occasion de s'enfuir. Et ils pourrissaient là depuis huit ans !

Je ne comprenais pas comment, en si peu de temps, j'étais passé du statut d'hôte privilégié du futur zemindar à celui de prisonnier du plus sordide des cachots. La disgrâce avait-elle frappé Jahandar plus vite qu'il ne l'avait imaginé ? Je m'inquiétais également pour Singh. Les soldats l'avaient-ils tué ? Et Miguel ? Mort, lui aussi ?

Le soir venu, un prisonnier indigène, sous la surveillance de deux gardiens, vint remplir la cruche et déposer notre pitance dans une écuelle de bois.

Je révisai, à l'odeur de ce maigre brouet, mon sentiment sur l'hospitalité des Indous.

Cependant, mes compagnons d'infortune s'efforcèrent d'alléger mon fardeau, poussant la courtoisie jusqu'à me favoriser lors du partage de nos repas. En fait, le nouveau venu que j'étais distrayait un peu la monotonie de leur sinistre quotidien. Ils me racontèrent leur guerre, je leur narrai mes aventures en mer.

Le jour, nous étouffions. La nuit, étendus à même le sol, nous grelottions. La faim et la soif me tourmentaient. Mes fers blessaient ma peau, qui n'avait pas eu le temps de s'endurcir. Mais le supplice le plus insupportable était encore de voir mon horizon limité par un mur, dans quelque direction où je me tourne.

J'en étais au cinquième jour de ce régime éprouvant, quand la porte de la cellule livra passage à une dizaine de gardes, qui repoussèrent sans ménagement les Écossais contre le mur. Un officier en tenue d'apparat s'inclina devant moi en joignant les mains, ce qui est le salut que les Indous réservent aux brahmanes et à ceux qu'ils veulent honorer.

La dernière fois que j'avais suivi l'un de ces énergumènes, les choses avaient mal tourné. Mais que pouvait-il m'arriver de pire que la mort lente dans cette oubliette ?

Un forgeron me débarrassa des anneaux qui entamaient mes chevilles et mes poignets. Un soldat me présenta, avec déférence, un vêtement européen. Je demandai à me laver avant de l'enfiler. Cette requête, une fois comprise, suscita un grand étonnement car, pour les Indous, il est bien entendu que les Franguis ignorent l'hygiène. Comme j'insistai, on m'apporta un baquet d'eau. Ni l'officier ni l'escorte ne manifestant l'intention de s'éloigner, je procédai à ma toilette en public. Le plaisir que me procura le contact de l'eau fraîche sur ma peau valait que je ne me souciasse pas de pudeur.

Je franchis enfin le seuil de ma prison et pus apprécier les dimensions du bâtiment, fort imposantes, ainsi qu'il convient dans la capitale d'un État dont le souverain est puissant.

Un palanquin m'attendait devant la porte, ce qui acheva de me rassurer. Comme il se mettait en marche, une autre chaise à porteurs se rangea à ma hauteur. Son occupant, jeune, avenant, avait le teint mat et les cheveux très bruns, mais était vêtu à l'européenne. Il s'adressa à moi en français.

– Monsieur de Kervadec ? J'espère que ce trop long séjour dans les prisons du sultan ne vous a pas trop éprouvé.

– Je vous en remercie. Monsieur... ?

– Rabourdin, premier commis de M. Monneron. Mon maître est un négociant français fort estimé de Pondichéry. Il est aussi le conseiller de Son Altesse le sultan pour les relations avec Sa Majesté le roi Louis XVI. Son frère accompagne les ambassadeurs dépêchés auprès du roi de France. Son Excellence le Grand ministre Purniya m'a chargé de vous faire part de ses regrets pour la déplorable confusion qui a conduit à votre emprisonnement.

Rabourdin, s'il s'acquittait avec scrupule de sa mission, conservait un fond de gaieté qui le portait à trouver ma mésaventure amusante. Il ne songeait pas à le cacher. Cette franchise accrut la sympathie que j'avais tout de suite ressentie à son égard.

– Vous semblez en savoir plus long sur les motifs de mon arrestation que moi-même. Serait-il indiscret de vous en demander la raison ?

– Le seigneur Tippou a été avisé qu'un espion à la solde des Anglais chercherait à s'introduire auprès de lui en se glissant dans la suite de Jahandar. Aux yeux de la police du diwan [1], vous avez paru crédible dans ce rôle.

– Et qu'est-ce qui l'a détrompée ?

– Jahandar en personne est intervenu auprès de Son Altesse. Il s'est porté garant pour vous.

Je me félicitai de rencontrer quelqu'un qui parlât ma langue. Avec beaucoup de grâce, Rabourdin refusa le compliment.

– Je ne suis pas le seul dans ce cas à Pondichéry. Et vous rencontrerez probablement des Français à Seringapatam. Des soldats, mais aussi des maîtres-ouvriers. Le sultan en a fait venir, notamment, pour créer une fonderie de canons. Déjà son père avait eu recours aux services de vos compatriotes pour améliorer les fortifications de la ville.

Il m'apprit que Tippou Sahib, outre le souci de soustraire son territoire à la convoitise de l'*East India Company*, avait celui de développer son économie. Pour cela, il encourageait la création d'activités, comme la papeterie à Seringapatam ou la fabrication de poudre à Mayssour.

1. Conseiller, ministre.

– Il a introduit l'élevage du ver à soie et appelé à sa cour des spécialistes chinois pour qu'ils apprennent à ses paysans à obtenir du sucre à partir du jus des cannes... Ah, mais nous arrivons chez vous.

Depuis quelques instants, je ne l'écoutais plus : je venais d'apercevoir Miguel qui, grâce au ciel, me parut en bonne santé.

– Je reviendrai demain, m'annonça Rabourdin. Le Grand ministre vous accorde la faveur d'une audience.

– Quelle sera mon attitude ? Dois-je le remercier de m'avoir libéré ?

– Non. Cela signifierait que vous vous souvenez de votre mésaventure, alors qu'il serait de bon ton de l'oublier. Mais ne vous inquiétez pas. Purniya sait que les Franguis ne connaissent pas les usages et ne se froissera pas si vous commettez un impair. Au reste, comme je vous servirai d'interprète, alignez-vous sur ma conduite.

J'invitai cet aimable jeune homme à pénétrer dans ma demeure, mais il déclina l'offre : la journée était bien avancée, et ses affaires le réclamaient en un autre lieu. Impatient de m'entretenir avec Miguel, je n'insistai pas.

Comme je prenais congé de l'officier qui menait mon escorte, celui-ci se lança dans un discours dont le sens m'échappait. Ce que je compris rapidement, en revanche, c'est que ses hommes prenaient position devant ma porte. Cela me contrariait beaucoup. Car, si je n'étais plus prisonnier, il s'avérait que je n'étais pas vraiment libre. À ce moment survint une petite troupe. J'en reconnus la livrée : Jahandar m'envoyait lui aussi une garde. Son initiative ne sembla pas du goût de l'officier de Purniya. Une vive discussion s'engagea. Je les laissai à leur dispute pour saluer Miguel.

– Je suis bien content de te voir ! s'écria celui-ci.

– Moi aussi. Il paraît qu'on m'a pris pour un espion. Heureusement, Jahandar est intervenu. J'ignore comment il a retrouvé ma trace...

– Et moi ? Tu pensais que j'allais rester les bras croisés à attendre un miracle ?

– Explique-toi.

– Cet après-midi-là, je m'étais attardé à... Je me promenais, quoi.

– Oui, tu traînais avec une femme. Si je comprends bien, tu es arrivé après la bataille, tu as trouvé la maison vide...

– Pas vide. Les serviteurs, affolés, m'amènent auprès du pauvre Singh qui baigne dans son sang. Il respire encore. Pas un ne parle une langue de chrétien pour m'expliquer ce qui s'est passé et Sudraka demeure introuvable. Je vais pour appeler de l'aide. Mais je réfléchis que les assassins sont peut-être encore là. Alors je cours chez Jahandar.

– Bon, tu me raconteras cela plus tard. Je me sens un appétit à dévorer un bœuf. Mais, avant toute chose, allons voir Singh.

Le pauvre lascar faisait peine à voir. Sa peau avait pris un teint cireux, qu'accentuait la noirceur de sa barbe et de ses cheveux, dont la longueur me frappa d'étonnement : je ne l'avais jamais vu sans son turban. La sueur perlait à son front, bien qu'un large pankha [1] manié par un jeune garçon lui apportât un peu de fraîcheur. Comme je me penchais sur lui, il ouvrit les yeux.

– Te voilà, souffla-t-il. C'est bien.

Sa voix était lointaine. Je poussai contre ses lèvres une timbale de cange, une boisson très prisée des Indous, qui la préparent avec l'eau de cuisson du riz.

1. Éventail.

À ce moment, une dispute s'éleva dans la rue Quelques instants plus tard, un galop de pieds nus se fit entendre. Sudraka entra en coup de vent.

– Que se passe-t-il dehors ? lui demandai-je.

– C'est un charmeur de serpents qui vient proposer ses tours. Les gardes ne veulent pas le laisser entrer.

– Lesquels ? Ceux de Purniya ou ceux de Jahandar ?

– Les deux.

Ainsi, ils avaient fini par se mettre d'accord, au moins sur un point : je bénéficiais d'un double cordon de sécurité.

– Sakti affirme que c'est un grand yogi, précisa Sudraka.

J'ignorais qui était Sakti. Sans doute une des servantes.

– S'il est si doué, ton magicien, il n'a qu'à se rendre invisible aux yeux des gardes ! s'écria Miguel.

Insensible à cette plaisanterie, Sudraka insista :

– Elle dit qu'il connaît beaucoup de mantras[1]. Il peut guérir Singh.

Miguel grimaça en grommelant un jugement définitif sur les charlatans et les païens. Quant à moi, je

1. Formules sacrées qui expriment l'essence du divin.

considérai que Singh croyait sûrement à l'efficacité des formules de l'ascète, et qu'à défaut de le guérir elles lui apporteraient un peu de réconfort.

– D'accord, décidai-je. Va dire aux gardes que je suis curieux de voir ses tours.

L'ascète s'installa dans la cour, sous ma fenêtre. Il disposa devant lui un panier, dont il ôta le couvercle. Bientôt le son aigre d'un chalumeau s'éleva. Du couffin surgit la tête noire d'un cobra.

– Je déteste ces bêtes, gronda Miguel.

Je ne les appréciais guère, moi non plus. Mais enfin, il faut avouer que le spectacle du reptile se balançant au rythme de l'instrument avait quelque chose de fascinant. Les serviteurs de la maison formaient cercle autour de l'ascète, qui ne leur prêtait aucune attention, son regard restant fixé sur la tête du cobra. Parmi les spectateurs, j'aperçus Sudraka. Je le hélai :

– Qu'il range son serpent ! Paie-le, puis mène-le auprès de Singh.

Quant à moi, j'allai honorer le premier vrai repas qu'il m'était donné de prendre depuis presque une semaine.

Chapitre 9

Naga !

Suivant l'exemple de Rabourdin, je me déchaussai avant de pénétrer dans le divankana, la salle où le Grand ministre tenait ses audiences. Comme dans toutes les demeures indoues, si d'épais tapis couvraient le sol, le mobilier était succinct : un plateau chargé de friandises, deux écritoires, derrière lesquelles des scribes vêtus de blanc se tenaient assis en tailleur, calame en main, et un dais sous lequel trônait Purniya. La décoration des parois, en revanche, témoignait du talent des lapidaires indous. Une véritable dentelle de pierre tamisait l'éclat du soleil, et des incrustations de marbre coloré et de lapis-lazulis dessinaient tout autour des soubassements un bestiaire fantastique courant dans un entrelacs de guirlandes végétales.

Purniya siégeait sur une sorte d'estrade, les reins soutenus par un coussin rond. Cet homme mince, au visage glabre, au nez aquilin, d'un abord amène malgré des yeux graves, jouissait d'une solide réputation d'intégrité, qualité rare dans l'entourage des souverains.

Rabourdin s'inclina devant lui. Je l'imitai. En réponse, Purniya joignit les mains sur sa poitrine, mais sans se pencher. Le Pondichéryen se lança dans un long discours pour me présenter. Le diwan écoutait avec une attention soutenue. Quand il parla, la concision de son propos trancha avec la volubilité du négociant.

– Qu'êtes-vous venu faire au Mayssour ?

Rabourdin ayant épuisé pour mon compte les formules de respect et les protestations de loyauté – du moins le supposais-je –, je répondis tout aussi brièvement :

– Le seigneur Jahandar m'y a amené, après que je l'ai eu délivré des pirates qui avaient pris son navire. C'est donc le hasard d'une rencontre qui a conduit mes pas. Il faut l'en remercier, puisqu'il me donne l'occasion de servir Son Altesse Tippou Sahib.

– Vous croyez au hasard ?

– Les chrétiens invoquent la Providence. Les mahométans se soumettent à la volonté d'Allah.

J'ignore ce que disent à ce sujet les védas[1]. Moi, il me suffit de constater que j'ignore de quoi demain sera fait. Destin ou ignorance, quelle est la différence pour l'homme dans sa faiblesse ?

Rabourdin roulait des yeux ronds, dérouté par le tour que prenait la conversation. En bon commerçant, il était davantage porté sur des sujets concrets. Mais la fréquentation de Haddad m'avait appris qu'avec les Orientaux un peu de philosophie n'est jamais une mauvaise entrée en matière.

Cependant, Purniya ne poursuivit pas sur ce registre.

– Vous connaissez lord Cornwallis, m'a-t-on appris.

Je rétablis la vérité, avant de rapporter aussi fidèlement que possible les propos que La Fayette avait tenus devant moi au sujet du général anglais.

– Pensez-vous que le roi de France nous aidera, comme il a aidé les Américains ?

L'Inde est un pays lointain et mal connu en Europe. Purniya m'administrait la preuve que les Indous, eux, n'ignoraient pas le reste du monde. Il est

1. Textes religieux de l'Inde.

vrai que les Européens, depuis deux siècles, y avaient montré d'inquiétantes ambitions.

– Je suis certain que le roi réservera le meilleur accueil aux ambassadeurs de Sa Majesté le sultan, dis-je prudemment : je soupçonnais que Rabourdin avait nettement exagéré mon influence à la cour de France.

– Mais nous aidera-t-il ? insista Purniya.

Je dus avouer mon incompétence pour en juger. Si elle contraria le diwan, il n'en laissa rien voir. L'entrevue était terminée. Je le compris au discours dans lequel se lança mon interprète. Au moment où nous le saluions, Purniya adressa un signe à l'un des scribes qui, pendant tout l'entretien, n'avaient cessé de prendre des notes. Le secrétaire me tendit un pli. Je reconnus mon écriture : il s'agissait du mémoire que j'avais rédigé sur mon voyage de la côte à Mayssour.

– Ceci vous appartient, dit Purniya. Vous êtes bon observateur. Avant que nous nous quittions, y a-t-il quelque chose que je puisse pour vous ?

C'était le moment de parler de mon idée d'introduire des paysans indous dans la plantation du Danois. Cependant, il m'apparut plus urgent d'aider mes amis écossais. Me payant d'audace, je répondis :

– Pour moi, non. Si je puis être de quelque utilité à Son Altesse, je suis récompensé. En revanche, il m'a été donné de rencontrer trois *gentlemen* écossais qui seraient ravis de rentrer chez eux.

Le Pondichéryen blêmit.

– Traduisez ! ordonnai-je.

J'ajoutai, à mi-voix :

– Et traduisez fidèlement. Les scribes n'attendaient pas votre intervention pour noter mes paroles. Je suis certain qu'ils me comprennent.

Rabourdin s'exécuta donc, non sans assortir son propos de maintes précautions oratoires, à en juger par la longueur de sa phrase.

– J'en informerai Son Altesse, dit simplement le diwan.

Deux femmes entrèrent, portant chacune une lampe à huile allumée sur un plateau. Elles élevèrent les flammes à hauteur de la tête de Purniya et leur firent dessiner des cercles tout autour. Ce rituel, m'informa Rabourdin quand nous eûmes quitté la pièce, est appelé *arraty*. Il conjure le mauvais œil. Aussi le pratique-t-on chaque fois que le diwan parle à un étranger.

Rabourdin m'invita pour le soir, s'excusant à l'avance de la modestie de sa table. J'acceptai volontiers, certain que le négociant pouvait m'apprendre beaucoup sur ce pays qui gardait tous ses mystères. En attendant, je me réfugiai dans la pièce la plus fraîche – si je puis dire – de ma résidence, où des serviteurs empressés m'apportèrent une collation, que je n'honorai guère. Un enfant agitait un pankha au dessus de moi au moyen d'une cordelette. Son geste était tellement automatique qu'il s'endormit sans cesser de mouvoir le mécanisme. Je somnolais à mon tour, amolli par la chaleur, quand un bruissement léger me tira de ma torpeur. M'entendant remuer, le garçonnet se réveilla en sursaut. Soudain, la terreur décomposa ses traits.

– *Naga*, souffla-t-il.

Je suivis la direction de son regard. Un serpent, long de dix pieds et gros comme le bras, sinuait près du mur. Je me relevai lentement. Malgré la discrétion dont j'enveloppai mes gestes, le reptile les perçut. Il redressa la tête et déploya sa collerette.

Je cherchai une arme. La mésaventure du premier jour m'avait rendu prudent et, depuis, suivant le conseil d'Oligny, je conservais près de moi un sabre et un pistolet chargé. Curieusement, ni l'un ni l'autre n'étaient à leur place. Par bonheur, il me restait le tomahawk de Kahnawa, qui ne quittait pas ma ceinture. Avec d'infinies précautions, je l'assurai dans ma main.

Le cobra balançait le haut de son corps de droite à gauche, dans ce geste hypnotique que j'avais vu au serpent de l'ascète. Je pris une profonde inspiration, lançai mon arme et, sans m'attarder à vérifier si elle avait atteint sa cible, je me ruai hors de la pièce, saisissant au passage le gamin terrifié.

Sitôt hors de danger, le garçon, retrouvant l'usage de la parole, se mit à hurler. Ameutée, la foule des serviteurs se précipita à notre secours, qui avec un bâton, qui avec un coutelas ou un hachoir. Il ne resta bientôt plus du cobra qu'une bouillie informe.

Je contai cet épisode le soir à Rabourdin, tandis qu'à la lueur des flambeaux, dans la fraîcheur du jardin, on nous apportait des currys odorants sous le vol ouaté des chauves-souris et que les inévitables musiciens accordaient leurs instruments. Il secoua la tête, préoccupé.

– D'abord, on vous dénonce comme espion, puis on introduit ce dangereux animal dans votre chambre... Vous avez un ennemi acharné à votre perte.

– Ne peut-il s'agir d'un accident ?

– Les cobras ne pénètrent pas dans les maisons, en pleine ville. Il a fallu qu'on apporte celui-là.

La disparition de mes armes confirmait l'hypothèse d'une malveillance. Mais pourquoi voulait-on attenter à ma vie ?

– Je n'ai pourtant nui à personne, ici ! Quelqu'un redouterait-il ma présence à Seringapatam ?

– Ce sont les Anglais, affirma Rabourdin avec une hargne à laquelle il ne m'avait pas habitué.

– Pourquoi les Indous détestent-ils à ce point les Anglais, alors qu'ils ne manifestent aucune hostilité envers les autres Franguis ?

– Les Portugais, les Hollandais, les Allemands et les Français ont installé des comptoirs le long des côtes pour exercer leur commerce. Et si certains étrangers, comme M. Dupleix, ont pu administrer de vastes territoires, c'est que l'Empereur ou un raja les en avaient jugés dignes. Les Anglais, eux, se comportent comme des rapaces. L'*East India Company* veut tout régenter, substituer ses règles aux lois du pays et contrôler non seulement le trafic maritime, mais aussi le commerce intérieur. Et, qui pis est, elle y parvient.

– Pourtant l'Inde est vaste et très peuplée. Elle compte une multitude de soldats.

– C'est pourquoi les Anglais avancent sournoisement leurs pions. Vous avez raison, l'Inde est vaste. Mais elle est divisée en une poussière de petits royaumes qui guerroient entre eux. En s'alliant tantôt à l'un, tantôt à l'autre, la *Company* s'est implantée un peu partout. Et puis, les guerres de succession représentent une aubaine pour elle. Chez vous, quand un souverain meurt, son aîné lui succède. Ici, la mort d'un prince a toutes les chances de provoquer un conflit armé entre ses fils. En soutenant l'un des prétendants au trône, en lui fournissant des mercenaires, de l'artillerie, voire de l'argent pour payer ses troupes, la *Company* obtient des avantages – le monopole de certaines marchandises, par exemple. C'est ainsi qu'elle contrôle d'ores et déjà le commerce du sel dans la moitié de l'Inde. Mais cela ne lui suffit pas. Elle exige toujours davantage.

Malgré l'intérêt que présentait l'explication de mon ami pondichéryen, je n'y prêtais pas toute l'attention qu'elle méritait. La douceur de la soirée, la richesse des mets qui m'étaient offerts, le charmant spectacle des danseuses me plongeaient dans une agréable torpeur.

– Bientôt, poursuivait-il néanmoins, le prince qui a accepté l'aide de la *Company* s'aperçoit qu'il ne peut plus rien décider sans l'autorisation du gouverneur anglais. Ses protecteurs, sous prétexte qu'ils entretiennent son armée, récupèrent le produit de l'impôt et ne lui en cèdent qu'une infime partie. Voilà comment on fait d'un roi un esclave. On lui laisse ses plaisirs, ses éléphants, ses femmes, à condition qu'il ne se mêle plus des affaires publiques. Au moindre écart, on le prive de ses revenus ou on le remplace par un autre, plus docile.

– Et le peuple ne se révolte pas ?

– Le paysan ne connaît que son village. Peu lui importe dans quelle poche tombent les impôts qu'il paie, il en est pareillement appauvri. Non, seule une armée puissante, soutenue par un État assez riche pour l'entretenir, pourrait chasser les Anglais avant qu'il ne soit trop tard. C'est ce qu'a compris Tippou Sahib. Hélas, il n'a pas d'alliés.

– Alors, il se tourne vers la France.

– Tippou Sahib connaît l'hostilité réciproque des Français et des Anglais. Il a aussi conscience que, pour empêcher la *Company* d'amener toujours plus de soldats, il faudrait une flotte puissante, dont le Mayssour est encore loin de disposer, mais que la France possède. N'est-ce pas grâce à sa marine qu'elle a contraint l'Angleterre à accepter l'indépendance de ses colonies d'Amérique ? Voilà pourquoi il a envoyé une ambassade à Versailles.

– Cela prendra du temps, observai-je.

– Certes. En attendant, il y a d'autres moyens de nuire aux intérêts de l'*East India Company*. Ce n'est pas à vous que j'apprendrai ce qu'est une campagne de course.

Je dressai l'oreille et abandonnai la contemplation des bayadères, pour fixer toute mon attention sur mon hôte. Celui-ci me dévisageait, avec une concentration que je ne lui connaissais pas.

– On m'a rapporté que le sultan s'est montré très intéressé par la façon dont vous vous êtes emparé du chebek qui transportait Jahandar, insinua-t-il.

– Est-ce une offre ? demandai-je tout à trac.

– C'est celle, je crois, que vous fera Son Altesse en personne.

– Quel genre de commerçant êtes-vous, pour savoir tant de choses ?

– Il y a mille et une façons de faire la guerre. Je suis au service de M. Monneron, qui lui-même sert la France. Celle-ci, dans notre région, est déjà réduite à la portion congrue. Il ne lui reste que cinq comptoirs sur les côtes de l'Inde. Il paraît que c'est encore trop pour les Anglais, qui veulent s'emparer de la totalité. Ce sera bientôt chose faite, si on ne les empêche pas. Mais cessons cette conversation austère, et parlez-moi de votre pays.

Le reste de la soirée fut consacré à des sujets plus futiles : Rabourdin s'était acquitté de sa mission ; il pouvait donc se laisser aller aux plaisirs de la table, en compagnie d'un invité pour lui exotique. Au moment de prendre congé, cependant, il me glissa :

– Rappelez-vous qu'un ennemi vous guette, tapi dans l'ombre.

– Je suis armé et sur mes gardes, fanfaronnai-je.

Il secoua la tête.

– Par deux fois, votre adversaire a agi non à visage découvert, mais avec perfidie. Il craint de se démasquer par une action trop brutale. À votre place, je n'absorberais rien qui n'ait été goûté auparavant par un serviteur.

Je réalisai alors que, de toute la soirée, il ne s'était pas servi d'un plat sans que j'y eusse puisé le premier.

Chapitre 10

Tippou Sahib

J'attendis, le lendemain, la convocation de Tippou Sahib. Puis le surlendemain. Je compris alors que « demain », dans sa bouche, avait la même signification que « bientôt » dans celle de Jahandar.

En revanche, Rabourdin n'avait pas tardé pour rapporter à Purniya l'attentat dont j'avais été victime. Car si les messagers du sultan ne frappèrent pas à ma porte, la police du diwan vint bientôt interroger mes serviteurs. Deux jours après, un détachement, conduit par le colonel d'Oligny, se présenta devant ma résidence.

Je constatai qu'Oligny avait abandonné son humeur chagrine et me traitait avec la cordialité de nos premières entrevues.

– J'ai un cadeau pour vous, de la part de Son Excellence le Grand ministre, claironna-t-il d'emblée.

Deux soldats déposèrent un panier à mes pieds. L'un d'eux souleva le couvercle. J'aperçus une tête coupée, que je n'eus aucune peine à reconnaître : le charmeur de serpents.

– J'ai moi-même supervisé les recherches, se rengorgea Oligny.

– Pourquoi voulait-il me tuer ?

– Oh, avec ces gens-là, on ne peut jamais savoir. En revanche, au cours de son interrogatoire, ce fakir a révélé la complicité d'une de vos servantes, une dénommée Sakti. Elle aussi a été exécutée. Ici, la justice ne traîne pas.

– La justice ? Ce n'est pas une tête que vous m'apportez : c'est un bras. Je veux bien croire que l'ascète a introduit le cobra dans ma chambre. Mais on l'avait payé pour cela.

Oligny se rembrunit.

– Si tel est le cas, nous saurons bientôt qui, bougonna-t-il.

J'en doutais. Ce ne serait pas le charmeur de serpents qui pourrait dénoncer son commanditaire, ni la petite servante. La « justice » dont le colonel vantait la diligence ressemblait bien plutôt à la liquidation de témoins gênants.

– Serait-il indiscret de vous demander qui vous a chargé de retrouver ce misérable ? Un artilleur n'est pas un auxiliaire de police, me semble-t-il.

Oligny, de plus en plus contrarié, répondit d'une voix blanche :

– Je me suis porté volontaire, dès que j'ai su ce qui vous était arrivé. Entre Blancs, il faut se soutenir dans ce pays. D'ailleurs, si vous voulez que je laisse quelques gardes à votre porte...

– Merci. Comme vous avez pu le constater en entrant ici, Jahandar et Purniya ont déjà eu cette attention. En fait, tout irait pour le mieux si je ne m'inquiétais pour Singh. Vous n'ignorez pas qu'il a été blessé.

– Vous avez tort de vous préoccuper de cela. Les médecins d'ici ont des manières de charlatans. Ils vous tirent l'horoscope avant d'examiner vos plaies et font des tas de simagrées. Mais, dans l'ensemble, leurs remèdes sont efficaces.

J'en acceptai l'augure. Si le colonel, d'ordinaire si prompt à dénigrer les Indous, accordait du crédit à leur médecine, pourquoi ne pas le croire ? Et, de fait, Singh, apportant une nouvelle fois la preuve de sa robuste constitution, se remit au cours des jours suivants. Son épaule demeurait immobilisée. Mais il retrouvait de l'appétit. Vexé de n'avoir pas pu empêcher mon arrestation, il se souciait surtout de ne plus pouvoir me protéger. La double garde qui m'était allouée ne le rassurait pas. Il parvint à faire partager ses craintes à Miguel. Aussi, dans la journée, celui-ci ne me quittait-il pas d'une semelle. Le soir, en revanche, il s'éclipsait sous prétexte de mener son enquête.

Je n'étais pas dupe de cette excuse. Néanmoins, un matin, il vint me rendre compte d'une information qu'il avait glanée dans la nuit : la veille du jour où le charmeur de serpents s'était introduit chez moi, on l'avait aperçu au bazar en compagnie d'un homme blanc.

– Un Européen ? Mais qui ?

– J'y ai beaucoup réfléchi. C'est probablement l'espion à la solde des Anglais avec lequel on t'avait confondu.

– Miguel, tu es mon ami, n'est-ce pas ?

– Pourquoi cette question ?

– Parce que je me demande quelle raison tu as d'inventer toutes ces histoires. Pour me cacher tes rendez-vous galants avec une belle Indoue ?

– D'accord, je vais retrouver une femme. Et puis ?

Les femmes, elles parlent. C'est Ratsitika qui m'a dit, pour le Blanc du bazar.

Il ajouta, un peu gêné :

– Elle est de bon conseil. Elle m'avait prévenu de me méfier de Sakti, mais j'avais cru qu'elle disait cela par jalousie...

– Oui, seulement, la veille du jour où l'ascète est venu, j'étais encore en prison. Comment cet espion aurait su que j'étais sur le point d'en sortir ?

– Eh, c'est son métier de tout savoir !

Je lui tapai sur l'épaule.

– Allons, même si un Européen a parlé à notre fakir, cela ne veut pas dire qu'il est le commanditaire de l'agression. Notre seule chance de remonter la filière était d'obtenir des aveux du charmeur de serpents, et nous l'avons perdue. Oublie donc ça, viens prendre un verre, et tu me parleras de ta Ratsitika. Je t'avertis cependant que je n'ai à t'offrir que du thé.

Ce programme lui convenait, à l'exception du thé. Aussi s'éclipsa-t-il pour revenir bientôt avec une fiole de vin de palme chinois que nous nous partageâmes, en nous disant que la fréquentation de la domesticité comportait bien des avantages.

Dix jours s'écoulèrent ainsi, que je mis à profit pour compléter ma correspondance. Rabourdin, qui maintenait un contact quasi quotidien avec Pondichéry, m'avait obligeamment offert d'acheminer mon courrier à bord d'un des bateaux de M. Monneron en partance pour Nantes. Au P. Milon, je confiai les réflexions que m'inspiraient les croyances des Indous. À Barbé de Marbois, j'exposai ce que je comprenais du bras de fer qui opposait toutes les forces en présence sur cette terre tiraillée. Mais c'est encore d'ouvrir mon cœur à Maria qui me procura le plus grand réconfort.

Je m'aventurai quelquefois dans les rues de la ville. Comme Rabourdin me l'avait indiqué, je rencontrai des artisans français, qui me distrayèrent en me contant leurs travaux. Tippou Sahib suivait de très près leur activité, se montrait généreux, mais insistait pour qu'ils forment de nombreux apprentis dans la population locale.

Je fis également d'autres rencontres. Ainsi le jour où je tombai sur un ascète qui, négligeant les somptueux temples de Visnu et de Rama, rendait son culte à l'affreuse idole d'une misérable pagode. Comme il vit que je l'observais à la dérobée, il m'invita à m'approcher. Le fait était suffisamment étrange – les Indous se détournant en général des Franguis – pour que je le rejoignisse. La statuette devant laquelle il pratiquait ses dévotions représentait une sorte d'ogresse sombre dont la langue et les dents sortaient de la bouche. Un collier de crânes entourait son cou. Dans une main, elle brandissait un trident, dans une autre une flamme, dans une troisième un sabre, dans la quatrième une tête coupée.

L'ascète me salua. J'imitai son geste, peu assuré de ne pas commettre un impair. Il en profita pour tracer sur mon front, avec les doigts, un signe cabalistique.

– Kali t'accompagne, dit-il.

Je ne m'étonnai pas qu'il s'adressât à moi en français : dans les rues de Seringapatam, tout est possible.

– Vous adorez une bien terrible déesse, risquai-je.

– Seuls ceux qui s'arrêtent à la surface des choses en sont effrayés. Le manguier trop vieux ne donne plus de fruits. Qui hésiterait à l'arracher pour planter à sa place un nouvel arbre, vigoureux, généreux ? En détruisant le monde ancien, Kali rend possible sa régénération.

– Est-il donc indispensable de raser la maison pour l'embellir ?

L'ascète écarta l'objection d'un sourire : j'étais trop éloigné de la sagesse ultime pour qu'il daignât argumenter contre moi.

– Rien de ce qui s'agite en ce monde n'est permanent. La déesse nous affranchit de l'illusion où nous sommes plongés. Plus vite elle accomplit son œuvre, plus vite sonne l'heure de la délivrance.

L'acuité de son regard fiévreux me mettait mal à l'aise.

– Tu ne le sais pas encore, ajouta-t-il, mais son sceau a frappé ton front.

J'écourtai l'entretien. Je n'étais pas sûr d'apprécier d'être marqué du signe de Kali.

Le lendemain de cette rencontre, la convocation que j'attendais arriva enfin. Je fis aussitôt prévenir Rabourdin et revêtis mes plus précieux atours. Ayant abandonné l'idée d'endosser mon uniforme, trop inconfortable sous ce climat, j'optai pour un costume à l'asiatique.

Le palais d'été de Tippou Sahib était presque entièrement construit en bois, un teck roux et odorant. Les cloisons ajourées tamisaient la lumière tout en laissant passer l'air. Où que se posât le regard, il tombait sur des images de tigre, l'animal que le sultan avait choisi comme symbole. Les gardes du palais eux-mêmes portaient une tenue dont les rayures évoquaient le fauve, et le pommeau de leur sabre en figurait la gueule rugissante. Partout des scènes peintes rappelaient les exploits guerriers de celui qui, à peine âgé de quinze ans, avait victorieusement commandé une partie de l'armée de son père lors de la bataille de Pollilur. Des panoplies d'armes de toutes origines et une impressionnante collection d'automates complétaient la décoration de ce lieu extraordinaire.

L'apparence de Tippou Sahib me surprit. Sa renommée de général, sa fière devise : « Mieux vaut vivre deux jours comme un tigre que deux siècles comme un mouton », son habitude de se jeter au cœur de la mêlée pour entraîner ses troupes au combat m'avaient poussé à imaginer un guerrier athlétique, à l'expression farouche, couturé de cicatrices. Je me trouvai face à un homme de taille moyenne, aux membres courtauds, aux mains potelées. Bien qu'il fût encore jeune, l'embonpoint le guettait. Je me rappelai alors qu'il avait aussi la réputation d'aimer l'étude, non seulement de la stratégie, mais aussi de la botanique, et qu'il s'adonnait à la poésie. Moins amateur de musique que ne l'avait été son père, Tippou Sahib continuait cependant à attirer de nombreux artistes à Seringapatam.

Un énorme diamant étincelait sur son turban. Mais, à l'exception de ce joyau, son costume de soie verte rayée de noir frappait par sa sobriété, selon les critères locaux, surtout si on le comparait à la tenue de la vingtaine de dignitaires assis au pied de son marnad[1]. Ceux-ci semblaient concourir à qui arborerait la moustache la plus majestueuse. Dans ce domaine, Tippou donnait l'exemple. Un sabre énorme reposait en travers de ses genoux. Sur son fourreau, délicatement ouvragé, des écritures coraniques alternaient avec des représentations de tigres.

Je calquai mon attitude sur celle de Rabourdin. Le Pondichéryen se lança dans une interminable formule de politesse. Il m'avait prévenu que l'entretien pouvait s'arrêter là. Peu importait : il se prolongerait avec un fonctionnaire, l'essentiel étant que le sultan eût daigné accepter que je lui fusse présenté. Cependant, Tippou Sahib l'interrompit en s'adressant directement à moi :

1. Tapis surélevé sur lequel le prince s'assoit.

– Tu as demandé la grâce de trois prisonniers britanniques. Est-ce que Français et Anglais ne sont pas ennemis ?

– Ils l'ont souvent été dans le passé. Ils le seront peut-être à l'avenir. Mais n'est-il pas plus méritoire de manifester de la commisération pour ses ennemis que de s'intéresser au sort de ses amis ?

– Lors de la bataille de Pollilur, M. Lally, un de tes compatriotes qui se battait au côté de mon père, intercéda auprès de lui pour qu'il épargne les prisonniers et cesse de massacrer les fuyards de l'armée anglaise. Vous autres Français avez des mœurs étranges.

Sa remarque provoqua chez les dignitaires un rire qui me froissa.

– N'est-il pas écrit dans le Coran : « Pratique le pardon, ordonne ce qui est reconnu comme bien, écarte-toi des ignorants » ?

– Tu connais le Message ? s'étonna le sultan.

– J'ai bénéficié des lumières d'un sage.

D'une certaine manière, je ne mentais pas. Tout pirate qu'il était, Haddad aimait à discuter de la morale avec moi.

Devant Tippou s'étalait un document : les notes prises par les scribes de Purniya, ou les rapports établis sur moi par sa police ? Il ne le consulta pas une seule fois pendant l'entretien. Toutefois, la manière dont il conduisit celui-ci montrait qu'il en connaissait parfaitement le contenu. Il me questionna longuement sur la bataille de la Chesapeake, insistant pour se faire exposer dans le détail les techniques du combat naval, allant jusqu'à me demander de décrire avec précision l'artillerie que l'une et l'autre marine utilisaient. Puis la conversation prit un tour différent. Il m'interrogea sur la prise du vaisseau des pirates qui avaient capturé Jahandar. À cette occasion, je m'aperçus avec surprise qu'il était très renseigné sur les exploits du *Nautile* et de l'*Insolente* ; avec inquiétude, aussi : n'allait-il pas me reprocher de naviguer sous le pavillon de ses ennemis ? Mais il enchaîna par une question :

– Trois gourabes armées pour la course, agissant de concert, sauraient-elles infliger des dommages importants aux navires de la *Company* ? Mes amiraux en doutent. Et toi, qu'en penses-tu ?

Je savais ces frégates à la mode locale très rapides et maniables. Mais elles n'emportaient qu'une vingtaine de pièces d'artillerie, et il était notoire que les marins indous ne pouvaient rivaliser avec les Britanniques.

– La flotte anglaise est puissante, rappelai-je. Des vaisseaux de ligne accompagnent chaque convoi.

– Puissante, pas invincible. Il n'y a pas si longtemps, au large des côtes de l'Inde, un amiral français, M. de Suffren, l'a démontré à trois reprises[1]. Si ton roi m'accorde son appui et envoie une escadre, la marine anglaise aura de quoi s'occuper. Mais, il ne s'agit pas de l'affronter : je parle de vaisseaux rapides armés de roquettes, capables d'attaquer un convoi qui s'étire, d'enflammer un navire et de fuir avant que les vaisseaux de l'escorte n'aient pu réagir.

– Dans ces conditions...

– Alors, c'est entendu. Tu te rendras sans tarder à Pondichéry.

Il leva la main. Un secrétaire apporta trois plis dont le sceau, représentant une tête de tigre, était la marque personnelle de Tippou. Il me remit le premier avec solennité.

– Tu porteras ce message au gouverneur de la ville, ordonna le sultan.

Le secrétaire me tendit le deuxième document avec encore plus de componction.

– Cela, dit Tippou, c'est ta lettre de course. Les gourabes t'attendent à Pondichéry. Pour commencer,

1. Allusion aux victoires remportées en 1782 par Suffren dans les combats navals de Negapatam, Trinquemalé et Gondalour.

tu te dirigeras sur la côte occidentale de Ceylan, puis tu suivras mes instructions.

À ces mots, le secrétaire me donna le troisième document.

J'étais partagé entre la joie et la colère. Dans le même mouvement, le sultan m'honorait et me montrait en quel mépris il me tenait. À aucun moment, il n'avait songé à demander mon accord : à ses yeux, tous les Franguis étaient des mercenaires en puissance. Certes, je n'aurais pas eu l'imprudence de m'opposer à sa décision. Ici, on se laissait porter par la vague, surtout si elle pouvait, par caprice, vous engloutir. Cependant, mon sang breton avait besoin d'exprimer son indépendance.

– Aurai-je l'audace d'insister pour les Écossais ?

De nouveau, les dignitaires émirent leur ricanement agaçant.

– Ils sont déjà dans ta maison, répondit Tippou avec hauteur. Tu les embarqueras. S'ils reviennent jamais au Mayssour, ils serviront de pâture à mes tigres.

Je me confondis en remerciements, furieux contre moi-même de m'être présenté en quémandeur. Avec cela, je n'avais pas trouvé le moyen de parler de mes projets agricoles.

Mais cet entretien m'apportait bien davantage : j'étais devenu l'amiral d'une escadre de trois navires. Et les largesses de Tippou Sahib ne s'arrêtaient pas là. Si, contrairement à de nombreux potentats indous, il avait su garder la fidélité de ses troupes, c'était qu'il les avait toujours payées, et même à l'avance. Un de ses officiers m'attendait chez moi. Il me remit deux coffres. Le plus grand contenait quinze lacs de roupies[1]. Une fois réglée la solde des trois équipages, il me resterait une petite fortune. Quant à l'autre, les pierreries qu'il renfermait étaient à la mesure des légendes qui couraient sur les mines du Deccan. Un lot de soieries complétait ces cadeaux somptueux.

Je rejoignis les trois Écossais. Ils avaient bien piètre allure. Je crus même qu'ils avaient conservé leurs fers, avant de m'apercevoir que les marques noires de leurs poignets et de leurs chevilles n'étaient autres que des ulcères provoqués par le contact des anneaux qui les avaient enserrés depuis tant d'années.

Miguel avait pris soin d'eux. Malheureusement, ils avaient perdu l'habitude de mets riches et abondants :

---

1. 1 lac de roupies = 100 000 roupies, soit un peu plus de 250 000 livres tournois, environ 530 000 €.

quand j'arrivai, ils rendaient tripes et boyaux. Mac Pherson retrouva cependant assez de dignité pour me lancer :

– *Thank you very much, Rusdan, nice fellow !*

– Je vous ai menti, l'autre jour. Je m'appelle Kervadec, et je suis breton.

– *Well,* quelle importance ? *You're a nice fellow, however.*

Si Miguel avait pourvu au plus pressé, c'est-à-dire la nourriture, il avait négligé leur toilette. Les Écossais puaient comme trois cents cochons. Je donnai des ordres pour qu'on les baignât. Pendant ce temps, j'exposai à Miguel le résultat de mon audience.

– Alors, te voilà chef d'escadre ! s'écria-t-il avec bonne humeur.

– Sur le papier, oui. Mais je n'ai pas encore embarqué. J'aimerais en parler au Danois d'abord.

– Pourquoi ? Tu es aussi riche que lui, à présent. Il est armé par les Anglais, tu vas leur donner la chasse. Si vous vous croisez, vous devrez vous tirer dessus.

Miguel vivait dans un monde simple. Je me demandai si je ne devais pas l'envier.

– Je préfère éviter une telle confrontation, dis-je. Autant nous entendre pour ne jamais nous rencontrer.

Je vais envoyer Sudraka porter un message à Haddad, afin qu'il vienne au-devant de nous dans le golfe de Mannar. Puis nous partirons à la recherche du Danois. J'ai besoin de lui parler avant d'écumer la mer du Bengale.

Sur le visage du Portugais, je lus une incompréhension attristée. Néanmoins il n'argumenta pas.

Ma présence à Seringapatam ne se justifiait plus. J'avais hâte de rejoindre ma flotte. D'autant que je ne me sentais pas en sécurité ici. Les intrigues pour m'éliminer s'expliquaient à présent : mon mystérieux ennemi, que faute de pouvoir identifier je persistais à appeler l'« espion anglais », avait sûrement eu vent des intentions du sultan. Maintenant qu'elles se concrétisaient, je devais craindre une nouvelle tentative de sa part.

Jahandar aussi se préparait au départ, après être entré en possession du décret le confirmant dans sa fonction. Il ajouta encore aux cadeaux dont il m'avait déjà comblé. J'étais dorénavant en mesure de lui rendre la pareille : au-delà du simple savoir-vivre, il était important de marquer ma toute nouvelle dignité par le don de deux ou trois pierres précieuses.

Oligny vint me féliciter, tout en se permettant quelques remarques acides de fantassin sur la marine.

– Il serait étonnant que vous vous couvriez de gloire, dit-il, mi-figue mi-raisin. La mer n'a jamais occupé une grande place dans l'histoire militaire de l'Inde.

J'accueillis sans sourciller ce commentaire que je jugeais inspiré par le dépit. L'avertissement qu'il me lança en guise d'adieu confirma mon analyse :

– Aujourd'hui, me dit-il, vous avez la faveur du sultan. Méfiez-vous. Tippou Sahib est aussi versatile que ses tigres. Au moindre soupçon sur votre loyauté, il vous brisera l'échine. Vous pourriez faire l'expérience de son irascibilité plus tôt que vous ne le pensez.

J'aurais aimé que Rabourdin m'accompagnât à Pondichéry. Mais ses affaires le retenaient encore à Seringapatam. Cependant, soucieux de m'obliger, il ne laissa à personne d'autre le soin de recruter une solide escorte de cavaliers et des animaux de bât pour transporter mes bagages. Il joignit à cette caravane quelques chameaux chargés de marchandises pour le compte des établissements Monneron, ce que j'acceptai volontiers. Il me confia également une lettre à l'adresse de M. Therbouche, le second commis du négociant.

Enfin, le jour du départ arriva. Je montai le cheval que Jahandar m'avait offert. Singh, encore faible, voyagerait dans un chariot, avec les bagages et les serviteurs. Miguel jugea à propos d'user du même moyen de transport.

Rabourdin me présenta Samoudragupta, le chef de l'escorte.

– N'ayez aucune crainte, déclara-t-il fièrement. Je réponds de ces hommes comme de moi-même. Ce sont des kallars.

– Des kallars ? N'est-ce pas ainsi qu'on désigne la caste des voleurs ?

– C'est bien cela. Y a-t-il meilleur gardien contre les détrousseurs qui guettent les voyageurs aux étapes qu'un homme rompu à toutes leurs ruses ? Quant aux brigands embusqués sur les chemins, ils n'oseront pas s'attaquer à si forte partie. Les kallars, chacun le sait, ignorent la pitié.

Partout ailleurs, ce discours m'eût paru extravagant. Ici, je le trouvai frappé au coin du bon sens. Je remerciai sincèrement Rabourdin de ce choix avisé.

Chapitre 11

Un honorable négociant

Notre route suivait le fleuve Kaveri, dont le cours est coupé par de multiples chutes et disparaît quelquefois dans des gorges encaissées, ce qui nous obligeait à de longs détours. Je me demandais bien pourquoi Tippou Sahib m'envoyait sur la côte orientale, plus éloignée de Seringapatam que celle des Malabars, dont il contrôlait pourtant les ports. Qu'il m'ait chargé d'un message confidentiel pour le gouverneur de Pondichéry me paraissait un motif insuffisant. Quoi qu'il en fût, je regrettai cette décision, qui m'imposait trois semaines de voyage, même si la splendeur du paysage et des temples que j'aperçus à cette occasion me payait un peu de ma fatigue. Malgré un climat plus sec que sur le versant occidental, de nombreux champs, récemment labourés, laissaient présumer une terre généreuse. Quant aux temples, qu'ils fussent creusés dans la montagne ou qu'ils semblassent vouloir rivaliser en hauteur avec elle, ils me parurent plus remarquables encore que tous ceux que j'avais vus jusqu'alors.

Un soir, pendant que je dînais, je vis approcher un ascète à moitié nu, le visage mangé de barbe et de cheveux. Il affectait un air indifférent, ce qui est la manière de ces gens quand ils mendient leur nourriture. J'ordonnai à un serviteur de remplir son écuelle. Quelle ne fut pas ma surprise de l'entendre me dire en français :

– Merci, mon fils, Dieu te le rendra.

Je l'invitai à s'asseoir près de moi et à me tenir compagnie. Il ne tarda pas à me conter son histoire. Ce pèlerin était en réalité un jésuite, venu en Inde prêcher les Évangiles. Il s'y efforçait depuis un quart de siècle, et dans tout ce temps il n'avait pas converti plus d'une dizaine d'indigènes. Lui, en revanche, mélangeant allégrement les Écritures saintes et l'enseignement brahmanique, n'était pas loin de voir en Jésus Christ un avatar de Visnu.

Je consacrai une grande partie de la nuit à approfondir avec lui ma connaissance de ce continent fabuleux. Si, dès mon arrivée dans ce pays, j'avais essayé de comprendre ce que mes yeux voyaient, j'étais bien conscient d'avoir seulement effleuré la surface des choses. Il m'entretint longuement du code de Manou, la loi ancestrale – quelque chose comme le Lévitique de notre Ancien Testament. Il était convaincu que les Indous sont le peuple le plus ancien de la Terre, que les prêtres qui officiaient à l'ombre des pyramides d'Égypte avaient reçu d'eux leur sagesse, et que Pythagore, dont procède la philosophie des Grecs, fut l'initié des brahmanes.

Je lui proposai de l'emmener à l'île Bourbon, d'où il trouverait à s'embarquer vers l'Europe. Il refusa. À la réflexion, il fit bien. En France, ses conceptions l'auraient conduit au cachot ; en Angleterre, à l'hospice, parmi les fous ; en Espagne, au bûcher.

Le lendemain, au moment où nos routes se séparaient, je voulus lui donner un peu d'argent. Il le repoussa avec horreur.

– La vraie richesse, dit-il, est de ne rien avoir ; car alors on ne peut rien perdre. Telle est la condition de la liberté.

– Il faudra que je me souvienne de ces sages paroles un jour, quand je serai ruiné, répondis-je, sans lui arracher un sourire.

En attendant, j'appréciais d'être riche. Mes voleurs veillaient sur mon trésor avec le plus grand zèle.

J'aurais pu laisser mes coffres ouverts sans qu'il y manquât une seule roupie à la fin du voyage.

À l'endroit où le fleuve se partage en multiples bras avant de se jeter dans l'océan, nous obliquâmes vers le nord pour gagner Pondichéry. Quelques décennies plus tôt, ce comptoir avait été le plus prospère de la Compagnie française des Indes orientales. Les agissements de sa concurrente anglaise l'avaient réduit à n'être plus aujourd'hui qu'un camp retranché, sans rempart ni fortifications dignes de ce nom, qui vivotait dans la crainte de l'assaut final.

Impatient de voir les navires que Tippou Sahib me confiait, je gagnai immédiatement le port. Une vaste place carrée, bordée sur trois côtés par les offices et les magasins, témoignait de sa splendeur passée. Mais le délabrement des façades accusait son déclin.

J'aperçus, à une encablure de la plage, trois vaisseaux gréés à l'orientale dont je ne doutais pas qu'ils fussent ceux promis par le sultan. Sous réserve de les examiner de plus près, ils me donnèrent la meilleure impression. La finesse de leur coque et leur haute mâture laissaient augurer vitesse et maniabilité. À l'idée que cette flottille était placée sous mon commandement, la fierté m'envahit.

Je chargeai Miguel de superviser le chargement des bagages et de payer les kallars, tandis que je portais à l'hôtel du gouverneur le message dont m'avait chargé Tippou Sahib. Puis je me rendis à la maison de négoce de M. Monneron.

M. Therbouche, le second commis, était un homme d'âge. Une perruque trop étroite cachait mal sa calvitie. Un cerne profond, brun, soulignait un regard de faïence bleu. Les fièvres avaient ciré son teint. Il jeta un bref regard à la lettre de Rabourdin.

Tout en me dispensant moult formules de politesse, il m'entraîna dans une petite pièce encombrée de registres. Une vieille femme en sari, affalée sur un sofa, s'éventait. M. Therbouche lui parla avec beaucoup de douceur. Elle lui sourit, se leva, s'inclina devant moi et sortit.

– Ma femme ne comprend pas le français, dit Therbouche. Je préfère tout de même que cet entretien n'ait pas de témoin.

– M. Rabourdin vous explique sans doute dans sa lettre la raison de ma présence à Pondichéry.

– Certes. Mais eût-il négligé de le faire... Pondichéry est une petite ville. Les trois gourabes ne pouvaient passer inaperçues. Bientôt tout le monde ici a su que

Tippou Sahib avait recruté un Français pour commencer à se doter d'une marine efficace. Et quand je dis ici... Je devrais dire : toute la côte orientale, du cap Comorin à l'embouchure du Gange !

Je secouai la tête, atterré. Je m'étonnais presque que les navires n'eussent pas encore été envoyés par le fond. Puis je soupçonnai l'intention secrète de Tippou. Dans ce pays où l'on est si prompt à s'enflammer, les trois gourabes seraient vite présentées comme une armada. Si les Anglais dépêchaient quelques vaisseaux supplémentaires dans le golfe du Bengale pour s'en assurer, ce serait toujours autant de moins à croiser au large de la côte occidentale, où le sultan comptait développer ses chantiers navals. En attendant que je prouve mes talents de corsaire, Tippou m'utilisait comme appât.

– Monsieur de Kervadec, dit Therbouche en affichant soudain une expression de gravité qui s'accordait mal au ridicule de sa perruque, êtes-vous sûr de vos équipages ?

– Ils me sont fournis en même temps que les navires. Devrais-je m'en méfier ?

– Encore une fois, les choses se savent très vite ici. Et j'ai tout lieu de penser que des agitateurs se cachent parmi vos marins. Veuillez prendre connaissance de ceci.

Il me tendit une palme de cocotier. Un message était gravé sur son envers. Bien qu'écrit avec des caractères latins, il n'avait aucun sens.

– Comme vous le constatez, cette correspondance fort opportunément tombée entre nos mains est cryptée. Elle est l'œuvre d'un agent au service des Anglais qui sévit dans l'entourage de Tippou Sahib. Il se trouve que, par le plus grand des hasards, nous possédons le code.

J'admirais les précautions oratoires de M. Therbouche : j'ai tout lieu de croire... il se trouve que... par le plus grand des hasards... Déjà, Rabourdin m'avait donné l'impression d'en savoir bien plus qu'il n'était crédible pour un commerçant. Les manières furtives de Therbouche me confirmaient que l'honnête maison de commerce de M. Monneron servait de couverture aux agents secrets de M. de Montmorin[1]. Je me demandai si l'auteur du message était ce fameux « espion anglais » qui m'avait valu de connaître la prison de Seringapatam.

1. Ministre des Affaires étrangères de Louis XVI.

– En résumé, poursuivait Therbouche, certains amiraux de Tippou Sahib n'apprécient guère votre arrivée. À moins qu'ils n'aient été soudoyés par la *Company*. Quoi qu'il en soit, ils ont armé une flottille pour vous intercepter dans le détroit de Pamban[1]. Le destinataire du message est chargé de donner à ce moment le signal de la mutinerie sur vos navires pour vous mettre dans l'impossibilité de vous défendre. Rassurez-vous. Pour neutraliser cet agitateur, nous avons substitué à ce billet d'autres directives.

– Que dit ce second message ?

– À peu près la même chose. Sauf que, désormais, il s'attend à devoir intervenir au large de Mahé. Je vous conseille de vous y rendre en contournant Ceylan par le sud. Ainsi, vous éviterez le détroit et le traquenard qu'on vous tend...

– Pourquoi Mahé ?

– En ne voyant pas la flotte d'interception, les mutins se tiendront probablement tranquilles. Si toutefois ce n'était pas le cas, vous pourrez vous placer sous la protection des vaisseaux français qui, je le sais,

---

1. Chenal semé d'îles séparant la pointe méridionale de l'Inde et l'île de Sri Lanka (Ceylan).

seront mouillés dans ce port quand vous l'atteindrez. En toute hypothèse, il vous sera loisible de recruter sur place des équipages plus sûrs.

L'ennui, c'était que j'avais donné rendez-vous à Haddad au nord-ouest de l'île, précisément là où m'attendait la flottille.

– Pour me tendre un tel traquenard, il faut que l'agent ennemi ait connu les intentions de Tippou à mon égard. Il a donc sa confiance.

Therbouche approuva d'un hochement du menton.

– Vous savez qui il est, n'est-ce pas ?

– Bien sûr. Sinon, comment détourner ses messages ? Mais vous me pardonnerez de garder cette information secrète. Si Tippou Sahib venait à l'apprendre, il l'exécuterait. Les Anglais placeraient auprès de lui un autre correspondant et nous perdrions un temps précieux à l'identifier, puis à repérer ses habitudes.

Il émit un petit rire de gorge.

– Je suis navré. La guerre secrète a ses règles, qui sans doute vous surprennent.

Et dont la sournoiserie feutrée me déplaisait : je songeais aux deux tentatives d'élimination dirigées contre moi à Seringapatam.

– À défaut, me révélerez-vous qui, dans mon équipage, déclenchera la rébellion ?

– Hélas, je l'ignore. Je sais seulement que le messager qui, à son insu, portait les fausses instructions s'est glissé sur le *Bargh*. C'est donc sur ce navire que se trouve le chef des mutins.

– Sauriez-vous me procurer d'autres marins ?

– Si vous me laissez le temps...

– Deux jours.

– Oh, dans ce cas, pas plus de quelques hommes.

– Faites au mieux. Je suivrai vos conseils. Mais je n'aime pas l'idée de m'embarquer avec des matelots dont je devrai me méfier tout le temps.

– Comptez sur moi, dit Therbouche avec un sourire satisfait. Oh, puisque vous irez à Mahé, puis-je vous confier un pli confidentiel, à remettre en mains propres à M. Delmet, qui tient commerce dans cette ville ? À propos, si vous avez besoin d'aide, sachez qu'il vous sera dévoué.

De même que Tippou Sahib avait disposé de moi sans me demander mon avis, de même Therbouche m'enrôlait dans les services secrets de Sa Majesté le roi de France sans douter de mon accord ! Si cette impudence me heurtait, je n'avais pas assez d'alliés dans la partie qui se jouait pour donner l'impression de bouder son secours. Encore une fois, je décidai que le plus sage était de se laisser porter par la vague.

Avant de gagner le bord, je réunis ceux en qui j'avais confiance : Miguel, Singh... Je n'hésitai pas à comprendre dans le lot les trois Écossais. Bien sûr, ils étaient sujets de Sa Gracieuse Majesté. Néanmoins je ne doutais pas de leur amitié, tant que nous n'aurions pas à affronter des vaisseaux britanniques. Et encore... Après tout, l'*East India Company* n'avait rien tenté pour les tirer de leur geôle. Ils avaient une bonne raison de lui en vouloir. Je les informai de la situation.

– En résumé, Messieurs, nous devons craindre une mutinerie.

– Alors, n'appareillons pas, trancha Miguel.

– Ce serait encourir l'incompréhension, voire la méfiance, puis la colère de Tippou. Surtout que l'« agent anglais » et les amiraux félons ne ménageront pas leurs efforts pour me discréditer auprès de lui. Que dis-je ? Ils ont sûrement commencé. Or, Tippou est réputé pour son impulsivité.

Miguel se renfrogna. Je concevais son humeur. Négrier, puis pirate, il répondait à un instinct de rapace : la proie une fois désignée, il ne restait au chasseur qu'à s'en emparer. Mais les subtilités de la partie tortueuse dans laquelle j'étais bien malgré moi engagé lui échappaient, et même lui répugnaient. Je n'étais pas loin de partager son avis.

– *Well*, pourquoi s'inquiéter ? lança MacPherson. Si le traître suit les instructions qu'il a reçues, il ne tentera rien avant Mahé.

– Sauf s'il décide d'agir en voyant la flotte d'interception. Car j'ai bien l'intention de passer par le détroit de Pamban : je ne veux pas rater Haddad.

– Vous êtes sûr des kallars ? demanda Balfour.

– Ils ont prouvé leur loyauté.

– Alors, s'ils n'ont pas déjà quitté Pondichéry, embarquons-les ! En cas de mutinerie, ils se chargeront de rétablir l'ordre ! s'écria-t-il en se frottant les mains.

Les trois Écossais étaient bons bougres. La perspective d'un peu d'action, après toutes ces années de passivité, les réjouissait.

Quant à moi, ma décision était prise. Ne me sentant pas de disposition pour le métier d'agent secret, je n'irais pas à Mahé. Sitôt après m'être entendu avec le Danois, je mettrais le cap sur les Maldives, comme Tippou Sahib me l'avait prescrit.

Chapitre 12

Dahnavati

Mon premier soin, en montant à bord du *Bargh*, fut de débarquer une dizaine d'hommes, que je remplaçai par ceux que m'avait fournis Therbouche. J'agis de même pour le *Sher*, sur lequel avaient pris place Balfour et Earnscliff. Le *Pilli* était donc le navire où se concentraient le plus de matelots suspects. Je le confiai à Miguel, auquel j'adjoignis MacPherson et quelques kallars. Ils avaient reçu de ma part des ordres clairs : au moindre signe d'insubordination, ils devaient immédiatement quitter le bord, après avoir mis le feu à la sainte-barbe. Je comptais sur la terreur qu'inspireraient aux marins félons des autres navires ma détermination aussi bien que les fusils des kallars pour étouffer la mutinerie dans l'œuf.

Nous voguions depuis quelques heures, quand, me tirant par la manche avec un air mystérieux, Singh m'entraîna vers l'écoutille. Après s'être assuré que personne ne nous prêtait attention, il m'invita à le suivre dans la cale.

Dans la soute aux vivres, il déplaça une baille. Derrière, j'aperçus une forme recroquevillée. À en juger par sa stature, il s'agissait d'un individu très jeune.

Le sort d'un passager clandestin est vite réglé. S'il est apte à la manœuvre, il paie la traversée par son travail. Sinon, il dépend du bon vouloir du capitaine. Quand celui-ci est miséricordieux, il l'envoie au fond de la cale. Dans le cas contraire, l'infortuné se retrouve sur la planche. Mais pourquoi Singh se montrait-il aussi discret pour m'informer de sa découverte ?

Je ne tardai pas à le comprendre quand l'intrus se leva : bien que la pénombre ne me permît pas de distinguer ses traits, ses vêtements ne laissaient aucune place au doute.

Une femme à bord ! Il ne manquait plus que cela. Il n'y avait pas mieux pour semer la zizanie. Surtout avec l'équipage de sac et de corde qui était le mien.

– Débrouille-toi pour l'amener dans ma chambre sans être vu de personne. De personne, tu m'entends ! Au besoin, attends la nuit.

Singh exécuta strictement mes ordres : c'est à la faveur de l'obscurité la plus profonde qu'il conduisit la passagère clandestine dans le gaillard d'arrière, enveloppée dans un hamac qui la dissimulait entièrement. Je tirai le loquet de la porte et allumai la lanterne.

– Approche-la un peu, que je la voie.

Ce n'était pas une paysanne. Elle portait un sari précieux, luxueux même. Par pudeur, elle avait ramené un pan de son voile sur son visage, mais la transparence du tissu n'en dissimulait nullement la perfection. Ses yeux, dont la clarté tranchait sur l'or de sa peau, trahissaient une origine parsie ou afghane. Son regard ne reflétait ni arrogance ni humilité. Ses vêtements, ses bijoux prouvaient qu'elle appartenait à une famille riche. Elle avait tout au plus quinze ans.

Elle me salua, joignant les mains sur la poitrine. La grâce de ses gestes, la finesse de ses traits, la souplesse de sa taille me subjuguaient. Je m'adressai à elle en puisant dans le peu d'hindi que m'avait appris Sudraka. Elle exprima son soulagement par un sourire dont fut illuminé un visage qui n'avait pas besoin de cet attrait supplémentaire.

– Qui es-tu ? demandai-je en me forçant à une

sévérité qui ne l'impressionna guère. Que fais-tu à mon bord ?

Sa voix tinta comme l'eau d'une source. Je l'écoutai quelques secondes avant de m'apercevoir que le sens de ses paroles m'avait échappé.

– Tu parles trop vite, je ne te comprends pas, l'interrompis-je.

Sans doute trouva-t-elle mon ton trop abrupt. Des larmes lui montèrent aux yeux. Elle répéta néanmoins son histoire, plus lentement. Difficulté à assimiler son accent, insuffisance des leçons de Sudraka ou trouble que sa beauté provoquait en moi ? Je ne saisissais que des bribes de son récit. En fin de compte, je m'entendis la rassurer et lui promettre ma protection, à la condition expresse qu'elle ne quitterait pas la cabine sans mon autorisation. Elle se jeta à mes pieds en prodiguant remerciements et bénédictions, ce qui n'eut pour effet que d'accroître mon embarras. Je la laissai sous la surveillance de Singh et remontai sur le pont.

L'air frais de la nuit me ragaillardit. Je menai une rapide inspection, pour vérifier si tout allait bien. Puis je m'isolai sur le banc de quart afin de réfléchir. Là, je reconstituai le récit de Dahnavati – tel était le nom sous lequel la jeune fille s'était présentée. Promise en mariage à un proche de Tippou, elle avait été confiée à la garde du sultan. Tenant son futur époux en horreur, elle s'était enfuie du mahal[1] et, ayant appris qu'une escadre appareillait pour des côtes étrangères, elle avait voulu en profiter pour s'éloigner du Mayssour. Tels étaient les éléments de son explication que j'avais retenus au passage.

Cette situation théâtrale où m'était distribué le rôle du sauveur de l'ingénue flattait mon sens de la chevalerie. Mais si, fasciné par le regard suppliant de Dahnavati, je n'avais soulevé aucune objection à son récit, celui-ci ne résistait pas à l'examen d'un esprit refroidi. Tout d'abord, on ne s'évadait pas du gynécée du sultan, à moins de soudoyer quelques-uns des eunuques chargés de la surveillance. Et le prix à payer était proportionné au risque qu'ils prenaient. Or, dans leur cage dorée, les femmes ne possédaient rien. Et pourquoi avoir choisi de fuir avec une flotte affrétée par le sultan, plutôt que sur le navire d'un marchand arabe de la côte occidentale, plus proche

1. Appartement des femmes.

de Seringapatam que Pondichéry ? Comment avait-elle eu connaissance des gourabes ? Comment, seule, se cachant, m'avait-elle précédé ? Son sari ne portait pas une seule souillure !

Cette accumulation d'invraisemblances m'amenait à la conclusion que sa présence n'était pas étrangère à l'embuscade tendue par la marine de Tippou. Consciemment ou non – et je souhaitais déjà son innocence –, Dahnavati constituait l'appât, la chèvre que l'on expose pour débusquer le tigre. Pour ceux qui avaient monté ce piège, il ne s'agissait pas seulement d'empêcher ma flotte d'accomplir sa mission, ni même de me supprimer. Ils voulaient me faire encourir la colère de Tippou Sahib. En protégeant Dahnavati, j'offensais le sultan, puisque la fuite de la jeune fille le ridiculisait aux yeux du fiancé. Je justifiais ainsi doublement l'intervention de ses marins : d'une part ils ramèneraient la fugitive, d'autre part ils vengeraient l'honneur de leur souverain.

Celui qui m'avait tendu ce piège savait que ma première impulsion me porterait à secourir Dahnavati. Nous autres, Français, avons la réputation d'être galants avec le beau sexe. À plus forte raison quand nous sommes bretons ! En me discréditant, L'auteur de ce complot cherchait peut-être moins à m'éliminer qu'à saper la confiance de Tippou Sahib envers les Français. Tout cela, à mes yeux, portait la marque de l'« espion anglais ».

Je songeai à la tigresse que Murad avait traquée. Toute sa vie, elle avait été la chasseresse. Elle croyait encore l'être, cette nuit où les rabatteurs investirent son territoire. Elle s'aperçut trop tard qu'elle était devenue la proie. Moi, j'avais sur elle l'avantage de l'avoir compris assez tôt.

Je retournai dans ma chambre. La porte en était barricadée de l'intérieur, et j'eus quelque peine à persuader Singh de l'ouvrir : il faudrait songer à un signal pour me faire reconnaître. Quand je pénétrai dans la pièce, il m'intima le silence : la belle dormait.

– Eh bien, réveille-la, je dois lui parler !

Singh, toujours si prompt à m'obéir, hésita. Déranger Dahnavati lui paraissait un sacrilège. Je l'éveillai moi-même. Elle ouvrit les yeux et me dévisagea, apeurée. Puis elle me reconnut et se leva immédiatement en s'excusant. Mais il n'y avait, dans ses protestations, qu'une modestie de convenance.

– J'ai besoin de quelques détails. Pour t'enfuir du mahal, tu as payé les eunuques, n'est-ce pas ?

– Oui. Je leur ai donné des bijoux et de l'argent.

– Beaucoup ?

– Deux lacs de roupies.

Soit plus de cinq cent mille livres tournois !

– D'où tenais-tu une telle somme ? Les femmes du mahal n'ont pas d'argent.

– L'officier français me l'a donnée. Les gens de ton pays sont pleins de compassion pour les femmes. Il savait que, toutes les nuits, je pleurais. Alors, il...

– Quel officier français ? la coupai-je.

– Celui qui m'avait amenée chez le sultan : M. d'Oligny.

Mentait-elle ? Je ne pouvais l'exclure. Cependant le colonel, à la fois avisé de mes intentions et de tous mes déplacements, assez proche de Purniya et du sultan pour contrecarrer leurs projets à mon égard sans se montrer ouvertement hostile, apparaissait comme un « espion anglais » plausible. Sauf qu'il n'était pas anglais. Toutefois, il avait l'âme d'un mercenaire. Ce n'était pas un hasard s'il citait souvent ce proverbe qu'il semblait avoir adopté comme devise : « Pour son ventre, on joue bien des rôles. » Sans doute les Britanniques payaient-ils bien. Et puis Oligny, il ne s'en était pas caché, croyait à leur victoire.

Je décidai d'accorder ma confiance à Dahnavati. Je lui exposai le complot auquel, selon moi, elle se trouvait mêlée.

Elle écarquilla les yeux. Puis son expression se durcit.

– Alors, tu dois me tuer et renvoyer ma dépouille au sultan, dit-elle.

J'avais, je l'avoue, songé à cette solution. Mais pour la chasser aussitôt de mon esprit.

– Cela n'arrangerait rien. Il est déjà trop tard. Oligny aurait beau jeu de persuader Tippou Sahib que je te renvoie pour me disculper, parce que je sais ma trahison découverte, et qu'à la première occasion je m'empresserai de décevoir sa confiance.

Elle me remercia, avec une emphase tout orientale. Mais sa voix exprimait plus de tristesse que de soulagement.

– Surveille-la bien, recommandai-je à Singh. Il se pourrait qu'elle tente de se suicider.

Et je remontai sur le pont. Le vent avait poussé les nuages vers la terre. Les étoiles scintillaient. Chaque fois que je levais la tête vers elles, je songeais à Otsitok et je me sentais apaisé. Invulnérable. J'avais à présent hâte de rencontrer la flotte d'interception.

D'agir. De me battre à ma manière, et non dans l'ombre en empruntant les voies tortueuses utilisées par l'espion « anglais ».

Chapitre 13

Le destin de Haddad

Je dénombrai six voiles.

La première, sous mon vent, ne tarderait guère à me rejoindre. J'espérais ne pas me tromper en reconnaissant l'*Al Aoud*. J'ordonnai d'envoyer, outre les couleurs de Tippou Sahib, le pavillon bleu à la chaîne brisée que j'avais fait confectionner.

Les cinq autres navires qui accouraient par bâbord arrière marchaient de conserve. Pour moi, aucun doute : il s'agissait de la flotte d'interception. En naviguant plus près des côtes qu'il n'était d'usage pour passer le détroit qui sépare le Deccan de l'île de Ceylan, je comptais tromper leur vigilance. Mais leurs guetteurs m'avaient repérés et ils me prenaient en chasse, par vent de travers, sur une mer un peu agitée.

J'avais mis les kallars en alerte, avec la consigne de tuer tout matelot suspect de trahison. Malgré le faux message de Therbouche, je m'attendais à des troubles sur mes navires au premier engagement.

Enfin, j'aperçus dans ma lunette le pavillon que j'espérais : le navire isolé arborait lui aussi les couleurs du Danois. C'était bien Haddad qui se portait à ma rencontre. Je donnais l'ordre de serrer encore davantage le vent, quand la vigie me signala deux nouvelles voiles par l'avant. Peu après, l'*Al Aoud* infléchit sa trajectoire par tribord. Un instant contrarié par ce mouvement qui écartait sa route de la mienne, je compris l'intention de Haddad : il cherchait à prendre mes poursuivants par le travers, pour couper la flottille en deux.

L'ennemi ouvrit le combat par un tir de roquettes. Ces fusées, fort prisées par les Indous sur les champs de bataille, où elles effraient les chevaux et les éléphants, peuvent aussi se révéler redoutables en mer en allumant des incendies dans les voilures. Fort heureusement, leur précision est très inférieure à celle d'un canon. La première salve, trop courte, se perdit dans la mer. La seconde, trop longue, passa au-dessus de la pomme du grand mât. Cependant, sans que j'en eusse donné l'ordre, le *Bargh* changea d'amures : les traîtres de mon équipage entraient en action ! Quittant le gaillard, je sautai sur le pont, désignai un matelot dont le comportement m'avait paru louche. Aussitôt saisi par quatre kallars, il passa par-dessus bord. Ce que voyant, un escogriffe se mit à pousser de grands cris. Il n'eut pas le temps de dégainer son sabre. J'interrompis son discours d'une balle en plein front. Les kallars se chargèrent de tous ceux qui avaient fait mine de suivre le meneur. Au même moment, une formidable détonation retentit : conformément aux ordres qu'il avait reçus, Miguel avait fait sauter le *Pilli*.

Une roquette s'écrasa sur le pont du *Bargh*, provoquant un début de panique. Singh s'en saisit et la rejeta à la mer.

– Aux batteries !

Cette fois, nul ne songea à se dérober. Privés de leur chef, les traîtres rentraient dans le rang.

Inquiet, je voyais trois navires ennemis converger vers le *Sher*. Pourvu que Balfour et Earnscliff aient eux aussi su étouffer la révolte à son bord ! Singh attira mon attention sur un esquif : le canote du *Pilli*, où Miguel et ses compagnons avaient pris place avant l'explosion.

Un vaisseau s'interposait entre le *Sher* et moi, cherchant à présenter son travers à ma proue. Déjà mes matelots s'apprêtaient à virer, afin de lui opposer la batterie tribord.

– Maintenez le cap !

– Tu l'éperonnes ? demanda Singh, plus curieux qu'inquiet.

– Non, cela nous immobiliserait.

Singh, qui se préparait à l'abordage, parut déçu. Ma manœuvre, si contraire aux règles habituelles du combat, surprenait également l'adversaire. Il tira trop tôt. Un boulet frappa la coque, mais de biais ; il ricocha.

Au dernier moment, j'infléchis ma course. Trop sollicités, mâts et haubans grincèrent, et je ne vis pas sans anxiété la gourabe, bien plus basse sur l'eau que les vaisseaux auxquels j'étais habitué, prendre une forte gîte. Sur le navire ennemi, les marins se rassemblaient vers la poupe, croyant encore à un abordage. Je craignais à présent d'avoir viré trop tard et d'entrer en collision avec lui. Mais l'adversaire commit la faute de laisser ses voiles déployées. Il m'évita. Je passai à quelques pieds de son étambot et ouvrit le feu. Les canons tirèrent en chapelet, à mesure qu'ils prenaient son gouvernail dans leur mire. Un coup au but l'avaria.

Sans m'attarder à l'achever, j'attaquai l'un des deux autres assaillants du *Sher*, arrosant son pont de mitraille. Les kallars, sabres brandis, l'investirent. Pour la première fois, cloué à mon bord par les nécessités du commandement, je ne participais pas à la mêlée. C'est avec un peu d'envie que je vis Singh s'y précipiter.

L'âpreté du combat ne m'empêchait pas de surveiller les deux voiles que la vigie m'avait signalées peu avant qu'il n'éclate. L'un des deux arrivants, probablement un paisible marchand, s'était prudemment dérouté à la première détonation. L'autre au contraire se précipitait toutes voiles dehors vers nous. Je reconnus enfin ce brigantin : le *Nautile* !

Ce renfort décupla mon ardeur. J'étais sûr à présent de la victoire. Le Danois fonça droit sur un chebek. Le capitaine indou esquiva l'éperonnement de justesse, mais ne put éviter une bordée du *Nautile* contre sa poupe. Les boulets, après l'avoir crevée, prirent le vaisseau en enfilade, le transformant en une épave promise à un prompt engloutissement.

Déjà le *Nautile* virait de bord, pour couper la route à un second adversaire. L'équipage indou, terrifié par la rapide issue du premier duel, tenta de se soustraire à son assaut. Cela me valut d'assister au plus curieux des abordages qu'il m'eût été donné de voir. Dans sa fuite, le chebek longea la chaloupe où se tenaient Miguel et MacPherson, en compagnie de cinq ou six kallars. Ils en profitèrent pour se hisser à son bord et engager le combat. Bientôt le *Nautile* reçut sa reddition. L'*Al Aoud,* de son côté, coupait la route d'un fuyard. Après avoir donné de son artillerie, le capitaine indou préféra abandonner la lutte.

Un sentiment de triomphe me submergea. J'apportais au Danois trois prises en état de tenir la mer. Sans compter deux des trois gourabes que Tippou Sahib m'avait confiées. Ainsi, il se trouvait à la tête d'une flottille de sept vaisseaux. J'avais hâte de voir sa réaction.

J'abordai bientôt l'*Al Aoud*. Sans attendre la fin de l'amarrage, je sautai sur son pont. Ma joie de retrouver mes amis fut de courte durée. À l'expression de Bâbord-Amures, je compris immédiatement qu'un événement grave s'était produit. Quelques instants plus tard, je me penchais sur Haddad, étendu sur la dunette arrière. La noirceur de sa barbe contrastait avec la pâleur inhabituelle de son teint. Ses lèvres elles-mêmes avaient perdu leur couleur. Il baignait dans son sang. Un boulet avait emporté son bras. Comme j'approchai mon visage du sien, il releva les paupières. Son regard, que j'avais connu tour à tour farouche et amical, se teintait d'une expression nouvelle, à la fois résignée et inquiète. En moi, la joie s'était évanouie : j'aurais volontiers donné toutes mes prises, et davantage, pour le membre de mon ami. Il trouva la force de parler. Sa voix, quoique affaiblie, conservait sa netteté.

– Je vais mourir, annonça-t-il. C'était écrit.

– Non, nous allons te soigner !

– Je le savais, poursuivit-il sans tenir compte de mon cri. J'ai franchi la ligne une fois de trop.

– Tu ne vas pas mourir ! m'entêtai-je. Je ne le permettrai pas !

Un rictus un peu narquois déforma ses lèvres : qui étais-je, pour m'opposer au destin ?

– Je ne crois pas aux divagations de ton astrologue !

– Je le sais. Mais tu as tort.

Un spasme secoua son corps mutilé. Il serra les dents pour ne pas hurler sa souffrance devant son équipage.

– Au moins, s'inquiéta-t-il quand la douleur diminua, les avons-nous défaits ?

– Victoire totale. Trois bonnes prises.

– Le Danois – Allah le bénisse ! – sera content.

Il ferma les yeux. Affolé, je le voyais s'enfoncer dans la mort. Quand, dans un dernier sursaut, il s'écria :

– Kervadec ! Protège-le, et le paradis s'ouvrira pour toi !

Ses lèvres bougèrent encore, mais il ne s'adressait plus à moi. Il priait.

La peine, la révolte, le remords agitaient mon âme. Que n'avais-je suivi le conseil de Therbouche ! Au lieu de cela, l'orgueil m'avait poussé à me mesurer aux capitaines félons de Tippou Sahib, convaincu que j'étais d'emporter la victoire si je réussissais à opérer la jonction avec l'*Al Aoud*. L'orgueil ? Bien plutôt la vanité ! Eh bien non ! Haddad ne mourrait pas !

– Bâbord-Amures ! Préviens le Danois et ramène Brunet !

Tout en donnant cet ordre, je déchirai le tissu qui couvrait la plaie de Haddad. L'écrasement des chairs contenait le gros de l'hémorragie. Du sang jaillissait cependant d'une artère sectionnée. Je la bouchai avec le doigt.

L'attente me parut interminable. Haddad priait en silence. Une seule fois, il ouvrit les yeux et souffla :

« Va-t'en ! » Je n'en tins aucun compte. Enfin, le chirurgien arriva. Le Danois l'accompagnait. Brunet examina la plaie et secoua la tête. Le Danois adressa un encouragement à Haddad, mais celui-ci ne réagit pas. Il avait perdu connaissance.

– Tant mieux pour lui, commenta le Danois. Il ne sentira pas la douleur.

– La douleur ? s'étonna le chirurgien. Mais il ne sert à rien de l'opérer. Il a perdu trop de sang, et...

– Écartez-vous, gronda le Danois. Laissez-moi vos instruments. Vous, là-bas, faites rougir des fers. Salut, Kervadec, ajouta-t-il comme s'il venait seulement de s'apercevoir de ma présence. Tu vas m'assister.

Je me rappelai les propos de Van Ruisdael sur les talents médicaux du capitaine. Je m'abandonnai à la paresse de me laisser porter par la volonté d'un autre. Je me sentais épuisé, comme si j'avais dû disputer l'âme de Haddad à une armée de démons.

– Je tiens une artère, précisai-je.

– Du fil ciré !

Le Danois sutura le vaisseau sectionné. Il découpa les chairs hachées pour obtenir une plaie franche. Il arracha une à une les esquilles d'os. Il procédait avec calme, indifférent à tout ce qui l'entourait, la mâchoire crispée, la parole rare. De temps en temps, il s'écartait pour me permettre de cautériser la place qu'il m'indiquait. Haddad, pour son malheur, sortit de son inconscience. Mais il ne se plaignait pas, même sous la morsure du fer rouge. À la fin, le Danois lança, sec :

– Monsieur Brunet, veillez à transporter le blessé à mon bord. Vous répondez de sa vie sur la vôtre.

Le chirurgien marqua par son expression l'indignation qu'il éprouvait à être traité de la sorte. Il s'empressa néanmoins d'obéir.

Le Danois se tourna alors vers moi. Son visage, sombre l'instant précédent, s'égaya. J'avais beau avoir vu maintes fois pareille métamorphose chez cet homme à la physionomie aussi changeante que le vent du printemps, elle me surprenait toujours.

– Alors, Kervadec ? Si tu m'expliquais pourquoi ces chiens de mer te donnaient la chasse ? Je parie que tu leur avais joué un tour à ta façon !

Je lui résumai mes aventures depuis le jour où la tempête nous avait désemparés, pendant que, s'étant fait apporter une baille d'eau de mer, il lavait le sang qui souillait ses bras et sa poitrine. Je ne m'étendis guère sur mon séjour dans le royaume du Mayssour, pour en arriver à ce qui l'intéressait vraiment : la flotte placée sous mon commandement et les intrigues d'Oligny pour me perdre. Ce dernier épisode l'amusa beaucoup.

– C'est bien, allons voir cette Hélène chargée d'allumer une nouvelle guerre de Troie ! ironisa-t-il.

Le Danois sauta sur le *Bargh*, toujours arrimé à l'*Al Aoud*. Je le menai à la grande chambre. Singh, sitôt revenu à bord, avait repris sa faction à l'intérieur. Il ouvrit avec circonspection.

Dahnavati nous salua en portant les mains jointes à hauteur de son visage, les yeux baissés. Quand elle les releva, son regard accrocha celui du Danois. Aucun mot ne fut prononcé. Aucun geste esquissé. Un échange de regards suffit à sceller le sort de ces deux-là. Je compris immédiatement que leur rencontre avait quelque chose de définitif. La seconde où ils s'étaient vus pour la première fois durerait pour eux une éternité. Ils en avaient une conscience parfaitement claire. Il tendit sa main. Elle posa la sienne dans sa paume. Il l'entraîna sur le pont.

La foudre tombant sur le navire n'aurait pas provoqué plus de stupeur. Quoi ? Une femme à bord ? Et, soudain, une ovation tonitruante secoua le

Bargh. J'observai Dahnavati. Était-ce l'acclamation de l'équipage qui faisait flotter ce demi-sourire sur ses lèvres, ou de sentir la large poigne de l'homme rouge autour de sa main ? Je l'avoue, je ressentis à ce moment un pincement au cœur, sur les raisons duquel je préférai ne pas m'interroger. Je voulais ignorer que, depuis que Dahnavati se trouvait à mon bord, je pensais un peu moins souvent à Maria.

Au moment d'appareiller pour quitter ces eaux, il n'y eut pas de questions. Elle le suivit sur le *Nautile*. Je me tournai vers Singh. Le lascar avait disparu. Je le retrouvai plus tard sur la dunette, les yeux perdus dans le vague, ou plutôt fixés sur le sillage du brigantin qui s'éloignait.

Chapitre 14

Nouvelles de France

Nous étions convenus que je rejoindrais le Danois à l'île Bourbon, où il menait le gros de la flotte. Auparavant, je me dirigeai avec deux gourabes vers Mahé, afin d'y déposer Samoudragupta et ses hommes. Revenant sur mon intention première, j'avais en effet décidé de remettre à son destinataire, M. Delmet, le pli que m'avait confié Therbouche. Puisque je ne pouvais plus remplir ma mission auprès de Tippou Sahib, autant servir la cause de mon pays. Et aussi, indirectement, celle du sultan, puisqu'il s'agissait de contrarier les intérêts britanniques.

J'aurais aimé m'attacher les services des kallars, car j'avais pu apprécier leur valeur au combat. Mais quitter l'Inde n'était pas, à leurs yeux, une action conforme au dharma[1].

1. Ordre cosmique.

Ainsi que Therbouche me l'avait annoncé, des vaisseaux français étaient ancrés devant le comptoir. Je mouillai à l'écart, peu soucieux de me faire connaître : le capitaine Nougaret, s'il avait touché terre, n'avait sûrement pas manqué de me dénoncer aux autorités pour la prise de la *Belle-Louise*. Aux yeux de la marine française, je n'étais désormais qu'un pirate, exécutable sitôt que pris.

Je comptai à Samoudragupta la somme promise, à laquelle j'ajoutai une généreuse gratification. Croyant à une erreur de ma part, il m'en avisa, car c'était un voleur très honnête. Je débarquai également une partie de mon équipage indou. Puis je me rendis moi-même à terre en compagnie de Miguel et de Singh, afin de m'acquitter de la mission que m'avait confiée Therbouche.

Mahé, campée sur une éminence au débouché du fleuve dont elle a pris le nom, a assez belle allure, vue de la mer. Mais, une fois à terre, je m'aperçus qu'elle n'avait jamais été qu'un comptoir secondaire, comparée à Pondichéry.

Je me présentai à M. Delmet. Le négociant s'empressa de faire disparaître le pli que je lui tendais. Il s'enquit de ma route future. Je lui mentis : mes récentes mésaventures m'incitaient à la prudence. Je lui remis néanmoins – à qui d'autre aurais-je pu confier ce soin ? – une missive à l'intention de Tippou Sahib, par laquelle je présentais au sultan mes excuses, l'assurais d'autant de loyauté que les circonstances le permettaient et lui promettais la restitution de ses navires dès que possible. À mots couverts, car je ne doutais pas que Delmet prendrait connaissance de ma lettre avant de la transmettre, je l'informai également de la duplicité du colonel d'Oligny : bien que sensible à l'argument de Therbouche, je voulais éviter qu'un autre tombât un jour dans le même piège que moi. Et puis aussi – pourquoi le taire ? – me venger du colonel.

Mon devoir accompli, je m'apprêtai à prendre congé de Delmet. Il insista pour m'inviter à sa table, le soir même.

À l'heure dite, je me présentai chez lui. Je m'aperçus trop tard qu'il y avait d'autres convives. Leur uniforme confirma mes craintes. J'adressai à Singh un signe pour l'avertir d'avoir à se tenir sur ses gardes.

Le négociant me présenta au marquis d'Amblemont, commandant de l'escadre française, et à ses officiers. À la mention de mon nom, l'amiral réagit vivement.

– Monsieur de Kervadec ! J'ai été fort aise d'apprendre que vous seriez des nôtres ce soir. Savez-vous que vous êtres un homme très recherché ?

Du regard, je mesurai l'écart qui me séparait de la fenêtre. Singh avait posé la main sur son cimeterre.

– J'ai en effet un pli à vous remettre, poursuivit Amblemont, sur le ton le plus aimable.

– À moi ?

– Vous êtes bien Jean Hoel de Kervadec, le neveu de M. Combray de Rivelen ? Eh bien, votre oncle a obtenu de l'amirauté que tous les vaisseaux en partance pour l'océan Indien emportassent un message. Entre officiers, nous avons parié dix caisses de vin de Champagne à qui saurait le premier vous le remettre. Et je gagne ! gloussa-t-il en tirant un pli de sa manche.

Je m'en saisis, le remerciai, maladroitement sans doute, quelque peu décontenancé par cette correspondance inattendue. Je ne voyais qu'une explication au fait de n'être pas poursuivi pour piraterie : Nougaret s'était perdu en mer.

– Ainsi, enchaîna Amblemont, vous avez séjourné plusieurs mois en Inde. Y avez-vous trouvé bonne fortune ?

– J'y ai fait des rencontres intéressantes.

– Bien, bien, dit l'amiral, avant de se lancer dans le récit d'une incursion qui l'avait lui-même mené naguère au cœur du Deccan.

Il s'amusait de ce que les Indous croyaient de la plus haute importance de se laver régulièrement les mains ou d'allumer des lampes à la tombée de la nuit.

– Ils s'imaginent que, sans cela, l'ordre cosmique serait perturbé ! pouffa-t-il.

Sa suffisance, son incapacité de pénétrer le sens de ces rites démontraient assez son manque d'esprit. Il m'ennuyait par ses propos imbéciles. Je brûlais de lire la missive de mon oncle, maudissant la correction qui m'interdisait de l'ouvrir en public. Pour interrompre la pénible péroraison d'Amblemont sur les Indous, je m'enquis des nouvelles de la France. Sa mine s'assombrit aussitôt.

– Nous vivons, hélas ! une bien triste époque. L'insolence de la canaille ne connaît plus de bornes et la bonté du roi en est abusée ! lança-t-il en préambule. Jugez-en ! L'an dernier, en été, des troubles ont agité Paris. Et, à l'automne, les ouvriers des soieries de Lyon ont cessé le travail ! Les assemblées provinciales défient l'autorité du roi. Surtout celle de Bretagne. Il faut dire que le mauvais exemple vient de haut.

Quand un ministre des finances ose proposer d'étendre l'impôt à la noblesse, comment s'étonner que la populace se croie soudain tout permis ? Heureusement, nous sommes débarrassés de ce faquin de Calonne ! Mais tout de même ! Les principes les plus sacrés sont ébranlés : croirez-vous que le parlement de Paris prétend autoriser les non-catholiques à acquérir des charges ? Pas seulement les protestants, les juifs aussi ! Imagine-t-on un amiral parpaillot ou un juge circoncis ? Et des coquins ont poussé le roi à annoncer la réunion des états généraux ! Les états généraux ! Impensable ! Ce serait encourager les roturiers à se mêler de la conduite du royaume !

Les propos d'Amblemont confirmaient les nouvelles dont s'était fait l'écho la correspondance de Barbé de Marbois. Mais la dernière lettre de mon ami, écrite de Saint-Domingue, dont il avait été nommé intendant, datait de septembre 1787, soit plus d'un an. J'espérais en apprendre davantage à mon retour à l'île Bourbon, où m'attendait mon courrier. Pour le moment, je dus supporter les imprécations de ce fat, qui gâchaient un repas pourtant fort agréable.

Nous regagnâmes chacun notre bord à la faveur de la pleine lune, non sans que le capitaine m'eût fait promettre de lui rendre visite le lendemain. Je l'en remerciai. Mais, sitôt que je pris pied sur le pont du *Bargh*, je donnai l'ordre d'appareiller, puis me retirai dans ma chambre pour, enfin, lire le pli de M. Combray de Rivelen.

Mon neveu, disait-il, *vous serez surpris, sans doute, de cette lettre, car je suis certain que vous ne mesurez pas à sa juste proportion l'affection que je vous porte. Votre brusque départ pour l'Amérique m'a beaucoup chagriné, mais je puis comprendre l'attrait du large sur un jeune homme bien né. Je ne saurais donc vous en faire grief. Je vous reproche en revanche, de la façon la plus véhémente, de m'avoir laissé sans nouvelles.*

J'ai le grand regret de vous informer de la perte de la Belle-Louise. *Vous connaissez l'attachement qui me liait à ce navire. Outre le dommage qui en résulte pour mon armement, cette perte me causa une grande peine. Au surplus, le capitaine Nougaret, qui la commandait, colportait à ce sujet un récit fort extravagant, qui eût flétri l'honneur de la famille s'il avait été possible de le croire. Ne suggérait-il pas que vous aviez été complice des forbans qui ont arraisonné son navire ? À l'évidence, la prise du bâtiment placé sous sa responsabilité aura troublé l'esprit du pauvre homme. Je me suis porté garant pour vous et j'ai arrêté toute action de justice qui aurait pu nuire à votre réputation...*

J'interrompis ma lecture, fort troublé. Malgré les protestations de mon oncle, le constat qu'il m'avait fait rechercher dans l'océan Indien montrait qu'il ajoutait foi aux propos du capitaine Nougaret. Alors, pourquoi cet incompréhensible pardon ?

Miguel interrompit ma réflexion en me prévenant que le *Bargh* était sous voiles. Je le suivis sur le pont.

Au terme d'une navigation paisible, Bourbon, au dessin devenu familier, se profila contre le ciel. Toute la flotte du Danois était mouillée devant Saint-Denis : avec les bâtiments que je lui apportais et l'*Insolente*, elle comportait à présent huit unités.

Je m'empressai de le rejoindre dans son paradis.

Van Ruisdael avait fait merveille. Le jardin s'était enrichi de variétés tant décoratives qu'utiles. Je le trouvai en grande conversation avec M. Hubert, un botaniste créole connu pour avoir développé la culture de la girofle dans l'île. Pour l'heure, celui-ci s'informait de la manière dont le Hollandais avait éradiqué les insectes qui, à son arrivée, ravageaient les caféiers de la plantation. Un seul nuage assombrissait le ciel de ces excellents hommes : on n'avait toujours pas percé le secret de la reproduction de la vanille. Je les laissai épiloguer sur ce profond mystère pour gagner la maison du Danois.

Le capitaine, à son habitude, me réserva le plus cordial accueil. Lui aussi avait un visiteur.

– Je te présente M. Ripaud de Montaudevert.

L'individu, très mat de peau, l'œil noir, me jeta un regard acéré. Sa calvitie le vieillissait sans doute, car ses traits, quand on y prêtait attention, étaient ceux d'un homme encore jeune.

– Je vous retiens tous deux à dîner. Kervadec, tu raconteras tes exploits à ce citoyen ; croirais-tu que cet honorable père de famille ne caresse qu'un rêve : courir l'aventure ? Je suis sûr que tes démêlés à la cour du sultan Tippou le passionneront.

– Le capitaine est cruel, répliqua Ripaud. Mon devoir d'époux me retient ici. Mais dès que mes enfants seront en âge de pourvoir seuls à leurs besoins, j'entends bien étonner le monde par ma réputation ! Je ne suis pas un novice. J'étais mousse à onze ans, j'ai servi comme officier bleu [1], puis j'ai combattu à Gondalour sous les ordres de Suffren...

1. C'est-à-dire dans la marine marchande.

Sa conviction, bien qu'un peu ridicule, aurait pu me le rendre sympathique. Mais son regard fiévreux, ses lèvres pincées, sa nervosité me laissaient soupçonner un esprit dogmatique. Je préférai changer de sujet.

– Comment se porte Haddad ? demandai-je.

– Tu n'as qu'à le constater toi-même.

Du menton, le Danois me désigna un citronnier en fleurs. Dans son ombre, un homme assis lisait.

– Va le saluer. Tu prendras connaissance de ton courrier ensuite. Il y en a un bon tas qui t'attend !

Il s'amusait, connaissant l'importance que j'attachais à ma correspondance. Mais c'est avec plaisir que je suivis sa recommandation.

Quand Haddad releva la tête, je pus constater combien son épreuve l'avait marqué. Ses traits émaciés étaient méconnaissables. Ses cheveux et sa barbe avaient entièrement blanchi. Seul son regard avait conservé son expression d'autrefois, un mélange de fierté farouche et d'indulgence magnanime.

Un peu platement, je m'enquis de sa santé. Il évacua le sujet d'un geste résigné de sa main valide.

– Bien, bien, je vais bien...

– Tu vois, j'avais raison de ne pas croire aux prédictions de ton astrologue !

– Pourtant il a dit vrai. L'homme que tu as connu est

mort, répliqua-t-il, amer. Je ne prendrai plus la mer, du moins en qualité de commandant.

– Aussi bien ton destin n'était-il pas de courir les océans, mais de devenir le sage qui guidera le Danois quand son enthousiasme menacera de l'emporter trop loin. Et l'ami, le maître, auprès duquel je viendrai toujours chercher conseil.

Il porta la main à son cœur.

– Quelle que soit l'agilité de ta langue, Kervadec, tu ne me prendras pas au piège de la flatterie.

– Me suis-je jamais abaissé à te flatter, même au début, quand ma vie dépendait de ton humeur ?

Il y eut un silence, bercé par le zonzonnement des abeilles qui butinaient le citronnier : Van Ruisdael avait implanté plusieurs ruchers sur le domaine. J'étais désormais un homme riche, maître de mes moyens. Pourtant je me sentais misérable, car je ne pouvais rien faire pour alléger la peine de mon ami.

– Tu as raison, dit-il enfin. Si tel est mon destin, je dois l'accepter et remercier le Miséricordieux.

– C'est la sagesse, en effet.

Il sourit.

– Comment oses-tu parler de sagesse, toi qui n'es pas un homme sage ? Toi qui ne crois ni au Destin ni à la Providence...

– Je préfère m'imaginer libre de mes choix. Mais peut-être ai-je besoin que tu y croies pour nous deux ! À qui veut croire tout est vérité. Tandis que moi...

– Qui choisit de douter se condamne à voguer sans compas sur un océan d'incertitudes. Gare aux tempêtes !

Nous discutâmes encore un moment de ce sujet. Puis nous parlâmes d'avenir. Je veux dire : de mon avenir. L'affrontement avec la flottille indoue avait fait renaître en moi le goût de l'aventure. J'avais hâte de reprendre la chasse aux pirates. En même temps, je ne pouvais me défaire de l'inquiétude qu'avait suscitée en moi les propos du marquis d'Amblemont, et mes regards se tournaient vers la France. J'avais accumulé une telle fortune que je pouvais aujourd'hui envisager d'y revenir sans risque : à l'homme riche, la justice est clémente. « Selon que vous serez puissant ou misérable, disait La Fontaine, les jugements de Cour vous rendront blanc ou noir. » Les choses n'avaient guère changé depuis le siècle dernier. Certes, je n'avais pas seulement fui la justice, mais aussi Maria. Je craignais, restant près d'elle, de ne pas savoir cacher mon amour. Le beau scrupule ! La distance n'y avait rien fait, et ses lettres m'encourageaient au contraire à ignorer mon devoir. Quant aux miennes, elles lui avaient depuis longtemps apporté mon aveu. Tirer vengeance de mes ennemis, en premier lieu de mon frère Yves ? J'y songeais à présent avec quelque vraisemblance. Cette fois, je ne commettrais plus les erreurs dans lesquelles ma jeunesse et mon inexpérience m'avaient entraîné. J'avais appris à me battre, et de bien des manières. Je serais tigre ou cobra, selon la circonstance.

À mon expression farouche, Haddad devina le cours de mes pensées.

– Tes ennemis, tu finis toujours par les affronter, déclara-t-il. Mais ne précipite rien. Les méchants reçoivent à la fin leur salaire d'Allah !

– Je préfère régler mes comptes moi-même.

– Et après, que feras-tu ? Un homme sans but est un homme errant. Quel sera ton but, quand tu te seras vengé ?

Sous la varangue, j'aperçus le sari coloré de Dahnavati.

– Il me restera à trouver mon paradis, affirmai-je.

Je laissai mon ami à sa lecture et m'en fus à la résidence, où m'attendaient les lettres de Maria.

GLOSSAIRE DES TERMES DE MARINE

Abordage : Manœuvre du navire lui permettant de s'amarrer bord à bord avec un autre, en particulier pour lui donner l'assaut.

Accastillage : Ensemble des divers équipements mobiles utilisés sur le pont d'un navire (manilles, poulies...).

Affaler : Faire descendre (une voile, un mât, une chaloupe...).

Affourcher : Maintenir un navire à l'ancrage sur deux ancres faisant un angle de 45°, face au courant.

Aire : Direction d'où vient le vent, par référence à l'un des trente-deux secteurs du compas.

Amariner : En parlant d'un navire ennemi, en prendre possession en envoyant à son bord une partie de l'équipage.

Amarre : Câble ou cordage (aussière ou grelin) servant à fixer un navire à quai.

Amarrer : Attacher au moyen de cordages.

Amure : Cordage fixant le point inférieur, qui se trouve au vent, d'une basse voile. Par extension, direction du vent : on a les amures tribord (bâbord) quand le vent souffle de tribord (bâbord). Changer d'amure consiste à changer de direction en modifiant l'orientation des voiles.

Ancre : Pièce métallique qu'on laisse descendre au fond de l'eau pour maintenir le navire à l'arrêt.

Armer : Équiper un navire en homme et en matériel.

Armer en course : Équiper un navire de façon qu'il puisse mener l'activité de corsaire.

Assurer (le pavillon) : Tirer un coup de canon tout en hissant les couleurs, pour engager le combat.

Aviron : Rame permettant de propulser et de diriger une embarcation.

Aussière : Cordage souple.

Bâbord : Côté gauche du navire, en regardant vers l'avant.

Baille : Demi-tonneau à divers usages : recueil de l'eau de pluie, réserve d'eau pour l'équipage ou contre l'incendie, ou pour refroidir les canons.

Banc de quart : Banc où s'assoit l'officier de quart.

Barre : Mécanisme servant à entraîner le gouvernail, et plus spécialement la roue qui sert à le manœuvrer.

Bastingage : Parapet bordant le pont du navire.

Batterie : Ensemble des canons qui se trouvent sur le même pont.

Beaupré : Mât prolongeant la proue ; supportant une ou plusieurs voiles triangulaires, les focs, il sert à l'orientation et est le support de fixation des étais, cordages maintenant l'ensemble de la mâture dans le plan longitudinal du navire.

Bordée :

1. Chacune des deux parties d'un équipage qui prend successivement le service.
2. Ensemble des canons rangés sur le même côté d'un navire.
3. Décharge simultanée de ces canons.
4. Route parcourue entre deux virements de bord par un bâtiment qui remonte le vent.

Boulet : Projectile d'artillerie dont le poids varie de 1 à 32 livres. Les boulets ont pour fonction de créer des brèches dans les coques ennemies, ou, rougis au préalable, d'allumer des incendies. Les boulets ramés, formés d'un boulet coupé en deux dont chaque moitié est soudée à l'extrémité d'une branche en fer, ont pour fonction de couper les cordages et de déchirer les voiles.

Bout au vent : Face au vent.

Boutefeu : Bâton portant une mèche allumée pour mettre le feu à la poudre des canons.

Branle-bas de combat : Les hamacs sont aussi appelés « branles ». Commander le « branle-bas de combat » signifie : ordonner de dégager l'entrepont et de porter les hamacs dans les bastingages, où ils servent de protection pendant le combat.

Brasse : Unité de mesure utilisée pour caractériser la distance de la surface au fond. Elle correspond à 5 pieds français, soit 1,624 mètres.

Brigantin : Navire rapide, long d'une vingtaine de mètres, jaugeant 150 tonneaux, muni de deux mâts à gréement carré.

Brigantine : Voile aurique (trapézoïdale) que les grands bâtiments hissent au mât d'artimon.

Câble : Gros cordage, d'un diamètre supérieur à 12 cm.

Cale : Fond de navire où s'entasse la cargaison.

Calfater : Colmater les interstices entre les planches de la coque ou du pont à l'aide d'étoupe recouverte de brai (poix mélangée à de l'huile de poisson), puis d'une couche de goudron.

Canot, canote : Petite embarcation mue par des avirons, mais pouvant recevoir une voile.

Cap : Direction de la route d'un navire.

Caronade : Canon léger qui tire à boulet ou, le plus souvent, à mitraille. D'origine britannique (elles doivent leur nom à la ville de Caron, en Écosse), les caronades sont utilisées par les Anglais dès 1779. La marine française attendit une quinzaine d'année avant de les adopter à son tour.

Chaloupe : Embarcation de charge et de transport, également utilisée à la manœuvre des ancres ou au remorquage du vaisseau.

Chambre de veille : Local où sont rangés les cartes et les instruments de navigation.

Chebek : Petit trois-mâts à voiles triangulaires.

Coq : Cuisinier. Voir « planche du coq ».

Coque : Ensemble formé par la membrure et son revêtement (généralement en chêne), composé par la quille, sur laquelle repose les couples, recouvert par le bordé à l'extérieur et le vaigrage à l'intérieur.

Corbeau : Crochet de fer utilisé pour s'accrocher à un autre navire.

Corne : Vergue hissée en arrière du mât d'artimon, supportant une voile aurique.

Coupée : Ouverture dans le bastingage permettant d'accéder sur le pont. On monte à bord par l'échelle de coupée.

Dalot : Orifice ménagé pour évacuer l'eau du pont.

Draille : Cordage le long duquel coulisse une voile latine (foc, voile d'étai...).

Drome : Faisceau de mâts et de vergues embarqué pour remplacer si nécessaire les pièces endommagées.

Écoutille : Ouverture rectangulaire pratiquée dans le pont pour permettre d'accéder aux entreponts et aux cales.

Embardée : Mouvement brusque d'un navire avec changement de cap, causé par le vent ou l'état de la mer.

Embosser : Amarrer un navire par l'avant et l'arrière afin qu'il ne bouge pas.

Encablure : Unité de longueur correspondant à 120 brasses (195 mètres).

Encalminé : Immobilisé en raison de l'absence de vent.

Éperonnement : Collision volontaire avec l'étrave.

Erre : Vitesse du navire ; filer grand'erre : se déplacer rapidement.

Espar : Longue pièce de bois, utilisée comme élément de mât ou comme vergue.

Étai : Gros cordage qui sert à contenir le mât sur l'avant. Le grand étai est l'étai du bas mât du grand mât.

Étambot : Extrémité arrière de la charpente d'un navire, sur lequel s'articule le safran.

Étrave : pièce saillante qui forme la proue d'un navire.

Faseyer : Pour une voile : battre au vent sans être gonflée.

Faux-pont : Plancher établi entre deux ponts.

Foc : Voile triangulaire de l'avant, établie entre le beaupré et le mât de misaine.

Gaillard : Ensemble des structures utilisées pour le logement et situées sur le pont supérieur à l'avant et à l'arrière du navire, sur toute sa largeur.

Gourabe : frégate indienne à un ou deux mâts, basse sur l'eau et à la proue effilée, armée de 14 à 18 canons.

Garant : Cordage formant un palan et passant par une poulie, utilisé notamment pour amarrer les canons.

Garcette : Petit cordage, utilisé notamment pour prendre un ris, et aussi pour fouetter les punis.

Grande chambre : Salle où les officiers se réunissent et prennent leur repas. Sur les vaisseaux, elle est située sous la salle du conseil, sur le deuxième pont. Sur les navires de plus petit tonnage, elle se confond avec la salle du conseil.

Grappin : Ancre des chaloupes, à quatre becs. Les grappins sont aussi utilisés, lors des abordages, pour rapprocher les navires l'un de l'autre.

Gréer : Équiper un voilier de son mât, de ses voiles, de tous ses filins et cordages qui permettent la manœuvre.

Haler : Tirer au moyen d'un cordage.

Haler dedans : Rentrer, en parlant des canons de la batterie.

Hanche : Partie supérieure de la muraille d'un navire qui avoisine la poupe.

Hauban : Cordage servant à assujettir un mât par le travers ou par l'arrière.

Hune : Plate-forme rectangulaire, arrondie sur l'avant, placée à la jonction de deux mâts superposés. La hune permet d'accrocher les haubans des mâts supérieurs.

Hunier : Voile carrée du mât de hune.

Lieue marine : Unité de longueur équivalante un vingtième du degré terrestre, soit 5 556 mètres.

Lisse : Membrures longitudinales de la coque.

Lit du vent : Direction dans laquelle le vent souffle.

Maître d'équipage : Gradé ayant l'autorité directe sur les matelots.

Mât : Les mâts constituent, avec les vergues, la mâture des voiliers. En sapin ou en pin, ils sont composés de plusieurs tronçons maintenus par des cerclures de fer. Les mâts sont, de l'avant à l'arrière et de bas en haut :

– le beaupré, prolongeant l'étrave ;

– le mât de misaine : bas mât de misaine, petit mât de hune, petit mât de perroquet, petit mât de cacatois, petit mât de contre-cacatois ;

– le grand-mât : grand-mât de hune, grand-mât de perroquet, grand-mât de cacatois, grand-mât de contre-cacatois, flèche de grand cacatois ;

– le mât d'artimon : bas mât d'artimon, mât de perroquet de fougue, mât de perruche, mât de cacatois de perruche, mât de contre-cacatois de perruche.

Misaine : Voile gréée sur le mât de misaine, le plus en avant des bas-mâts.

Mouiller :

1. Mettre une embarcation à l'eau.
2. Immobiliser le navire sur ses ancres.

Parer : Préparer. S'emploie à l'impératif pour annoncer les manœuvres : « Pare à virer... »

Pavillon : Pièce d'étoffe indiquant la nationalité d'un bâtiment, la compagnie à laquelle il appartient, ou utilisée pour communiquer d'un bord à l'autre grâce à un code. Envoyer le pavillon, c'est le hisser en haut d'un mât.

Pierrier ou perrier : Petit canon articulé sur une fourche, projetant à faible portée une nuée de mitraille.

Planche du coq : Au XVIIIe siècle, on se servait de la planche de la marmite du bord pour faire glisser les cadavres à la mer.

Pomme : Boule ou cône placé à l'extrémité d'un mât.

Pont : Niveau ou étage sur un navire, formé de planches de sapin ou de teck. Plus spécialement, pont supérieur.

Poupe : Partie arrière du navire.

Prao : Bateau muni d'un balancier, d'origine malaise.

Près (naviguer de) : Naviguer contre le sens du vent en orientant les voiles sous l'angle le plus aigu possible par rapport à la quille.

Proue : Partie avant du navire.

Quartier-maître : Premier grade au-dessus de matelot.

Roulis : Oscillation du navire sous l'effet des vagues dans le sens de la largeur.

Safran : Partie mobile du gouvernail.

Sainte-barbe : Secteur de la soute où est entreposée la poudre.

Senau : Navire à deux mâts.

Sextant : Instrument de navigation permettant de se repérer en calculant les angles entre l'horizon et les astres.

Sonde : Cloche de plomb servant à mesurer la profondeur du fond grâce à une ligne marquée de brasse en brasse et permettant d'en recueillir un échantillon.

Sous le vent : Un navire est sous le vent par rapport à un objet quelconque quand celui-ci est plus près que lui de la direction d'où le vent souffle (l'objet, lui, est dans le vent du navire).

Souquer : Tirer. Plus spécialement, tirer sur l'aviron.

Taillemer : Pièce qui prolonge et protège l'étrave.

Tillac : Pont découvert (usité surtout pour les navires de commerce).

Tonneau de jauge : Unité de capacité d'un navire, valant 2,383 m^3.

Toron : Cordon élémentaire dont l'assemblage forme un câble.

Travers : Direction perpendiculaire à l'axe longitudinal du navire.

Tribord : Côté droit du navire, en regardant vers l'avant.

Vergue : Espar disposé en croix sur l'avant des mâts pour soutenir la voile.

Virer : Changer de direction en changeant d'amures.

Voile : Surface de toile de lin carrée, trapézoïdale ou triangulaire déployée pour transformer la pression du vent en force motrice du navire. Les voiles sont classées selon leur niveau dans la mâture et le mât auquel elles sont fixées :

– les basses voiles : misaine, grand-voile, artimon ;

– les huniers : grand fixe, grand volant, petit fixe, petit volant :

– les perroquets : grand fixe, grand volant, petit fixe, petit volant ;

– les cacatois et contre-cacatois : grand, petit.

Yole : Embarcation étroite, mue par trois paires d'avirons, affectée au transport du capitaine et des officiers.

INDEX DES PERSONNAGES HISTORIQUES

Dans son récit, Yann de Kervadec évoque des personnages dont l'histoire a retenu le nom. Les notices qui suivent apportent des précisions sur la vie de certains d'entre eux.

Barbé de Marbois, François (1745-1837). Diplomate français, né à Metz. Après avoir débuté dans la carrière diplomatique en Allemagne, il devient en 1782 consul général à Philadelphie (États-Unis). En 1784, il épouse une Américaine, Elisabeth Moore. Nommé en 1785 intendant général des îles Sous-le-Vent, aux Antilles, sa probité et la rigueur de sa gestion lui attirent l'hostilité des colons de Saint-Domingue. Il doit fuir cette île en 1789. En 1792, nommé ambassadeur à Ratisbonne, en Allemagne, puis à Vienne, il revient à Paris quand la guerre éclate entre la France et l'Autriche. En 1793, pendant la Terreur, il se retire prudemment sur ses terres de Buchy. En 1795, il est élu au Conseil des Anciens par le département de la Moselle. Le coup d'État du 18 Fructidor (4 septembre 1797), qui épure l'Assemblée des députés jugés trop royalistes, lui vaut d'être déporté à Cayenne. Il revient en France en 1799, après la prise du pouvoir par Bonaparte. Celui-ci le nomme conseiller d'État, puis ministre du Trésor. C'est à ce titre qu'il négocie la cession de la Louisiane par la France à la jeune république américaine. Nommé Premier président de la Cour des Comptes en 1808, il se rallie à la Restauration en 1815 et est nommé Garde des sceaux par Louis XVIII. Il siège jusqu'à sa mort à la Chambre des Pairs.

Beaumarchais, Pierre Auguste Caron de (1732-1799). Écrivain français. Ayant débuté sa carrière comme horloger du palais de Versailles, puis comme professeur de musique des filles de Louis XV, il obtient un grand succès en 1775 avec *Le Barbier de Séville*, pièce qui critique les mœurs de la noblesse. Agent secret, il vend des armes aux *Insurgents* américains. Il fonde la société des auteurs dramatiques. En 1784, il fait jouer *Le Mariage de Figaro*, encore plus subversif que sa première pièce. Convaincu de détournements de fonds publics, il est emprisonné en 1792 mais, libéré à temps pour échapper à l'exécution des prisonniers par les émeutiers parisiens (Massacres de septembre), il se réfugie en Angleterre, d'où il ne reviendra qu'après la chute de Robespierre, en 1794.

Calonne, Charles-Alexandre de (1734-1802). Homme politique français. Ayant démontré ses qualités de gestionnaire en tant qu'intendant général de Metz (1766) puis des Flandres (1778), il est appelé par Louis XVI au Contrôle général des finances. Pour remédier à la situation économique catastrophique du royaume, il propose de réviser la réglementation du commerce et de l'industrie et de réformer l'impôt, en supprimant l'exemption dont jouit la noblesse. Cette remise en cause des privilèges conduit à son renvoi en 1787. Il préfère s'exiler à Londres, et revient en France en 1789, mais, n'étant pas élu député de la noblesse aux états généraux, il retourne en Angleterre, où il entre au service du comte d'Artois quand celui-ci émigre pour fuir la Révolution.

Cornwallis, Charles Mann, lord Brome, marquis de (1738-1805). Général anglais. Il prend part à la guerre de Sept ans (1756-1763) qui, opposant notamment la France à l'Angleterre, aboutit pour la première à la perte du Canada et de ses colonies de l'Inde au profit de la seconde. Commandant en chef de l'armée du Sud pendant la guerre d'indépendance américaine, il commence par remporter quelques victoires. Assiégé à Yorktown en 1781, il est contraint à la capitulation. En 1792, nommé gouverneur du Bengale, il défait le souverain du Mysore, Tippou Sahib, principal obstacle à la domination anglaise sur l'Inde du Sud. Nommé vice-roi d'Irlande en 1798, il revient en Inde en 1801 en qualité de gouverneur général.

Dupleix, Joseph François (1697-1763). Administrateur colonial français. Administrateur de la Compagnie des Indes en 1720, il devient directeur général des comptoirs français en 1742. Il mène, au profit de la Compagnie, une politique de conquête territoriale, mais se heurte à l'hostilité des Anglais. Malgré quelques succès militaires (prise de Madras), à court de ressources, il est rappelé en 1754. Pendant la guerre de Sept ans, la France perd ses acquis en Inde, à l'exception de quelques comptoirs : Pondichéry, Karikal, Mahé, Yanaon et Chandernagor.

Greuze, Jean-Baptiste (1725-1805). Peintre français. Ses œuvres, sentimentales et édifiantes, très marquées par l'influence de Rousseau, connurent un grand succès dans la deuxième moitié du XVIIIe siècle.

Hubert, Joseph (1747-1825). Naturaliste français. Il est l'auteur de nombreuses études sur la flore, la faune et la minéralogie de l'île de la Réunion, où il est né. S'efforçant d'améliorer les techniques agricoles et d'acclimater les arbres fruitiers européens à la Réunion, il y introduisit notamment, en 1778, avec l'aide de Pierre Poivre, la culture du giroflier.

La Fayette, Marie Joseph Paul Yves Roch Gilbert Motier, marquis de (1757-1834). Militaire et homme politique français. Après une courte carrière chez les mousquetaires noirs (1771-1776), La Fayette s'engage en 1777 aux côtés des *Insurgents* américains, contre l'avis de Louis XVI, d'abord hostile à cette cause. Revenu en France en 1778, il décide le roi à envoyer un corps expéditionnaire en Amérique en montrant combien la perte des treize colonies américaines affaiblirait l'Angleterre. Très lié avec Washington, il est présent lors de la chute de Yorktown, prélude à l'indépendance des colonies américaines. De retour en France en 1785, il s'engage dans la vie politique. Nommé député de la noblesse aux états généraux, il s'y montre favorable au tiers état, ce qui lui vaut d'être élu vice-président de l'Assemblée nationale le 13 juillet 1789. Après la prise de la Bastille, il est nommé à la tête de la garde nationale. Malgré son immense popularité, il ne peut empêcher la marche des Parisiens sur Versailles le 5 octobre, mais l'accompagne et évite tout débordement. Se positionnant comme le conseiller du roi, il est l'un des fondateurs du club des Feuillants, qui préconise une monarchie constitutionnelle. Organisateur de la première fête de la Fédération, le 14 juillet 1790, il s'y fait acclamer. Son ambition inquiète : une partie de la presse l'accuse de vouloir imposer sa dictature. Quand la fuite du roi à l'étranger est arrêtée à Varennes, c'est lui qui ramène la famille royale à Paris, mais il s'oppose à la destitution de Louis XVI, ce qui entame sa popularité. Celle-ci décroît encore quand la garde nationale ouvre le feu sur des manifestants réunis le 17 juillet 1791 sur le Champ de Mars. Démis de son commandement de la garde nationale, il est envoyé sur la frontière de l'est. Inquiet du progrès des idées républicaines, il tente en vain de reprendre un rôle actif après l'émeute parisienne du 20 juin 1792. Menacé d'arrestation à la chute de la royauté, le 10 août 1792, il se rend aux Autrichiens, qui l'emprisonnent. Il est libéré après le coup d'État bonapartiste du 18 Brumaire, mais sera toujours tenu à l'écart par Napoléon. De retour à la politique pendant la Restauration, il contribue à la chute de Louis XVIII en 1830. Député de la majorité louis-philipparde, il finit dans l'opposition.

Parmentier, Antoine Augustin (1737-1813). Agronome français. Pharmacien militaire, nommé apothicaire major des Invalides en 1772, il travaille à l'introduction de nouvelles ressources alimentaires, et notamment cherche à développer la culture de la pomme de terre. Il est également l'auteur d'études sur la conservation du vin, du lait et des farines. Nommé inspecteur général du service de santé en 1805, il promeut la vaccination antivariolique découverte par le médecin britannique Jenner.

Poivre, Pierre (1719-1786). Administrateur français. Né à Lyon d'un père mercier, il se destine à la prêtrise. En 1741, il part comme missionnaire en Chine, où il se consacre surtout à l'étude des mœurs locales. Rappelé en France en 1745, il perd le bras droit au cours d'un combat contre des pirates, ce qui le rend impropre à la prêtrise. Prisonnier à Batavia, il comprend que la richesse de la Compagnie des Indes néerlandaises tient au monopole des cultures de la girofle et de la noix muscade. Il conçoit alors le projet de dérober ces épices au profit de la France. Libéré en 1746, il obtient de la Compagnie des Indes la mission officielle de commercer avec la Cochinchine et une autre, secrète, de voler les épices aux Hollandais. Après deux expéditions infructueuses, il y parvient enfin : en décembre 1753, il apporte cinq muscadiers et quelques girofliers à l'île de France (actuelle île

Maurice), qu'il acclimate au jardin de Mont-Plaisir, le futur jardin des Pamplemousses. De retour à Lyon en 1756, il est reçu à l'Académie des sciences et publie les *Voyages d'un philosophe*, qui connaissent un grand succès. En 1766, alors qu'il vient d'épouser une jeune Lyonnaise, Françoise Robin, il est nommé Intendant des îles de France et de Bourbon (île de la Réunion). Bon administrateur, il est à l'origine du véritable développement de ces îles, dans lesquelles il introduit de nombreuses cultures nouvelles. De retour en France en 1772 avec sa femme et ses deux filles, il passe les dernières années de sa vie dans sa région natale et meurt à Lyon le 6 janvier 1786.

Purniya, Homme politique indien. Bien qu'il soit hindou, ce brahmane entre au service du sultan musulman du Mysore Haider Ali, puis de son fils, Tippou Sahib, dont il devient le ministre des Finances et de la Guerre. Après la défaite et la disparition de Tippou Sahib, en 1799, les Anglais rétablissent la dynastie hindoue des Wodiyar que Haider Ali avait évincée. Ils maintiennent Purniya dans ses fonctions. Celui-ci, devenu le tuteur du jeune raja, âgé de 4 ans, administre le Mysore, désormais assujetti aux Britanniques.

Raynal, abbé Guillaume (1713-1796). Historien et philosophe français. Ordonné prêtre en 1743, après de longues études chez les jésuites, il monte à Paris en 1746. Il devient alors précepteur dans de grandes familles, fréquente les salons philosophiques d'Holbach et d'Helvétius et entame une carrière littéraire. En 1750, il devient directeur de la revue *Le Mercure de France*. En 1770, il publie l'*Histoire philosophique et politique des établissements et du commerce des Européens dans les deux Indes*, dans laquelle il attaque l'Église et condamne l'esclavage. Bien qu'interdit, cet ouvrage connaît trois éditions en dix ans et lui vaut une gloire européenne, mais l'oblige à s'exiler en Prusse, puis en Russie jusqu'en 1784. Il est élu membre de l'Institut national en 1795.

Ripaud de Montaudevert, François Fidèle (1755-1814). Navigateur et aventurier français. Il prend la mer en qualité de mousse à 11 ans. Après avoir servi dans la marine commerciale, puis participé à la campagne de l'Inde sous le commandement de Suffren (1781-1782), il s'installe à La Réunion, où il se marie en 1784. De ce mariage naissent six enfants. En 1793, fervent révolutionnaire, il se fait corsaire de la République et va jusqu'à fonder à Srirangapatna, où il réside une année en 1798, un club jacobin auquel adhère Tippou Sahib, le sultan du Mysore. Il poursuit ses exploits sous l'Empire, jusqu'à ce qu'il soit mortellement blessé au siège de Bayonne, en 1814, à bord de la *Sapho*, qu'il commande.

Suffren, Pierre André de Saint-Tropez, bailli de (1729-1788). Marin français. À 15 ans, il prend part à la bataille de Toulon (1744). Entré dans l'ordre de Malte, dont il devient commandeur, puis bailli, il combat les pirates barbaresques en Méditerranée. Réintégrant la marine royale, il participe comme lieutenant de vaisseau à l'expédition de Minorque contre les Anglais en 1756, puis commande la frégate l'*Union* dans la croisière contre le Maroc en 1767. Nommé capitaine de vaisseau en 1772, il participe sous les ordres de l'amiral d'Estaing à la guerre d'Indépendance des États-Unis. Il se distingue notamment en 1779, au combat de Grenade, et l'année suivante, au cap Saint-Vincent. Les Anglais ayant pris Negapatam, en Inde, et menaçant de s'emparer du Cap, ce qui leur permettrait de contrôler l'accès à l'océan Indien, Suffren y est envoyé en 1781 avec cinq vaisseaux de ligne et une garnison française. Après avoir défait un convoi anglais à Porto Praya (îles du Cap-Vert), il remporte les batailles de Sadras, Provedien, Negapatam, Trinquemalé et Gondelour, et apporte son aide au sultan du Mysore, Haider Ali. De retour en France en 1788, il est nommé vice-amiral, mais meurt peu après dans des circonstances troubles (crise d'apoplexie, duel ou meurtre ?).

Tippou Sahib (1749-1799). Fils du sultan usurpateur du Mysore Haider Ali, il reçoit une éducation militaire auprès d'officiers français attachés à son père, auquel il succède en 1782. Il met fin à une première guerre contre les Anglais en 1784 par une restitution réciproque des conquêtes des uns sur les autres. En 1789, il envahit le territoire du raja de Travancore, provoquant une nouvelle guerre avec les Anglais. Cette fois, vaincu par Cornwallis, il perd un tiers de son territoire (paix de Seringapatam, 1792). En 1798, prenant prétexte d'une correspondance avec Bonaparte au moment où celui-ci mène la campagne d'Égypte, les Anglais, sous le commandement de Wellesley, engagent une troisième guerre. En 1799, lors du siège de Seringapatam, Tippou Sahib est tué au combat. Le Mysore est alors partagé entre l'*East India Company* et le nizam d'Hyberabad, allié des Britanniques.

Washington, George (1732-1799). Militaire et homme politique américain. Né dans une famille de riches planteurs de Virginie, il s'établit comme planteur à Mount Vernon en 1757, après avoir participé à la guerre de Sept ans comme colonel dans la milice de Virginie. Pendant la guerre d'Indépendance, il est nommé commandant en chef de l'armée continentale le 15 juin 1775. En 1781, la prise de Yorktown, avec l'aide du corps expéditionnaire français, est décisive : en 1783, l'indépendance des colonies américaines est acquise par le traité de Paris. Washington préside la convention qui rédige la constitution des États-Unis en 1787 et est élu premier président des États-Unis en 1789, fonction qu'il exerce jusqu'en 1797.

Le prince de Kaunitz, Casanova, Maillart-Dumesle, Foucault, Monneron, Lally et Amblemont sont des personnages authentiques.

TABLE

Première partie : Les chasseurs d'hommes

Deuxième partie : Le tigre et le cobra

Dans la même collection

Gilly, grave amoureuse,
13 ans, presque 14...
de Claire Robertson

Les larmes de l'assassin
d'Anne-Laure Bondoux

Cherry, ses amis,
ses amours,
ses embrouilles
d'Echo Freer

Quand j'aurai 20 ans
de Jacques Delval

Ciel jaune
de Marie-Hélène Delval

Accroche-toi, Sam !
de Margaret Bechard

Mercredi mensonge
de Christian Grenier

Angel Mike
de Regine Beckmann

Planète Janet
de Dyan Sheldon

Fantômes d'Opéra
d'Alain Germain

Comment devenir maître
du monde en vingt-six leçons
et demie
de Dan Gutman

Une princesse
peut en cacher une autre
de Kate Brian

Le rat
de Magali Herbert

Comme un coquelicot
de Marie-Florence Ehret

Les démons de Nègreval
de Pierre Davy

Betsy et l'Empereur
de Staton Rabin

Pépites
d'Anne-Laure Bondoux

Losers' Club
de John Lekich

Écoute mes lèvres
de Jana Novotny Hunter

Sous le vent de la liberté
1. Lumières d'Amérique
de Christian Léourier

DJ Zoé
de Jonny Zucker

Hathaway Jones
de Katia Behrens

La Marmite du Diable
d'Olivier Silloray

Le secret de Chanda
d'Allan Stratton

Cet ouvrage a été mis en pages
par DV Arts Graphiques à Chartres

Impression réalisée sur CAMERON par

BRODARD & TAUPIN
GROUPE CPI

La Flèche

pour le compte des Éditions Bayard
en avril 2006

Imprimé en France
Dépôt légal : mai 2006
N° d'impression : 35242